KB264879

지하고 아름답고 신비한 공재

어느 노교수의 특별난 삶의 이야기

| 김동수 산문집 |

이 도서의 국립중앙도서관 출판시도서목록(CIP)은 e-CIP홈페이지(http://www.nl.go.kr/ecip)
와 국가자료공동목록시스템(http://www.nl.go.kr/kolisnet)에서 이용하실 수 있습니다. (CIP제
어번호: CIP2012002859)

나의 삶의 긴 여정에서 사랑과 은혜를 베풀어준
모든 사람들에게 이 책을 바칩니다.

오연호 _ 오마이뉴스 대표

　제가 김동수 박사님을 처음 뵌 것은 1995년 여름으로 기억됩니다. 기자로서 미국을 제대로 취재해보겠다고 월간 ≪말≫ 워싱턴 특파원으로 미국에 갔을 때였습니다. 그때 저는 저널리즘 석사과정을 공부하기 위해 버지니아 비치라는 소도시로 갔는데 그곳에서 '유학생의 구세주' 김동수 박사님을 만났습니다. 모든 것이 낯설었던 미국 땅에서 김동수 박사님과 부인 백하나 박사님은 저와 저의 가족을 물심양면으로 도와주셨습니다. 우리 가족은 미국 생활 초기에 아예 그 댁에서 한 달여간 숙식을 함께 하며 머물렀고, 그 후 미국 생활 2년 7개월 내내 김 박사님 부부는 우리 가족의 부모님 같은 역할을 해주셨습니다. 저는 그 과정에서 인간 김동수, 남편 김동수, 교수 김동수를 만날 수 있었습니다.

　우선 김동수 박사님은 매우 낙천적이고 즐거운 분입니다. 이 산문집 곳곳에서도 나타나지만 김 박사님은 사람과 세상에 대한 애정이 있으며, 그것은 위트와 유머로 나타납니다. 김 박사님은 젊은 유학생들을 댁으로 초청해 이야기꽃을 피우는 것을 좋아하셨습니다. 이 산문집을 읽으며 저는 빙그레 미소 짓기를 여러 번 하였습니다. 사랑과 인생 이야기를 이처럼 재미있게 풀어놓으시다니, 역시 김동수 박사님이십니다.

김동수 박사님은 애정과 열정이 넘쳐나는 분입니다. 한번 인연 맺은 사람은 꼭 챙기십니다. 김 박사님의 사람에 대한 애정은 바른 세상을 만들기 위한 열정으로 진화합니다. 미국 땅에서도 조국의 민주화와 통일을 위해 걱정하고 몸을 아끼지 않았던 것도 그 애정과 열정에서 나왔을 것입니다. 미국에서 부부 교수로 정년을 마치고 한국 숭실대학교에서 다시 학생들을 위해 백발을 휘날리며 초빙 교수로 수업을 계속한 것도 그 이유입니다. 이 산문집을 읽고 있노라면 '인생은 아름답다'라는 말이 절로 나옵니다. 삶이라는 꽃밭을 정성스레 가꿔가는 이의 애정과 열정이 느껴지기 때문입니다. 인생을 아름답게 설계하고픈 젊은이들이 있다면 이 책을 통해 김 박사님의 애정과 열정을 배우라고 권하고 싶습니다.

김동수 박사님은 인생을 아는 분이십니다. 삶과 죽음에 대해서, 인간과 신에 대해서 젊은이들에게 할 말씀이 많은 분이십니다. 저는 김 박사님이 1996년경 삶과 죽음의 경계선에 섰던 때에 그와 함께 있었습니다. 죽음의 문턱에서 기적처럼 간 이식 수술에 성공한 과정을 지켜보았습니다. 인간의 한계를 직시하고 하나님 앞에 무릎 꿇은 그도 보았습니다. 이 산문집에 삶이란 무엇인가, 어떻게 살아야 옳은 삶인가라는 근본적 질문을 곱씹게 하는 이야기들이 풍성하게 담긴 것은 그런 그의 삶이 있었기 때문입니다.

무엇보다 김동수 박사님은 시인이자 작가이십니다. 그의 젊은 시절

연애 경험담을 풀어내는 솜씨에서 나타나듯이 그의 감성은 시인의 것이며, 스토리텔링 솜씨는 어느 소설가 못지않습니다. 그래서 이 산문집에 실린 이야기들은 어느 전문 작가가 쓴 짧고 재미있는 단편 소설들처럼 잘 읽힙니다. 그러면서도 우리의 코끝을 찡하게 만드는 긴 여운을 남깁니다.

김동수 박사님의 산문집 출간을 진심으로 축하드립니다. 고맙습니다, 박사님. 인생은 아름답다는 것을 당신의 인생으로 증명해주셔서. 이 책을 읽은 젊은이들이 당신의 바통을 이어갈 것입니다. 저도 함께하겠습니다.

이 책을 세상에 내놓으며

한 세기의 4분의 3 세월을 나는 세 나라를 거치며 살아왔다. 그런 내 인생을 통틀어 한 폭의 그림으로 표현다면 바로 감사와 기쁨의 화사한 모자이크일 것이다. 세상 모든 것에 대한 고마움 그리고 마음속으로부터 우러나는 즐거움이 자연스럽게 어우러진 그림. 지금까지 인연을 맺은 많은 사람들, 크고 작게 겪은 일들, 심지어 고통과 슬픔마저도 실은 모두 감사하고 기쁜 일들이다.

이런 생각은 나의 현실을 미화하려는 승화이거나 우연히 나에게 떨어진 행운의 덕분이 아니다. 내가 성취한 성공의 결과는 더더욱 아니다. 그 모든 것은 내가 미처 생각지도, 감히 바라지도 못한, 엄청난 공짜, 내가 실제로 값없이 누리게 된 귀하고 아름답고 신비한 선물들이다. 값없이 받은 커다란 선물은 돈으로 살 수 없는 은혜다. 창조주의 축복이다.

이 소박한 책은 그 은혜와 축복의 경험을 주섬주섬 모아 33편으로 엮은 나의 이야기보따리다. '만남'은 나의 삶의 반려자를 만나고 그 속에서 나를 만나는 이야기이다. '길'에는 내 주변 사람들이 울고 웃으며 걸어간 인생 여정에서 내가 어떤 가치를 배웠는지를 담았다. '삶'은 슬프도록 아름답고 모순에 찬 인생에서 진리를 찾아 고뇌하던 이야기이다. 마지막으로 '사랑'에서는 그것이 생명을 살리는 위대하고 감격적인 힘이란 사실을 깨달아가는 과정을 엮었다. 나는 지나온 내 인생을 되돌아보며 꿈, 진리, 정의, 자유, 생명, 사랑, 영원과 같은 보이지 않는, 그러나 무한한 가치와 의미를 품고 있는 것들을 다시 새겨보았다. 이 이야기들은 당사자들을 배려해서 약간 각색한 부분도 있지만 모두 내가 경험한 사실들이다. 이 이야기를 통해서 독자들도 내가 경험한 그 웃음과 눈물과 감회를 나누었으면 하는 것이 나의 간절한 바람이다.

이 책을 내는 과정에서 도움을 주신 분들이 참으로 많다. 내가 수필가로 등단하도록 도와주시고 지난 7년간 나의 허물을 감싸주며 늘 지도해주신 한국산문작가협회 주간 임헌영 선생님께 깊은 감사를 드린다. 선생님의 지도가 없었다면 반세기 넘게 한글권 밖에서 살아온 나의 글들은 아마도 이렇게 한 권의 책이라는 열매로 영글지 못했을 것이다. 초기에 나의 원고 모두를 검토하고 격려해주신 오마이뉴스 대표 오연호 박사님은 나에게 꿈과 용기를 주었다. 여러 문우들, 특히 신진숙, 황경원 님의 꾸준한 조언에 나의 고마운 마음을 전한다. 또한 이 책을 곱게 출판해주신 도서출판 한울 김종수 사장님께 감사한다. 끝으로 아내의 끊임없는 성원에 나의 뜨거운 사랑을 보낸다.

2012년 4월 봄 서울에서

김 동 수

차례

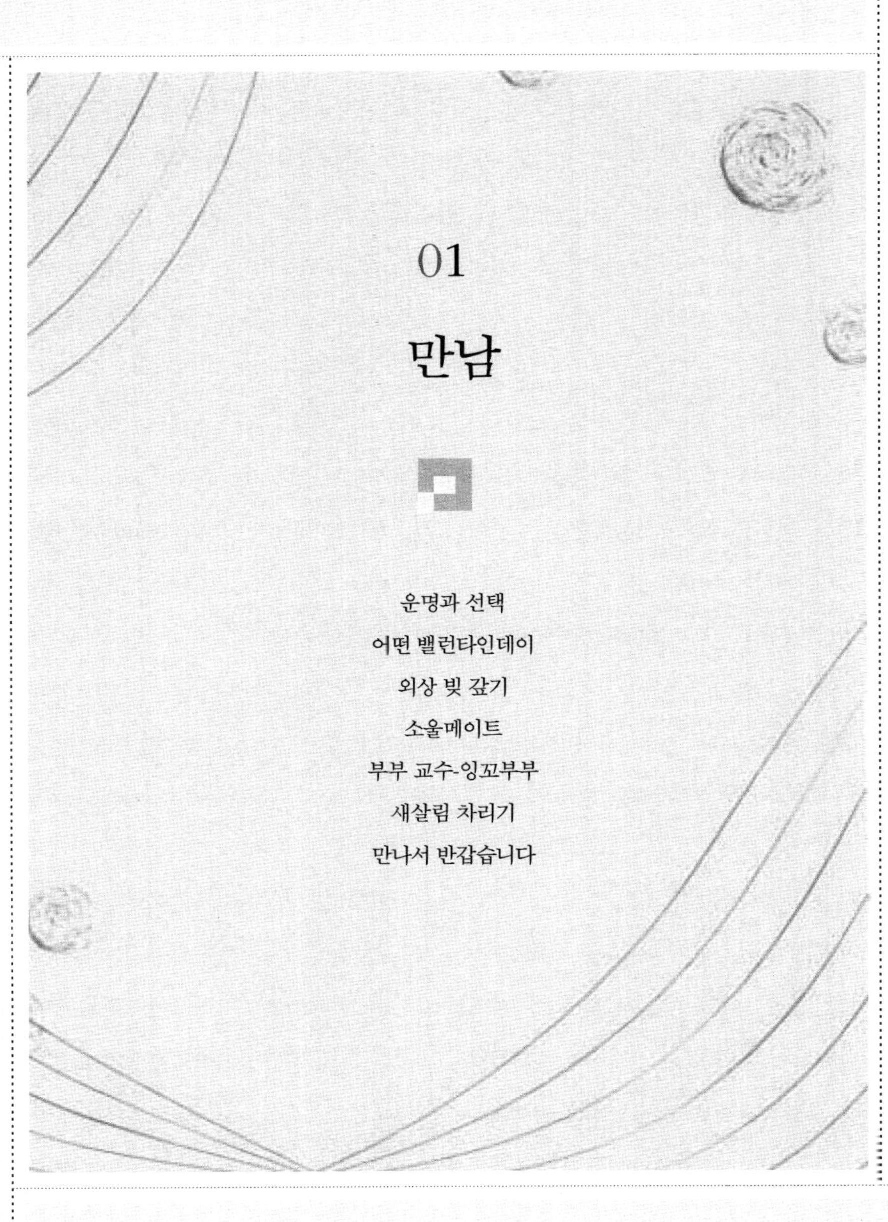

01

만남

운명과 선택

두 가능성

48년 전 우연과 필연의 좁은 교차로에서 나는 아내 될 사람을 만나게 되었다. 그 만남은 어쩌면 나의 숨은 소원의 신비한 성취였을지 모르겠다. 아무것도 모르던 중학 3년 시절에 나는 터무니없는 기도를 드린 적이 있다. "좋은 아내 될 사람을 만나게 해 주세요"라고.

1962년 가을, H 목사로부터 두툼한 우편물이 날아왔다. 외로운 미국 유학 2년생에게는 고국에서 오는 모든 소식이 반갑지만 오랜만에 받은 이 편지는 유난히 반가웠다. 편지의 내용인즉 어떤 좋은 여대생을 소개한다는 것이다. 명문 S 대학교 가정과 3학년에 재학 중인 규수인데 앞으로 유학의 꿈을 가진 수재란다. 칭찬이 대단하다. H 목사는 이 여대생이 자기 아내의 후배여서 오래 보아왔고, 그녀의 부모와도 어느 정도 이야기가 되었으니 꼭 편지를 하라고 신신 당부하는 것이다. 흥미로운 일이다. 그러나 한편 주저되는 일이다.

아, 그런데 같은 이름의 여자다! 분명히 다른 사람인데 이 무슨 조화인가?

'백숙희(가명)!' 나에게는 이미 같은 이름의 여자가 있었다. 이 여자, 이를테면 '제1의 백숙희'와는 1년이나 편지 교환을 하고 있지 않은가?

몇 년 거슬러 올라가 1959년 봄, 대학을 졸업하고 내가 군에 입대하여 고된 졸병 생활을 하고 있을 때 J 목사로부터 편지가 왔다. 졸업 후 내가 급히 입대하는 바람에 기회를 잃었다며 지면으로 한 여자를 간단히 소개했다. 이름은 백숙희, 금년에 모 신학대학 입학, Y 장로교회에 출석하며, 내가 언제든 휴가를 나오면 같이 만나도록 주선하겠다는 내용이었다. 휴가는 여러 번 나왔지만 친구 보기에 바빠서 J 목사를 만날 시간은 없었다.

그런데 우리 부대가 경기도 금촌 지역에 있는 데다 낮이 제일 한가한 부서여서 서울 나가서 공부하기에 안성맞춤이었다. 나는 군목의 허락을 받고 J 신학대학 본과 1학년에 입학하여 매주 나흘씩 통학하게 되었다. 신학대학 본과는 예과 2년(전문대 수준)을 마친 후 계속하는 3년제 신학 과정이다. 반에는 60여 명의 젊은 학생들이 있었는데 나처럼 대학 출신 늙은 학생 5명은 맨 뒤에 앉고 여학생 5명이 제일 앞에 앉곤 했다. 그러나 바빠서 반 친구들과 사귈 기회가 전혀 없었다. 그런데 뜻밖에 운명의 날이 왔다.

"선생님, 저를 잘 모르실 거예요. 제가 백숙희입니다."

"아, 네, 저는 김동수입니다. 아, 저, J 목사님이 말하시던, 아 백숙희 선생이군요. 반갑습니다."

급히 나가던 하굣길에서 이렇게 백숙희를 만나게 된 것이다. J 목사의 도움도 없이. 희고 환한 얼굴에 인자하고 품격이 있는 이 젊은 여성은 무엇인가 성자聖者 같은 상을 지니고 있었다. 그리고 나에 대한 예절과 호의가 대단했다. 그러나 그 후 바쁜 일정 때문에 그녀를 만날 수 없었다. 아니 만나고 싶지 않았다. 군 복무를 마치면 곧 유학을 가려는 마당에 어느 여성과도 심각하게 교제할 마음의 여유가 없기 때문이었다.

1961년 9월 초 미국으로 떠나던 날, 애절한 표정으로 혼송 나온 그녀에게 "혹시 미국 유학을 계획한다면 연락하라"는 싱거운 암시를 남기고 훌쩍 김포공항을 떠났다. 그 이후로 그녀는 유학 준비에 나섰고, 나는 유학 선배로서 또는 펜팔 친구로서 한 달에 두어 번씩 편지를 나누게 된 것이다.

그런데 이제 홀연히 내 앞에 '제2의 백숙희'가 나타난 것이다. 나는 호기심에 찬 한 주간을 보내다 H 목사의 성의를 생각해서라도 편지를 보내기로 했다. 나의 신상명세서와 가장 잘 나온 사진 한 장을 서울로 날려 보냈다.

놀랍게도 2주일도 되기 전에 생전 본 일도 없는 그 여자로부터 친절한 회답이 왔다. 비교적 짧고 사무적인 자기소개와 더불어 사진을 보내왔다. 무려 석 장을 보내왔는데 모두 자기가 들어 있다는 그룹 사진이었다. 수수께끼 같은 도전이었다. 나는 그중에서 키와 인상, 그리고 '텔레파시'를 고려한 끝에 한 명을 선택했다. 당선자는 현철하고 상냥하고 의

지와 주견이 뚜렷해 보이는 어여쁜 여대생이었다.

그녀와 나의 항공통신은 무서운 속도가 붙기 시작했다. 그리고 그녀의 성격과 생활 모습과 인생관이 그려지기 시작했다. 가난하지만 행복한 기독교 가정의 맏딸로서, 학교에서는 내내 장학금을 받으며 사범대학 교육연구실에서 주 20시간의 아르바이트를 하고 주말엔 시골 교회에 가서 자원봉사를 한다는 이 열성 여성은 예상외로 순수하고 겸손해 보였다.

미국 유학의 친절한 길잡이 노릇을 하며 나는 두 아름다운 여성의 가장 가까운 친구가 되고 있었다. 입학 원서, 추천서, 자기소개서 등 영문 서류 작성과 국가 유학 시험 준비, 미국 생활 안내 등 도울 일이 많았다. 드디어 두 백숙희 양이 내가 재학 중인 P 신학대학원 종교교육 석사과정에 지원하게 되었다.

누가 친절은 다 좋은 것이라고 했나? 나는 친절과 함께 새삼 더 솔직할 필요를 느끼게 되었다. 이 두 여자가 미국에 올 때는 학문 추구뿐만 아니라 필시 나와 의미 있는 관계를 염두에 두고 오는 것일 테다. 그렇다면 나의 다른 선택권은 어떻게 되는 것일까? 두 백숙희 사이에 나의 운명은 어떻게 되는 것일까? 나는 일부일처제의 도덕성을 굳게 믿는다. 나는 위기 상황이 닥치기 전에 양심선언을 해야 한다.

나는 세심한 연구 끝에 아래 선언문을 작성해서 두 당사자에게 똑같이 보내고 동의하는 합의를 각기 받아냈다.

1. 우리는 어디까지나 친구 관계이고 백 양의 미국행은 주목적이 학위

취득에 있다.

2. 백 양과의 관계는 직접 만나서 충분히 사귀는 과정에서만 자연스럽
   게 발전할 수 있다.

3. 사귐의 기회와 우선권은 도착하는 순서에 따른다.

전쟁과 남녀 교제에는 속임수가 필수라고 한다. 나는 세 번째 항목을
두 사람에게 보내지 않았다. 무엇을 속이고자 한 것은 아니고 필요 없는
정보를 줌으로써 공연히 심리적 우려를 주지 않으려는 배려에서였다.
나로서는 미리 편견을 가지고 사람을 차별해선 안 된다. 모두에게 공평
한 기회를 주는 것이 당연하고 바른 대책이다. 균등한 기회를 보장하는
것은 사회 정의의 핵심이 아닌가?

남자의 마음

대학 시절 바람기 있는 어떤 친구의 말이 생각난다. 여자의 마음속에
는 한 남자가 들어가기에도 너무 좁다. 그러나 남자의 마음에는 방이
99개 있는데 각 방에 여자를 하나씩 들여놓아도 한 방이 더 필요하다.
결국 아내를 들여놓을 방이 있어야 한다.

네 평도 안 되는 나의 독신 기숙사 방에 그런 사치스러운 생각은 아예
들여놓을 꿈도 꿀 수 없었다. 기국 땅에서 젊은 한국 여성이란 낮의 별
처럼 보기 어려웠다. 다만 같은 이름의 두 여자로부터 와서 쌓이는 편지

를 어떻게 처리하느냐 하는 행복한 문제가 나의 마음을 서서히 누르고 있었다.

실감 나는 사랑은 가슴과 가슴이 서로 만날 때 비로소 생기는 법인데 나는 어느 한 여자의 손목조차 잡아본 일이 없다. 편지를 통하여 두 사람에 대해 많이 알게 되었지만 몸과 영혼을 가진 그녀의 실체는 모르고 있지 않은가? 잘 모르는 상태에서 해야 할 가장 확실한 행동은 공평과 관용이다. 나는 제1의 백숙희 편지를 날짜순으로 책상 왼쪽에, 제2의 백숙희 편지를 오른쪽에 모셔놓았다. 각자에게 성실하게 답변하고 그 내용을 각기 메모해놓았다. 달이 차고 해가 바뀌면서 오른쪽 편지의 높이가 왼쪽 높이를 빨리 추적해오고 있었다. 모든 것이 질서 있게 진행되고 있었다. 역시 자유경쟁은 좋은 것이다.

어느 날, 학교 입학담당 책임자가 나에게 도움을 청해왔다. 코리아의 서울에서 지원한 여학생의 서류가 혼란스러워 처리를 할 수 없다는 것이다. 주소가 마구 바뀌는가 하면 다른 학교 성적표를 보내오고, 요구한 추천서는 안 오고 대신 자기소개서를 다시 보내오고……. 짐작이 갔다. 그 사무실에 가서 백Baek 서류철을 열어보니, 아~ 두 여자의 문서가 서로 얽히고설켜 있지 않은가! 두 여자의 매운 눈초리가 번득이고 날카로운 목소리가 들리는 듯하다. 두 여자의 서류를 '제1의 백'과 '제2의 백' 서류철로 분가시키고 나니 사무실에 평화가 돌아온 듯했다.

그런데 문제는 여기서 끝나지 않고 더 위험한 사태로 발전하고 말았다. 언제부터인가 두 사람으로부터 거의 동시에 소식이 끊어진 것이다.

웬일일까? 두 진영이 어떻게 내통하여 동맹 파업을 한 것인가? '두 마리 토끼를 쫓던 사냥꾼이 결국 두 마리 다 놓쳤다'는 미국 격언이 그대로 맞아떨어지는 것인가? 궁금증에 빠진 나에게 제1로부터 긴 사연의 편지가 왔다. 지난 두어 달 동안에 친척 어른의 끈질긴 권유로 맞선을 두 번 보았다는 것이다! 그녀는 '건성으로 사람을 만나보기는 하였지만 유학을 핑계로 더는 선보는 것을 회피하고 있다. 선생님 생각은 어떠시냐?' 하는 일종의 확인성 질문을 던지는 것이다. 내가 무어라 답변할 수 있나? 이어서 제2로부터 긴 사연을 녹음한 카세트테이프가 왔다. 그녀 아버지가 나와의 편지연락을 반대하신다는 것이다. 지난 몇 달 동안 딸에게 오는 미국 편지를 모두 은밀히 사전 검열하셨던 모양이다. 편지마다 '우리는 그냥 친구'라는 말이 못마땅하셨던 것이다. 약혼 약속이라도 받아놓아야 딸을 보낼 수 있다는 아버지의 입장을 빌려 '선생님 생각은 어떠시냐?'는 일종의 확인성 질문을 던지는 것이다. 내가 무어라 답변할 수 있나?

1960년대 가난에 허덕이며 살아가는 우리나라 사람들에게 미국은 천당의 입구 정도로 선망하는 곳이었고 미국 간 사람들은 마치 천국에서 황금마차를 타고 다니는 사람들처럼 부러움의 대상이 되던 시절이었다. 미국에 대한 이런 환상이 그녀들로 하여금 조급하게 나를 자기 사람으로 삼으려 하게 한 것이 아닐까? 제대로 데이트 한 번 해보지 않은, 아니 한 번 본 일도 없는 사람과 어떻게 장래를 이야기할 수 있을까? 약속은 진실과 현실에 기초해야 한다. 나의 현실은 삭막한 사막에서 헤매는 고달픈 초기 유학생일 뿐이다. 부풀어 오른 주가로 나를 평가하지 말고 직접 만나서 서로의 소박한 진실을 보며 사랑을 피워보고 싶었다. 그래서 나는 다시 나의 입장을 단연히 밝혀야 했다. '지금은 친구, 아니면 말라'는 식의 도도한 선언을 다시 보낸 것이다. 물론 이번에도 '선착순의 원칙'은 밝히지 않고.

그때는 누구에게나 유학 준비가 마치 긴 장애물 경주장 같았다. 입학 허가와 전액장학금을 받아야 하고, 문교부(현재 교육과학기술부)의 유학 자격시험(국사와 영어)과 중앙정보부의 신원 조회, 미 대사관의 영어 면접을 통과해야 하고 그리고 먼 길 여행에 필요한 막대한 여비와 생활비를 마련해야 했다. 어느 하나라도 걸리면 경주는 어려워지는 것이다. 제1주자와 제2주자는 열심히 달리고 있었고 나는 열심히 그리고 공평하게 두 선수를 응원해주었다. 내 진정한 마음은 두 주자 다 실패하지 않고 당당하게 개선하는 것이다. 그러나 만일 두 선수가 동시에 골인한다면 나의 선착순의 원칙은 어떻게 되는 것일까? 의도적 침묵도 비윤리적 기만인가? 은근히 겁이 났다. 에라, 모르겠다. 내가 어떻게 할 수 없는 일은 운명에 맡기자.

땀나는 경기가 계속되면서 완연히 속도 차가 나고 거리가 벌어지기 시작했다. 제2주자가 선두를 달리고 있고 제1주자는 힘이 빠지는 기색이 확연했다. 어떻게도 할 수 없는 관객의 입장에서 어떤 결과가 다행인지 불행인지 알 수 없는 초조감이 나를 사로잡았다.

1964년 무덥고 지루한 여름이 다 지날 무렵 드디어 제2주자가 먼저 결승선에 돌입했다. 긴 머리에 맑은 미소를 띤 서울 아가씨가 나의 삶에 뛰어든 것이다. 우선 반가웠다. 한국을 떠나오기 며칠 전까지 봉사 활동을 하다 왔다는 제2의 백숙희 양은 얼굴이 검게 타 있었지만 눈은 밝고 목소리는 맑았다. 지난 2년간 편지에서 나눈 생각과 꿈을 서로 재확인하기 위해 우리는 집중적인 데이트 사업에 몰입하게 되었다. 학교 카페테리아에서, 도서관에서, 학생 라운지에서, 근처 공원에서 우리는 끝없는 이야기꽃을 피웠다. 그녀의 현철하고 착한 성품이 너무나 아름다웠다. 나도 모르는 사이에 깊은 사랑에 빠진 것이다. 이것이 내 운명의 종착점인가 다소 불안하기도 했지만 그녀는 나에 대한 사랑과 헌신이 자기 운명처럼 분명했다. 사랑은 사람의 마음을 눈멀게 하는 모양이다. 나는 아무 가책도 없이 뒤처진 제1의 여인을 잊어가고 있었다.

운명의 여인

세상은 흔히 남자들을 개로, 여자들을 고양이로 비유한다. 그러나 문화와 예의가 통용되지 않는, 정글같이 혹심한 생존 경쟁 속에서는 남녀가 각기 늑대와 여우로 비하해 표현되기도 한다. 특히 야생적 본능이 강한 남자들은 수컷의 야만성을 드러내기 쉽다. 청순한 백 양과 교제하는 동안 나는 그런 야수성을 억누르고 지나치리만큼 정중한 신사도를 지키느라 애를 썼다. 아무리 좋아도 평생을 같이할 수 있는 영원한 반려자로서 서로 맞는지 확인하기 위해 찬찬히 깊은 사귐의 절차를 밟고 있었다. 즐거운 고민을 하고 있었다.

　　같은 신학대학원의 C 형은 그 신사도의 비현실성을 핀잔하며 한 친구의 이야기를 들려주었다. 보스턴에서 공부하던 그 친구는 오래 기다리던 약혼자를 데려오게 되었다고 한다. 그 당시에는 태평양을 건너는 항공기들이 주유를 하기 위해 두어 군데 들러야 했고 샌프란시스코에 도착하는 시간도 늦어 하룻밤을 묵어야 다시 미 대륙 횡단을 했다. 약혼자가 영어가 서툰 데다 초행길이라 염려되어 미리 그 항만 도시에 사는 동창 친구에게 안내를 부탁하였단다. 그런데 웬일일까? 도착할 시간이 훨씬 지난 후에도 소식이 없었다. 전화통에 불이 나도록 연락을 했으나 통 연결이 되지 않았다. 애간장을 태우는 이틀 밤을 지새우고 나서야 그 '가까운 친구'로부터 전화가 왔다.

　　"할 말이 없네. 일이 그렇게 되었네. 용서하게. 아니 용서 못해도 할 수 없네. 미안하네."

　　내가 살던 P도시에도 한국산 노총각과 젊은 홀아비들이 늑대 떼처럼 캠퍼스 근처에 여기저기 몰려 살았다. 한국에서 양 같은 여학생 하나가 도착하면 온 밀림에 치열한 싸움이 벌어지게 마련이다. 예쁜 얼굴은 고사하고 몸에 치마만 둘러도 좋다는 억센 야수들이 있는가 하면 암컷의 냄새만이라도 맡자는 비굴한 야수들이 우글거리고 있었다. 운 좋게 그중 하나가 데이트를 나가게 되면 체면 불고하고 대여섯 명이 따라붙는 무서운 세상! 다행히도 우리 학교가 다른 대학교 교정과 뚝 떨어져 있는 것이 커다란 보호막이 되었다. 그렇다고 안심할 수는 없었다. 먹이를 찾아 고물차를 끌고 열두 시간이나 달려가는 맹수들도 있으니……

　　"호박이 넝쿨째 굴러왔는데 좋으면 그냥 빨리 하고 싫으면 내놔요!"

기혼자인 C 형의 실감 나는 독촉이었다. 사실 외모로나 실력으로나 나는 재고 따지고 할 형편이 못 되는 위치에 있었다. 나의 주가는 바닥이었으나 미스 백은 인기 절정에 오른 새 공주였다. 내가 납작 엎드려 청혼을 해야 할 처지다. 그러나 내 인생을 주위 환경이 매겨주는 주가로 쉽게 사고팔고 싶지 않은 것은 내 자존심 때문만은 아니었다. 그녀를 진정 행복하게 하고 나도 행복하게 살 수 있을지 자신이 없었다. 내 사람이라면 꼭 붙들고 늘어지지 않아도 나에게 오리라는 믿음이 있었다.

한번은 능청맞은 백인 학생이 와서 "에리카(백숙희의 미국 애칭)와 꼭 하루 저녁만 데이트하게 허락해 달라"고 했다. 내가 왜 자기 데이트하는 것을 허락해야 되느냐 반문하자 '약혼자에 대한 최소한의 예의'라고 했다. 어느새 C 형이 "미스터 킴 약혼자 왔다"고 소문을 퍼뜨렸던 것이다. 그 허위 유포가 싫지 않았다.

사람은, 특히 남자는 느끼는 것과 생각하는 것, 좋아하는 것과 사랑하는 것, 사모하는 것과 존경하는 것, 속옷처럼 얇은 이런 것들의 경계를 잘 모르는 경우가 많다. 나의 사랑이 운명의 선택인지 선택의 운명인지 확실치 않았다. 그러나 백 양은 침착하고도 인내심 있게 나의 확신이 무르익기를 기다렸다. 얌전한 약혼자처럼.

나의 도도한 태도는 얼핏 고매한 지성인의 옹고집 같지만 실은 얼마나 모순되고 무지몽매에 젖어 있었던가? 실은 이미 깊은 사랑의 늪에 빠져 있는 자신을 못 보았을 뿐이다.

이듬해 4월, 벚꽃이 만발한 봄날에 우리는 약식 약혼을 했다. 꽃처럼 행복했다. 단 세 명의 한국 친구들이 축하해주었다. 그로부터 석 달 뒤 우리는 희한한 결혼식을 올렸다. 가난한 코리아의 두 학생을 위해 온 학교가 나서서 준비하고 도와주었다. 우리가 나가던 미국인 교회 담임 목사님과 학교 총장님이 어디에서도 볼 수 없는 '공동 주례'를 해주셨다. 거의 200명의 친구들이 와서 우리의 앞날을 축하해주었다. 서울의 양가에서는 아무도 올 수 없었으나 고마운 선물들이 도착했다. 무척 가벼우면서도 값진 선물! 돈일까? 아니다. 모두 12장의 축하 전보. 내용은 꼭 같은 영어 문장. "Congratulations on your wedding(축 결혼)." 내가 서울에 있었더라면 더 다양한 영어 문장을 만들어 보냈을 터인데……. 우리는 가난했으나 행복했다.

인생무대의 연출자

이쯤이면 운명이건 선택이건 나의 애정 드라마 연기는 충분히 해피 엔딩으로 마무리할 수 있다. 그러나 나의 어릴 적 기도를 순수하게 들어준 하나님은 유머 감각이 뛰어나신 분인가 보다. 우리의 만남을 주선한 중신아비 H 목사도 유머 감각이 뛰어나고 농담을 잘하시는 분이다. 종종 우리가 얼마나 행복한지 점검하시는 그분, 때로는 나에게 다른 백숙희 때문에 후회하지는 않는지 슬쩍 묻곤 했다. 나는 매번 다 살아본 후에 알려주겠다고 대답했다.

내가 T 주립대학교에 재직 중이었던 1976년경이라 생각한다. 연구 관계로 시카고를 방문하는 기간에 H 목사의 부탁 하나를 받게 되었다.

새로 이민 온 어떤 분이 사회사업 대학원에 들어가려는데 그 분야의 교수 추천서가 필요하다는 것이다. 모르는 사람을 추천할 수 없기에 우선 면담을 하기로 했다. H 목사는 빙그레 웃으며 만나면 알 만한 사람이라고 암시하는 것이 아닌가? 다음 날 그의 직장인 가발도매상 사무실에서 만났을 때 L 씨는 건장하고 정중한 중년 신사의 모습이었다. 중령으로 예편, 이민을 왔으나 앞으로 전문직으로 일하기 위해 다시 학문을 하겠다는 것이다. 나는 그가 사회사업가가 되려는 목적과 기대, 인간관계의 중요성, 사회 문제에 대한 이해 등을 슬슬 물으며 그의 인간적 자질을 가늠했다. 한 시간 정도 이야기를 나누고 며칠 안에 추천서를 학교로 직송하겠다고 약속하고 일어나는데 L 씨가 슬쩍 말을 비쳤다.

"내 아내가 김 교수님 잘 안답니다. 백숙희 기억하시겠지요?"

사람이 죄 안 짓고도 놀라고 당황하는 것은 산 양심이 있어서인가 죽은 욕망이 있어서인가? 나는 찬 콜라 한 잔을 다 마시고 자리에서 일어났다. 제1의 백숙희가 여기 있었구나! 그녀는 지금 어떻게 살까? 행복할까? 돌아오는 길에 내 마음은 다시 16년 전으로 돌아갔다.

며칠 후 H 목사 부부, 우리 부부가 L 씨 댁 저녁 초대를 받았다. 나는 아무렇지도 않다고 생각하는데 아내가 긴장할 필요가 없다고 타이른다. 처음 제1의 백숙희를 다시 보는 순간 표현할 수 없는 반가움이 나를 놀라게 했다. 희고 환한 얼굴에 인자하고 품격이 있는 그 여성, 중년 부인으로 몸이 좀 풍성해졌을 뿐 옛 모습 그대로였다. 고달픈 초기 이민 생활에도 사랑과 꿈이 좁은 아파트에 가득 차 있었다. 정성스럽게 준비한 저녁을 즐겁게 나누며 우리는 마음 문을 활짝 열고 지나간 옛 이야기로 꽃을 피웠다. 한때 제1이 근무하던 모 기독교대학생활관 도서실에서 밤에는 제2가 천연스럽게 공부했다는 실토가 나오자 온 방에 웃음이 폭죽처럼 터졌다. 모두 환하게 빛났다. 그녀는 살짝 눈물을 닦았다. 넘치는 행복의 눈물이 아닐까?

그녀는 지금 두 아들의 엄마, 제2는 두 딸의 엄마, 제1은 훌륭해 보이는 남편을, 제2는, 글쎄, 보통 남편을 얻고, 아무리 생각해도 옛날 제1이 속도를 늦춘 것이 다행스러웠다. 그녀 자신에게 돌아온 축복이 아니었을까? 몇 년 후 제1의 남편이 목사가 되어 시카고 지역에서 훌륭하게 목회를 한다는 반가운 소식을 듣게 되었다. 처음에 신학 공부를 하고도 종래 목사가 안 된 제2의 남편은 미안하고 고마웠다.

나의 사랑은 운명이었나? 아니면 선택이었나? 네 청춘의 신묘한 융합의 귀결은 모두에게 최대의 행복을 가져왔을까? 한정된 기회 속에서 자유를 행사하려 했을 때 나는 즐거우면서도 방황하고 고민했던 추억을 잊을 수 없다. 너무나 밝은 조명 때문에 나의 실체를 볼 수 없었다. 그러나 돌이켜보면 나는 선택된 운명을 운명처럼 선택한 것이다. 결국 연출자는 나의 인생무대 뒤에 있었던 것이다. 나는 나 자신도 모르게 창조주의 섭리攝理에 의존하게 된 것이다. 섭리는 나의 모든 것을 넘어서는 영원한 절대자의 거룩한 의지요 지혜다. 나는 그분이 나를 엄청 사랑하시는 것을 믿고 또 순수하고 진실한 기도의 효험을 믿는다. 지금 나의 유일한 사랑은 그런 신비한 사랑의 섭리 속에서 이루어진 것이라 믿는다.

약식 약혼식

가난한 유학생의 결혼식

어떤 밸런타인데이 Valentine Day

"해피 밸런타인데이, 마이 달링!"

"여보, 저두요, 생큐, 생큐!"

나는 아내와 가벼운 키스를 나누고 식탁에 앉았다. 앤디 윌리엄스 Andy Williams가 부르는 「문 리버Moon River」가 감미롭다. 유학생 부부에게는 화려한 음식과 포도주가 없어도 좋다. 그냥 사랑과 웃음이 깃든 저녁이면 아름다운 밤의 향연이 된다. 지난 한 해 동안 신혼의 기쁨과 어려움을 반추한다. 비록 가난하지만 모두 감사한 일이다.

저녁상을 물리고 커피를 마시던 아내가 슬쩍 무엇을 뒤에 숨긴 채 나타났다.

"당신에게 밸런타인 선물이 있어요."

서로 선물 안 하기로 약속하지 않았느냐고 하자,

"그랬지요. 그런데 오늘 밤 이것을 꼭 당신에게 드리고 싶어요. 정성껏 준비한 거예요. 그리고 제가 이것보다 당신을 훨씬 더 사랑하는 걸

알아주세요."

분홍색 포장지에 멋진 리본까지 단 묵직한 상자다. 상자를 열어보니 그 속에는 푸른 카드 같은 것이 가득 차 있다. 하나를 꺼내 보다가 그만 소스라치게 놀랐다.

"오 마이 굿네스!Oh My goodness!"

당혹감, 연정과 추억이 범벅이 되어 초라해진 나를 무겁게 덮친다. 한참 숨을 고른 후,

"뭐 이런 게 아직 있었나?"

퉁명스러운 가식假飾을 뱉어낸다. 누가 참사랑에는 거짓이 없다고 했는가? 나는 나 자신조차 속이며 현실에 아첨한다.

나는 그녀의 초록색 편지 한 장을 꺼내 대담하게 촛불에 태운다. 나의 가슴도 탄다. 타오르는 불꽃에 지난날의 열정이 순식간에 다시 발한다. 손끝이 뜨거울 때까지 붙들고 있다가 휴지통에 떨어뜨린다. 하얀 재가 가는 연기를 남긴다. 나의 추억이 재로 남는다. 또 하나의 초록색 편지를 불사른다.

내가 처음 에스더를 만난 것은 몇 해 전 여름 아르바이트하던 어느 교회 계통의 캠프장에서였다. 그녀는 맑은 얼굴에 금빛 어린 긴 갈색 머리에 파란 눈이 유난히 크고 빛나는 소녀였다. 그러나 여름내 같이 일하면서 나의 마음을 사로잡은 것은 아가씨의 미모라기보다 착하고 성실한 마음씨였다. 나는 진정 그녀를 사랑하게 되었던 것이다. 그런데 이제 어떻게 내가 에스더에게 이럴 수 있나. 내가 돌팔매질을 고스란히 맞아야 하리. 초록색 편지가 첩첩이 쌓여 있다. 아마도 200여 장은 되리라.

나의 귀여운 소녀 에스더는 내가 좋아하는 초록색 봉투와 초록색 편지
지에 애절한 사랑을 실어 보내왔다. 문장과 문체가 멋진 그녀의 편지 끝
에는 으레 'luvyalove you(사랑해요)' 또는 내가 가르쳐준 한글로 '사랑'을
쓰고 봉투에는 'SWAK Sealed With A Kiss(키스로 봉함)'이 붙어 있다.

"기억나세요. 우리가 방문했던 그 아담하고 하얀 시골 교회를. 우리
외할머니의 첫 번째 결혼식, 그리고 우리 부모님이 결혼식 한 곳, 그때
우리는 아무 말 없이 손잡고 교회 뒷자리에 한참 앉아 있었지요? 저는
사실 기도하고 있었어요. 저도 이 교회에서 결혼하게 해달라고……."

나는 괴로웠다. 그녀와의 이별이 너무 안타깝고 서글프고 죄스러웠
다. 애초에 사랑해서는 안 될 여인이었을까. 나는 편지를 빨리 태우기
로 했다. 그러나 밤을 다 새워도 이 추억을 몽땅 태울 수 없다. 그냥 북
북 찢어서 쓰레기통에 버리기 시작한다. 나의 가슴도 찢어진다. 옛 사
랑을 사정없이 버린다. 그 사정없는 손길에는 슬픔과 아픔이 묻어 있
다. 그러나 그것도 잠시, 다시 버린다.

"백숙희(가명) 씨, 나와봐요. 이제 나의 과거는 없어요."

아내가 빈 상자와 쓰레기통을 들여다본다. 승리한 여왕이 금관을 쓰
려는 듯 머리를 숙인다.

"여보, 정말 미안하고 고마워요. 제가 이 많은 편지에 담긴 사랑보다
더 당신을 사랑합니다. 약속해요. 믿어주세요. 해피 밸런타인 투유!"

나는 가볍게 숙희를 포옹했다. 숙희를 안고 키스하는 순간 '딩동 딩
동' 초인종이 울린다. "예스, 컴 인" 하기가 무섭게 "서프라이즈, 해피 밸
런타인!"을 외치면서 들이닥치는 젊은 부부. 형제처럼 지내는 2층 미스

터 정 부부, 역시 학생 부부다.

우리 부부의 붉게 상기된 얼굴을 보고 무슨 일이 있었냐고 따진다. 아무 일 없다고 해도 이런 날 부부 싸움을 했냐고 캐묻는다. 사람이 과거를 다 없애는 것은 쉬운 일이 아니다. 어설프게 변명을 늘어놓다 내가 옛날 친구의 편지를 정리했다며 멋쩍은 고백을 했다. 그러자 아내가 "옛날 애인의 편지"라고 토를 달았다.

"어머, 어머, 어떻게 그런 편지를, 어머나 이렇게 많은 연서를!"

타버리고 찢어진 편지들을 들여다본다. 그녀가 경탄하는 이유가 애매하다. 내가 다른 여자의 연애편지를 결혼 후까지 간직한 죄, 아니 이제 와서 구태여 태우고 찢고 하는 난리, 많은 연서를 받은 데 대한 부러움 또는 질투, 어느 것 때문인지 알 수 없다. 그러고는 백 가지 질문을 쏟아낸다. 나는 이미 '버린 몸(?)'이라 담담한 표정으로 미소만 짓고 아내가 나서서 해설을 붙인다. 편지는 약 2년 전 신학대학원 시절 열애하던 미국 아가씨가 보냈던 것인데 자기가 오늘 특별한 날이라 포장해서 선물했다고 말한다. 그 189통의 편지를 선물하기 전에 미리 몰래 보느라 거의 두 달이 걸렸지만 그 덕에 영어 문장 실력이 크게 늘었다고 빈정거리는 논평까지 덧붙인다.

진리를 집요하게 추구하는 대학원생들이 그런 밋밋한 설명으로 만족할 리가 없다. "그 여자가 얼마나 예뻤나? 얼마나 오래 사귀었나? 동수 씨는 편지를 몇 장 보냈나? 왜 헤어졌나? 아직도 못 잊나……" 미스터 정이 그런 대답을 어떻게 마른입으로 할 수 있냐며 포도주 병을 따기 시작한다. 그러는 동안 그의 아내의 한 손이 쓰레기통에서 거의 두 조각난

초록색 편지 하나를 꺼내 든다.

"어머, 어머, 어떻게 글씨가 이렇게 고울까?"

내가 무슨 말을 하기도 전에 그녀는 편지를 꺼내 읽기 시작한다. 한참 읽다 또 감탄사가 나온다.

"어머, 여기 시가 있어요!"

나는 레드와인 한잔을 다 마신 후 한숨처럼 뱉어냈다.

"사실 에스더는 예뻤어. 마음이 더 예뻤어요. 숙희만큼……."

"글쎄요. 이제 와서 나를 위로할 필요 없어요. 사실 사진을 보면 참으로 착하게 보이는 아름다운 아가씨였어요."

착하고 아름다운 아가씨! 그것은 나에게는 지워버릴 수도, 태워버릴 수도 없는 진리다. 가난한 외국 유학생에게 사흘이 멀다 하고 그 초록색 편지를 꼬박꼬박 보내던 순정의 소녀! 앞으로는 더 이상 교제를 계속할 수 없다고 말했을 때 그 큰 눈에서 구슬 같은 눈물을 뚝뚝 떨어뜨리던 연인!

"그런데 도대체 어떻게, 왜 헤어지게 되었어요? 혹시 문화적으로, 성격적으로 안 맞았어요? 아니면 집안에서 반대했나요? 그렇게 서로 사랑했는데……."

드디어 문제의 핵심을 찌른다. 그 사랑을 끝내 보내야 했던 나의 아릇한 운명을 어떻게 설명할 수 있을까? 그런데 지금 미스터 정 부부가 그 비운의 실체를 분명하게 내놓으라고 독촉하는 것이다.

내가 에스더와 헤어지기로 결심한 것은 어느 한쪽의 사랑이 식어서가 아니다. 누가 반대해서도 아니다. 역설적이지만 너무나 사랑했기 때문이다. 나는 고국을 떠나올 때 나 자신과 어머니와 하나님께 서약한 사랑이 있다. '사랑하는 조국에 돌아와서 헐벗고 굶주린 동족을 위해 봉사하며 살겠노라'고.

조국은 6·25 전쟁 후 빈곤과 질병, 전쟁의 공포, 그리고 군사 독재 밑에서 신음하고 있었다. 많은 한국 유학생들은 공부를 마치고 조국을 벗어나 미국에 주저앉으려 했다. 반대로 나는 바로 그 이유 때문에 귀국하기로 한 것이다. 만일에 에스더와 결합하게 된다면 그녀를 도저히 한국에 데려갈 수 없다고 확신하게 되었다. 너무나 그녀를 사랑하기 때문이다. 그렇다고 사랑을 위해 미국에 영주하게 된다면 그것은 안락하고 무의미한 삶을 위해 나의 모든 꿈과 이상을 접어버리는 일이다. 조국을 등지는, 나의 영혼을 팔아버리는 행위다.

그런 딜레마에서 벗어나 확실한 선택을 한 것은 선배인 티머시Timothy 윤 목사(가명)의 경험을 알고 나서였다. 그는 대학 시절 만난 로즈메리Rosemary와 단란한 가정을 이루고 백인 교회에서 사역하는 목사였다. 교사였던 부인은 3년간 남편의 신학교 공부 뒷바라지를 했다. 희망에 찬 그 부부는 몇 년 후 한국으로 선교 사역을 하러 갔다. 아마도 윤 목사는 신문과 텔레비전에 나오는 '불쌍한 코리안 스토리'를 볼 때마다 가슴이 아팠을 것이고, 부인은 그 아픔을 덜어주기 위해 무엇이든 하고 싶었을 것이다.

윤 목사의 첫 배정지는 대전에서 비포장도로를 버스로 한참 가서 또 5리를 걸어 들어가야 하는 배천 윗마을이었다. 작은 교회를 지키며 지역 사람들을 계몽 교육해야 하는 사명이 주어졌다. 고생은 각오했었지만 너무나 힘든 살림이었다. 로즈메리에게는 먹을 것이 거의 없었다. 우물물이 식수여서 늘 설사를 하고 서양 음식(우유, 치즈, 빵, 육류)이란 아예 볼 수도 없었다. 그 흔한 채소는 인분 사용으로 인한 기생충 문제 때문에 걱정거리였다. 여름 내내 모기와의 전쟁을 치르고 겨울엔 늘 감기를 안고 살았다. 배천 마을에서는 구공탄 같은 것은 구할 수 없었다.

텍사스의 따뜻한 곳에서 부잣집 맏딸로 곱게 자란 로즈메리에게 결정적으로 충격을 준 것은 '뒷간(재래식 화장실) 사고'였다. 아들이 밤에 뒷간에 갔다가 깊은 똥통에 빠진 것이다. 결사적인 노력으로 아들을 구했지만 그 충격으로 로즈메리는 시름시름 앓기 시작했다. 그 이듬해 윤 선교사는 대전시로 전임이 되고 생활이 현대화되어도 로즈메리의 복합병은 가시지 않았다. 그녀는 회복을 위해 몇 번이나 텍사스 친정에서 휴양을 했으나 몇 년 후 사랑하는 남편과 두 아들을 남기고 천국으로 떠났다.

나는 더 이야기를 이을 수가 없었다.

잠시 침묵이 흐른 후, 미스터 정이 나의 등을 가벼이 두드리며 위로의 말을 꺼낸다.

"자네 생각을 이해하네. 진정한 사랑은 그 사랑을 희생할 수도 있다네. 한잔하세나. 오늘이 밸런타인데이가 아닌가!"

두 여자가 티슈를 꺼내 조용히 눈물을 닦고 있다.

외상으로 사랑을 사다, 사랑 빚 갚다.

외상 빚 갚기

"이런 질문을 해도 될까요? 미스 백은 언제쯤 결혼을 하실 생각입니까?"

"결혼이요? 저는 박사 학우를 마칠 때까지는 그런 건 생각도 하지 않을 거예요!"

지체 없이 나온 답변이었다. 긴장한 내 귓속에서 무슨 '펑' 소리가 나고 한동안 멍멍했다. 박사 학위를 마칠 때까지는 생각조차 안한다. 그것은 나의 장기 전략에 엄청난 피해를 가져올 폭탄선언이었다. 내 민첩한 두뇌가 시간 계산을 했다. 지금 진행 중인 석사 과정이 1년 반, 박사 과정이 미국 학생 평균으로 따져 5년 반, 최소한 7년의 세월이 흐른 후에야 그녀의 결혼이 가능한 시점에 도달하는 것이다. 그렇다면 만 35세가 될 이 노총각의 인생은 어떻게 되는 것일까?

자연스러운 그녀의 답변을 내가 그처럼 심각하게 생각하는 이유는 물론 그녀를 사랑하기 때문이었다. 그녀가 유학 오기 전 2년 반 동안 우리는 수많은 편지로 사귀어왔지만 친구라는 관계 노선을 지켜왔다. 우선 친구로 여유 있게 사귀어나갈 생각이었는데 속으로는 사랑의 싹이 자라고 점점 운명의 요상한 손길이 우리를 사로잡는 듯했다. 물론 사랑은 억지로 하는 것이 아니다. 존경과 신뢰를 바탕으로 서서히 키워나가는 인격적 관계여야 한다. 그녀의 학문적 야망과 꿈을 최대한 존중하기로 했다.

그러나 그녀의 꾸준하고 아름다운 말과 마음씨는 나의 이상적 절차를 날마다 위협하고 있었다. 나의 자존심과 합리성에 균열이 생기고 조바심이 드는 것은 어찌해야 할 것인가? 사랑은 차가운 논리가 지배하는 이성의 세계가 아닌가 보다. 나는 밤마다 만나면 눈을 감고 격정의 위험한 오솔길을 달렸다. 그녀는 나보다 더 깊은 사랑을 감추고 있는 듯했다. 이듬해 4월 초 우리는 조촐하게 약혼을 했다. 언젠가 준비가 되면 결혼한다는 잠정적 약속이었을 뿐 역시 결혼은 막연한 꿈이었다.

4월 말 졸업식(목회학 석사)을 며칠 앞두고 우연히 도서관 입구에서 밀러Miller 총장님을 만났다. 총장님은 1930년대 평양에 선교사로 있었던 관계로 한국 학생들에게 특별한 관심을 가지고 계신 분이었다. 언제 결혼식을 올리느냐는 질문에 나는 아직 계획이 없다고 했다. 약혼자는 여기 남아서 계속 공부하지만 나는 오하이오 주 A 신학대학으로 진학하게 되어 몇 년 떨어져 있어야 한다는 사실을 말하자 "안 좋습니다. 안 됩니다"를 연발하시며 당장 이곳에 입학 원서와 장학금 신청서를 내라고 명령조로 독촉하시는 것이었다. 일주일 후에 입학 통지와 더불어 전액장학금 수여 통지, 그리고 두 사람의 장학금을 합치면 기혼자 아파트 배정과 생활비가 해결된다는 편지가 왔다. 게다가 총장님께서 언제든 결혼식 주례를 해주신다고 연락이 왔다. 친구들은 세상에 이런 행운이 어디 있느냐고 부러워했다.

준비되지 않은 사람들에게 떨어지는 행운이 반드시 축복은 아닌 법, 우리의 고민이 더해갔다. 또히 경제 문제가 아니었다. 그녀의 학문적 야망과 꿈을 반드시 살려야 했다. 미스 백은 과연 머리가 명석하고 장래가 촉망되는 미래 여성 지도자 감이었다. 독신인 그녀의 스승은 "여성의 결혼은 발전과 성공의 행복한 또는 불행한 종말"이라며 미국에서 공부하는 동안 모든 유혹을 물리치라고 단단히 일러준 모양이었다. 사실 그 당시 큰마음 먹고 유학 오는 거의 모든 여학생들은 결혼하면 이런저런 이유로 공부를 중단 또는 포기하는 것이 통례였다. 대개는 미시즈 Mrs.(유부녀) 학위로, 또는 맘mom 학위로 유학 목적을 바꾸게 되는 것이다. 어떤 이는 아르바이트로 남편의 학업을 도와주는 소위 '아내 장학금' 조달로 대리만족을 해야 했다. 그러나 나는 사랑의 창조적 노력으로 포기를 포기하는 예외를 만들기로 굳게 다짐했다. 사랑은 한 사람의 꿈을 죽이는 것이 아니라 모두의 꿈을 더욱 풍성하게 살리는 기적이어야 한다.

성경에는 물질과 빚에 대한 교훈이 많다. '남의 소유를 넘보거나 탐내지 말라', '모든 종류의 빚을 탕감해 주라', '변리로 돈을 빌려주지 말라', '보증을 서지 말라', '빚은 반드시 갚으라', '사랑 빚 외에는 아무 빚도 지지 말라' 등등. 고민하는 사람들에게 성경은 언제나 해결의 좋은 길을 보여준다. 사랑 빚! 그것은 사랑하는 일에는 빚을 져도 된다는 말이 아닌가? 달빛이 유난히 밝은 어느 초여름 밤에 근처 하이드 파크(공원), 우리 가난한 약혼자들을 위한 화려한 화원으로 발길을 옮겼다.

"미스 백, 인생에도 외상이라는 것이 있어요. 제가 반드시 빚은 갚을 겁니다. 우리 함께 사랑의 한 길을 걷지 않겠습니까?"

나의 희한한 프러포즈에 그녀는 금세 눈물을 흘리며 내 품에 안겼다. 그 고귀한 박사 학위가 미스 백으로부터 날아가 버리는 밤이었다. 그해 여름 미국독립기념일(7월 4일) 전날 아담한 교회에서 우리는 많은 동료의 축하를 받으며 우리 새 가정의 독립을 선언했다. 다음 날 신혼 여행지 나이아가라폴스 시는 우리의 결혼을 축하하기 위해 온 밤하늘을 축포로 채웠다. 나로서는 무한히 기쁘면서도 엄청난 빚을 짊어지게 된 외상 갚기 인생이 시작된 것이다.

모든 비즈니스 계정에는 매입채무買入債務란 말이 있는데 기업이 상품을 매입하는 데서 발생한 채무로, 외상매입금과 지급어음이 있다. 상환 방식은 다르지만 언젠가 갚아야 할 부채임에는 틀림이 없다. 나는 아내의 학문적 꿈을 이루어 주어야 할 빚을 지고 살게 된 것이다. 이미 약속어음을 발행한 터이니 부도가 나지 않도록 최선을 다해야 하는 것이다. 나의 대차대조표 또는 재무상태표에는 나의 도의적·인격적·교육적·심리적 자산과 부채, 자본의 총계와 그 과목별 내역이 항시 표시되고 나는 그에 대한 책임을 수행해야 하는 것이다. 내가 죽기 전에, 아니 그 훨씬 전에 그 빚을 갚아야 한다.

외상 빚 갚기 인생 18년에 나의 결산은 여전히 채무 영역에서 벗어나지 못하고 있었다. 그동안 아내는 석사 둘, 전문인 직장 생활 7년, 나는 석사 둘, 박사 하나, 교수 생활 4년, 딸 둘, 임시 이민자 보따리는 점점 늘어났으나 아내의 학문적 꿈은 성취하지 못한 것이다. 1978년 버지니아로 이사 오면서 나는 무슨 일이 있어도 아내가 박사 공부를 시작하도록 권했다. 그러나 놀랍게도 강한 의지의 아내는 박사와 교수에 대한 열망을 깨끗하게 사절하는 것이었다. 딸 둘 기르고 교수 남편 내조하며 사회사업가(사회복지사) 직장이면 만족한다는 것이다. 나의 외상 빚을 간단하게 탕감해주는 것이 아닌가? 가정을 위해 부득이 감수하는 희생은 아름다운 것이다. 그러나 그 때문에 자아성취를 완전히 희생하는 것은 아름다운 것이 될 수 없다. 더욱이나 여성이기 때문에 그런 희생이 정당화 또는 미화되어서는 안 되는 것이다. 나는 오래전에 약속한 외상 빚을 기어코 갚기로 결심했다.

하나님은 나의 신의信義를 갸륵하게 보신 모양이었다. 쉽게 생각했던 아내의 직장은 반년이 지나도록 한 군데도 안 되고 대신 반신반의하면서 제출했던 박사 과정 입학 원서가 전 과정 장학금과 함께 전격적으로 허락되었다. 장인 장모님이 이민 오시면서 우리 집안 살림살이를 맡아주기로 했다. 중고교에 있는 아이들이 엄마의 만학 계획을 적극 지원하고 나섰다. 내가 빚 갚는 데 협조해준 사람은 누구보다 아내 자신이었다. 만 37세 아주머니가 열성적인 학생으로 새로 태어난 것이다. 매주 학교Virginia Commonwealth University가 있는 리치먼드Richmond에 며칠씩 머물며 160킬로미터 거리를 눈물을 흘리며, 삼키며 통학했다. 주말 부인

weekend wife을 맞을 때마다 나는 친절한 가정교사가 되었다. 그 당시 교수들도 소유하지 못한 개인 컴퓨터를 활용해 통계 처리와 논문 편집에 속도를 냈다.

1982년 5월, 시작한 지 2년 9개월 만에 아내는 박사 학위를 받게 되었다. 졸업식에서 노련한 유대인 지도 교수가 '기록'이라고 칭찬했다. 나에게는 '기적'이었다. 이렇게 나는 나의 인생의 가장 큰 외상 빚을 갚게 된 것이다. 이제는 내가 이 세상을 언제 떠나도 아내가 나보고 빚쟁이라고는 나무라지 않을 것이다.

소울메이트 Soul mate

아침 식사를 마치고 나면 나는 밤새 같이 잔 여자와 서둘러 같은 차를 타고 집을 나선다. 물론 같은 직장으로 가는 것이다. 미국의 한인 교포 사회에서는 부부가 같이 소매업이나 서비스업에 종사하는 일을 흔히 보게 되지만, 같은 전문직에서 그것도 같은 직장, 같은 부서에서 일하는 것은 좀 드문 일이다.

우리 부부는 그 드문 경우에 속한다.

내가 봉직하는 N 주립대학교의 사회복지학교(학·석·박사 학위 과정 의 전문대학)에 아내가 1985년 조교수 전임으로 임명되었을 때 같은 '닥 터 킴'인지라 30명도 안 되는 교직원 사이에 전화, 메모지 전달, 연락 등 에 혼선이 생겼다. 그때는 공동 전화번호를 많이 활용했고 이메일이 없 던 시절이었다. 몇 달이나 혼돈이 계속되자 아내는 남편의 성에 귀속하 는 서구의 관례를 깨고 처녀 때 성인 백씨Dr. & Ms. Paik 성을 되찾았다.

칭호상이었지만 당시 여성해방운동의 선구자처럼 자유의 여성이 된 것이다. 그러나 우리는 직장과 가정의 짝꿍이었다. 사실 '같은 학교 같은 학과의 부부 교수'라는 별칭을 얻게 된 데에는 기이한 사연이 있다. 나와 아내는 이것을 인생 최대의 행운이라 불렀다.

아내는 1982년 5월 흰 머리카락이 날리기 시작하는 40고개를 넘으면서 사회복지 분야 철학 박사 학위를 받게 되었다. 두 개의 석사 학위와 한 개의 박사 학위, 실무 경험, 그리고 아름다운 미소로 무장하고 여러 고등학교, 사회복지기관, 연구소 등 취업 공략을 시작했다. 그런데 웬일일까? 매번 최종 면접에서 친절하게 딱지를 맞았다. 적절한 대우를 하기 어렵다거나 오래 있지 않을 것이라는 우려에서 사절하는 모양이었다. 결국 자격 초과overqualification가 걸림돌이 된 것이다. 좋은 것도 지나치면 나쁜 것이 될 수 있는 것이 노동 시장의 원리인가? 무척이나 고생하며 준비한 것이 오히려 일을 할 수 없게 만들다니. 아내는 만학의 후회가 크고 나의 진학 독려가 원망스러웠을 것이다.

물론 박사 학위 소유자니 대학교수직이 가장 이상적이고 제격이겠지만 미국 사회복지교육협의기구Council on Social Work Education의 정책상 인구 백만이 약간 넘는 우리 지역에는 다른 사회복지학교가 설립될 수 없었다. 그리고 보면 유일한 다른 길은 타 지역 사회복지학교에 지원하는 것뿐이었다. 그러나 닥터 백이라는 해방 여성은 오히려 자신의 전문직 발전을 위해 가족이 분리되는 것을 결연히 반대하고 나섰다. 아내는 늘 "당신을 위해서 태어났다"고 스스럼없이 고백했던 것이다. 따라서 사랑하는 반려자와는 죽음 이외에는 헤어질 수 없다는 것이 그녀의 철

칙이었다. 사실 전에 내가 있던 T 대학의 '히라야마'라는 일본 교수는 부인이 다른 지역의 대학에서 가르치다 보니 어느새 9년째 별거 생활을 하고 있었다. 몹시 애석한 일이었다. 우리는 굳게 다짐을 했다. 우리는 한몸, 한마음으로 서로 도우며 같이 성장해야 한다. 우리는 육체적으로, 정서적으로, 영적으로 늘 연결되어 있어야 한다. 그렇지 않으면 비슷하지만 짝퉁이 될 수 있다. 비록 앞길이 보이지 않아도 그 어려운 박사 공부의 기회를 주신 창조주는 필경 어떤 좋은 계획이 있으리라 굳게 믿었다.

결국 아내는 부득이 타 대학의 이 지역 분교에서 한 과목을 맡아 일주일 내내 강의 준비를 하며 따분한 비정규직으로 소일했다. 그런데 시간 강사료는 쥐꼬리만 하고 취업 전망은 개미구멍 같았다. 그녀의 처량한 신세를 지켜본 한 친구네가 특별한 배려로 한 백화점 안에 금은 장식품을 파는 간이 점포kiosk 하나를 차려주었다. 공부만 알던 아내는 숨은 실력을 발휘해 높은 수익을 올리게 되었다. 두 번째 크리스마스 매출 실적이 나오자 백화점 본사에서 다른 백화점에도 점포를 열자는 제의가 왔다. 뜻밖에도 부자(?)가 될 수도 있는 기회가 오는 것인가?

그러나 어느 날 밤 피곤한 몸으로 돌아온 아내는 충격에 빠졌다. '가난하지만 의미 있는 옛날이 그립다'는 나의 시 한 수를 읽었던 것이다. 무모하지만 다음 달 우리의 신흥 사업을 아주 접기로 했다. 대신 비영리 연구 기관Heritage Research House, Inc.을 설립해 뜻있는 출판 사업을 하게 되었다. 한국계 학자들의 좋은 학술논문들과 '코리아'라는 제약 때문에 빛을 못 보는 원고를 선택해 모두 4권의 영문 서적을 출판했다. 그러나 그것도 자금이 동나자 더는 활동할 수 없게 되었다. 나의 아내는 다시 따분한 신세가 되었다.

1985년 늦은 여름, B 부학장으로부터 뜻밖의 전화를 받았다. 부학장은 수염이 덥수룩하게 얼굴의 반을 가린 유대계 백인 중년 남자인데 교수 파티에서 늘 보아 잘 아는 사이였다. 사연인즉 학교에 교수 자리 하나가 갑자기 생겼는데 당장 지원서를 내라는 은밀한 정보였다. 보통 정규 교수직은 1년 전부터 인선위원회를 구성하고 심사하는 것이 상례인데, 1년간 객원 교수로 갔던 교수가 개학 4주를 앞두고 다른 학교로 간다고 통지하는 바람에 생긴 벼락 임용이었다. 당장 학위 소유자, 강의 유경험자가 필요한 처지였다.

지원서와 이력서를 내고 희망에 차서 학장을 만나 면접을 하게 되었다. 그러나 학장은 난처한 표정을 지으며 '부부이기 때문에 곤란하다'며 다른 학교에 지원하라고 냉대했다. 사실 학장 자신도 교수인 부인을 자기 학교에 영입하지 못해 부인은 대학교 다른 학부에 적을 두고 있었다.

꼬박 3년을 기다려온 아내는 억울했다. 울며 기도하다 일주일 후 다시 학장 면접을 신청했다. 이번에는 공격적으로 따지고 들었다.

"다른 학교로 가라는 제의는 부부가 별거하라는 말인데 가정을 중시하는 사회복지사로서 어떻게 그럴 수 있는가? 닥터 김과 이혼하고 오면 부담 없이 고려할 것인가? 어떤 법적 근거에서 그런 차별을 말하는가?"

마음이 착한 학장은 착잡한 표정으로 답변을 할 수 없었다.

나중에 들은 대로는 학장이 법적인 문제가 없을지 염려했다고 한다.

능청스러운 부학장은 왜 그런 말실수를 했느냐고 나무라며 '통상 관례'가 '차별대우의 법적 근거'가 될 수 없으니 이 일은 충분히 소송거리가 된다고 위협을 했던 모양이다. 며칠 후 학교에서 임용절차를 밟는다는 연락이 왔다! 9월 초 나의 짝꿍 교수는 낭랑한 목소리로 '명강의'를 시작했고, 일 년 후 직무 수행 평가도 좋았다. 그 후 승진을 계속했다.

2005년 영구직 정교수 자리에서 함께 은퇴하기까지 우리는 행복한 부부로서, 교수 생활과 가정생활을 같이했다. 때로 나보다 더 우수한 반쪽better half은 교수회의에서 나와 대결할 만큼 엄연한 독립 개체였지만 창조적 조화로 24시간 영혼의 동반자soul mate로 살아왔다. 서로 사랑하며 존경하며 즐기는 교감지기交感知己다.

우리에게는 비밀 약속이 하나 있다. 내세에서도 짝꿍하기로 한다는.

내세에서도 우리 같이 살까요?

내 연구실을 방문한 동료 교수(?)

부부 교수 – 잉꼬부부

"와ー 와ー 하 하 하. 기막힌 일이군!"

큰 박수와 웃음소리가 폭죽처럼 터져 나왔다. 웃음 속에서 "내가 죽어" 하는 비명 소리까지 들렸다. 모두들 흥분과 감탄의 도가니다. 왜 이렇게 야단들일까?

"오케이. 좀 조용히 하세요. 이젠 스무 번째, 마지막 질문을 하겠습니다. 특별한 날이 아니고 뭐 별 축하할 일도 없는데 이날 각 부부께서 외식을 하기로 하였습니다. 맛이 좋고 값도 괜찮은 식당을 원하는 분은 오른쪽 손을, 밖의 전망이 좋고 품위가 있는 식당을 원하는 분은 왼쪽 손을 드는 겁니다. 자, 아시겠지요? 뒤를 절대 돌아보지 말고 손드세요. 하나, 둘, 셋, 빨리 손을 번쩍 드세요."

또다시 큰 웃음과 놀라움의 함성이 폭발했다. 무엇이 그렇게 우스운 걸까? 서로 뒤로 돌아앉아 시험을 치른 나와 아내는 다른 네 쌍의 부부와 함께 어색하게 일어났다. 그리고 먼저 시험을 거친 다른 부부들 있는 곳으로 가서 잡담에 끼어들었다.

아가페 생일 클럽Agape Birthday Club 열두 가정이 정식으로 모이기 시작한 것은 꼭 십 년 전이다. 우리 클럽 회원들은 대부분 오래전 미국에 정착한 60대 전문직 교포 한인들이고 토박이 미국인 친구도 있다. 매달 한 번씩 모여 그 달 생일 맞는 회원들을 축하할 겸 파티를 여는 것이다. 자녀들이 다 떠나버린 넓은 저택에서 합창, 가라오케, 다양한 댄스, 즉흥 연극, 카드 게임, 윷놀이, 장기자랑, 그룹 소설 쓰기, 각종 토론 등을 한다. 싫증이 난다 싶으면 외식을 하고 오페라, 음악회, 박물관, 바다 돌고래 구경을 가거나 미국인 교회, 양로원, 부대를 방문하기도 한다. 또 어떤 여름날에는 캠핑을 가서 '젊은 시절'을 되살리거나 잊을 수 없는 추억을 만들기도 한다.

그런데 이 모든 놀이는 즐기기 위해서만은 아니다. 우리가 바라는 것은 이런 즐거운 사귐을 통해서 아가페, 즉 순수하고 높은 차원의 사랑 divine love을 체험적으로 배우고 실천하기 위해서다.

갑자기 거실의 불이 어두워지고 피아노 소리가 들려왔다.

"해피 버스데이 투유, 해피 버스데이 투유……."

여러 개의 촛불이 켜진 커다란 케이크가 들어오자 모두 일어나 생일 축하 노래를 불렀다. 이번 달 생일을 맞은 회원과 초청받은 친구가 요상한 모자를 쓰고 케이크 앞에서 싱글벙글 행복한 표정을 지었다. '후-욱' 촛불을 끄고는 청중의 요청에 따라 웃기는 그룹 율동을 했다.

케이크와 커피 타임이 끝날 무렵, 닥터 은이 오늘의 놀이 행사에 대한 해설을 시작한다고 알렸다. 그분은 현재 주립정신병원에서 근무하는 유능한 임상심리 치료사다.

"사랑하는 여러분, 사랑이 무엇입니까? 어떤 이는 사랑의 어원이 사량思量, 즉 많은 생각이라고 합니다. 상대를 위해 많은 생각과 배려를 해주는 것이 사랑의 근원이라는 것이지요. 그것을 상호 융화성compatibility이라고도 합니다. 잉꼬부부란 말 아시지요? 오늘 여러분이 참여한 간단한 이 놀이는 흔히 화성에서 왔다는 남성과 금성에서 왔다는 여성의 엄청난 차이를 보려는 것이 아니라 부부 사이의 상호 융화의 정도를 측정해보는 것입니다. 그 시험 결과를 알려드리겠습니다."

모두들 호기심을 가지고 다시 웅성거리기 시작했다. 둘러앉은 사람들이 나와 아내를 보는 듯했다. 솔직히 나는 기분이 뿌듯했다. 아내의 손을 잡았다. 우리야 세상이 다 아는 잉꼬부부가 아닌가!

닥터 은이 각 부부의 융화성 점수compatibility score, 즉 얼마나 부부 사이의 의견이 맞아떨어졌는지 숫자를 발표할 때마다 박수와 웃음, 축하와 야유가 동시에 나왔다. 그런데 이건 무슨 일인가? 최고 18점 받은 부부가 나왔는데 정작 소문난 우리 잉꼬부부의 점수는 고작 6점이다. 열한 부부 중 꼴찌에서 세 번째로 판명이 났다. 사람들이 의아한 눈초리로 우리를 눈여겨보는 듯했다. 나는 은근히 열이 올랐는데 아내는 지긋이 미소만 짓고 있었다.

드디어 한 여인이, 평시 나를 사랑한다고 공개적으로 말하던 여인이 예리한 의심의 화살을 나에게 쏘았다. 내가 의도적으로 틀리게 손을 들었을 것이라고 주장했고 거기에 많은 사람들이 박수로 동의했다. 난감했다. 이제는 나의 도덕성까지 의심의 대상이 되었다. 나는 무엇인가 우리의 진실을 설명, 아니 변명할 필요를 느꼈다. 준비도 없이 일어나 한마디 하기로 했다.

"진실을 말씀드리지요. 우리는 사실대로 손을 들었고, 점수도 정확할 겁니다. 우리 부부는 여러분이 생각하는 것처럼 모든 것이 착착 잘 맞는 잉꼬부부가 아닙니다. 우리는 각기 뚜렷한 개성과 주관이 있고 자기의 것을 함부로 강요하지 않고 상대방에게 쉽게 굴종하지도 않습니다."

그러고는 우리 생활 영역의 분할은 물론, 우리의 성격, 취향, 사고방식, 배경 등 서로의 차이를, 내 나름대로의 인생철학을 설명했다.

파티가 끝나고 클럽 멤버들이 대부분 사라진 후 막 떠나려는 나를 뒤에서 붙잡는 사람이 있었다. 호스트인 남자가 '특별한 포도주'가 있으니 더 있다 가라는 유혹이었다. 좀 전에 힐문하던 그 여자 부부도 머뭇거리고 있었다. 늘 그렇듯이 아내와 눈신호를 하고 남기로 했다. 결국 편하게 '우리말'로만 하는 '2차'를 즐기게 된 것이다.

찬란한 등불이 드리운 부엌 식탁에 둘러앉은 세 쌍의 부부가 그 귀하다는 포도주를 시음하게 되었다. 나는 웬일인지 무거운 토론이 터질 것 같은 예감에 가볍게 술맛을 즐길 수 없었다. 아니나 다를까 내 예감이 적중한 것이다. 호스트인 남자가 말을 꺼냈다.

"우리도 겉으로는 잉꼬부부인데, 그것은 아내 하자는 대로 내가 무조건 따르기 때문입니다. 내 맘대로 했다가는 며칠 죽어야 합니다. 하하하."

풍만한 체격의 그가 배를 출렁거리며 불만을 털어놓았다. 끝나기가 무섭게 이번엔 자칭 애인이라는 부인이 포문을 열었다.

"우리 집은요, 정반대입니다. 우리 남편은 독재자입니다. 무엇이든 자기만이 옳고 자기 하자는 대로만 해야 합니다. 전형적인 경상도 사나이지요. 나는 그저 가정의 평화와 안녕을 위해 따라갈 뿐입니다. 이거 좀 바꿀 수 없을까요? 이제는 그렇다고 데모하고 난리칠 기운도 없고⋯⋯."

"최소한 두 집 다 언론의 자유는 있군요. 그리고 두 독재자가 이처럼 가만히 앉아 국민의 원성에 귀를 기울이고 있으니 포용 정책도 어느 정도 있는 듯합니다. 외부적으로 민주주의 형태는 유지되고 있지 않습니까? 하하하."

나는 몇 주 전에 들은 어느 미국 교회 목사의 설교를 소개했다. 사랑에는 자세에 따라 네 가지가 있다. 만일 무엇이라면if 하는 조건부 사랑, 무엇 때문에because of 하는 동기 요인의 사랑, 그럼에도 불구하고in spite of 하는 극복의 사랑, 그리고 무엇을 위해for the sake of 하는 초월적 사랑. 대부분의 사람들은 처음 두 종류 수준에서 좋아하고 사랑하고 미워하고 싸운다고 한다.

그 설교에 의하면 부부가 모든 상이점과 어려움을 극복해내면 그것은 위대한 사랑이다. 두 사람의 이상과 꿈을 합친 것보다 더 높고 큰 목적을 추구하고 사랑한다면 그 사랑은 거의 완전하다. 그 부부는 인생의 고귀한 반려자이자 훌륭한 동지이다. 그들 사이에는 서로 다른 점이 문제 될 여지가 없다. 그런 것을 극복할 뿐 아니라 오히려 그런 상이성이 더 풍성하고 아름다운 창조를 가져올 수 있다.

"고상하신 말씀 감사합니다. 그런데 고상한 사랑을 하게 되면 대부분의 부부 문제가 저절로 사라진다는 말인 듯한데 우리가 알고 싶은 것은 어떻게 그런 사랑을 할 수 있게 되느냐는 구체적이고 현실적인 문제입니다. 말하자면 고양이 목에 어떻게 방울을 다는 것인지 그 방법을 알려 달라는 말이지요."

"글쎄요. 나도 그런 경지에 가지 못했으니까 잘 모르겠는데요. 그저 그렇다는 이야기죠."

"그렇지만 김 박사 부부는 늘 행복해 보이던데……."

그녀가 살짝 윙크를 보낸다.

"글쎄요."

나는 그녀의 매혹적인 눈을 보다 얼굴을 돌렸다. 또 한 번 잔이 채워졌다. 과연 이번 술은 향기롭고 진하다. 한번 취해보았으면…….

한참 만에 아내가 조용히 말문을 열었다.

"따지고 보면 고상한 사랑을 주고받기 위해 어떤 신통한 행동 처방을 내릴 수는 없다고 생각해요. 약이 병을 고칠 수는 있겠지만 건강을 보장할 수는 없겠지요. 최종 방안이 있다면 그냥 상대로부터 존경과 사랑을 받을 만한, 아니 존경과 사랑을 받을 수밖에 없는 사람, 그런 아름다운 사람으로 변화하는 것이지요.

사랑에도 여러 수준이 있겠지요? 얄팍한 피부 수준의 사랑skin-deep love이나 자기중심적 사랑self-centered love에서 벗어나야 되겠지요. 그리고 가능하면 남의 영혼 속까지 안아주는 사랑soul-embracing love으로, 더욱이나 희생적인, 신적인 사랑divine love으로 승화된 존재가 되면 얼마나 좋겠습니까? 그런 승화된 인격을 쌓으면 자연스럽게 모든 것을 극복하고 더 높은 수준의 사랑을 하게 되겠지요. 사람이 변하면 사랑의 수준도 변하지 않을 수 없겠지요. 행복도 의도적으로 추구할 독적이 아니라 진정으로 사랑하는 과정에서 저절로 경험하게 되는 자연적인 산물이 아닐까요?"

나는 아내의 손을 꼭 잡았다. 그렇다. 잉꼬부부란 서로 존경하고 사랑할 만한 인격으로 변화하는 과정이다.

공인 안 된 잉꼬부부

늙은 신랑과 신부

새살림 차리기

장가를 들지 않고도, 어떤 여자를 몰래 만나지 않고도 둘만이 새살림을 차릴 수 있다. 재혼을 하지 않고도, 있는 세간살이를 그대로 둔 채 새살림을 차릴 수 있다. 약간 정신분열증이 있거나 부도덕한 사람의 이상 행동 같지만 사실 지난 두어 주간 나는 그런 일을 하느라 바쁘게 지냈다.

미국의 교수 생활에서 은퇴하고 한국에 와서 한두 과목을 가르치며 객원 교수 노릇을 한 것이 벌써 두 해 전 일이다. 그러나 그것은 임시직이었고 숙소도 외국 교수들과 함께한, 준공동생활이었다. 그런데 이번에는 다르다. 초빙하는 S 대학교로부터 비정년 전임 교수로 임용 계약과 교원 발령이라는 것을 받게 되었다. 그리고 학교에서 주택을 마련해 주니 한국에 진짜 살게 되는구나 하는 느낌을 새삼 가지게 되었다.

미국 살림을 그대로 두고 여기서 완전히 새살림을 시작하는 것이다. 우선 들어갈 집 마련이 쉽지 않았다. 뜻밖에도 원래 계획했던 대학공관 입주에 차질이 생긴 것이다. 그래서 학교에서 부랴부랴 일반 아파트에 전세로 입주하도록 주선해주었다. 미국에서 아파트라면 대도시 특수 지역의 고급 아파트를 제외하고는 다 월세를 내는 임대 주거지를 말한다. 한국의 경우와는 달리 대개 개인 주택을 마련하지 못하는 중하층 서민들이나 신혼부부들이 사는 곳이다. 그런데 여기서는 아파트가 무척 비싼 부동산 자산이고 분양이나 전세로 아파트에 들어가는 것도 간단하지 않은 모양이다. 거의 두 달을 좁은 친척집 아파트에 얹혀살며 기다려야 했다. 우리만의 살림이 간절하게 그리웠다.

입주할 아파트가 정해지자 우리는 신혼처럼 기뻤다. 드디어 새 살림살이를 차리는 것이다! 그러나 우리 늙은 부부는 흥분을 가라앉히고 엄숙하게 다짐했다. 여기는 초빙받은 사람들이 오래 사는 곳이 아니다. 언젠가 떠날 곳이다. 엄밀히 따지자면 미국 집도 영원히 살 집은 아니다. 우리 모두가 이 세상을 잠시 지나는 순례자들이다. 특히 우리의 경우 인생 오후 11시 30분경에 와 있다. 마음을 도사리고 모든 것을 지혜롭게 투자해야 한다. 우리는 재활용 가구점에 들러 필요한 것을 구입하기로 했다. 엄청 싸지만 새것처럼 깨끗하고 좋았다. 눈도 나쁘고 기억도 희미한 참에, 에라, 다 새것을 구입했다고 즐거운 착각을 해보자. 우리는 즐거운 마음으로 먼저 있던 학교에 발전 기금을 보냈다. 새 물건으로 살림을 차리는 데 충분했을 금액을 왕창 송금한 것이다.

한국의 아파트가 일반적으로 좁은 편인데 단둘이 살 전셋집을 학교 기금으로 마련하는 판이니 작은 아파트일 것이라고 우리는 미리 각오했다. 그런데 들어갈 봉천동 관악현대아파트의 도면을 보고 약간 가슴이 오그라들었다. 17년 넘은 아파트, 방은 세 개인데 29평, 복도를 제하면 실제 20평이 좀 넘는다고 한다. 미국서 살던 80평 집과 시원한 정원, 아니 여기서 살던 60평 호화 빌라를 깨끗이 잊어야 한다. 사실 큰 집은 큰 욕심으로 채우기 쉽다. 슬기로운 아내가 작은 집의 큰 장점을 늘어놓는다. 청소하기 쉽고, 언제나 남편이 어디서 무엇을 하는지 알 수 있고, 콧구멍만 한 아파트를 드나들다 보면 자연히 몸이 날씬해진다고.

입주 두어 주 전에 그 집을 둘러보고 다시금 마음을 가다듬게 되었다. 네 자녀를 길렀다는 그 집에는 각 방과 창고에 잡동사니가 가득 쌓였고 벽마다 '화려한' 작품이 그려져 있었다. 익숙하지 않은 냄새도 풍겼다. 복덕방 사람이 황급히 안심시켜준다.

"이 모든 것은 다 가져갈 것이고 학교에서 깨끗이 정리하고 수리하도록 할 겁니다."

"감사합니다. 우리가 어차피 호강하러 이곳에 온 것은 아닙니다. 그냥 깨끗하면 됩니다."

깨끗하기만 바라는 나의 주문은 빈곤의 철학인가, 가난의 미학인가? 숨은 실망감에서 새어 나오는 어떤 자존심이 경건하게 말하는 나의 모습을 비웃지 않을까? 보이기 위해 스스로 선택한 궁핍은 또 하나의 위선적 사치가 될 수 있기 때문이다. 한편 우리 자신의 잡동사니와 삶의 작품은 어떤가? 복잡한 인생화폭에 우리는 과연 무엇을 그려왔나? 반드시 필요한 것도 아닌 것을 추구하여 진정 삶의 중요한 것들을 놓치고 살아오지 않았나? 지금까지 미국에서 날라 오거나 여기서 사들인 옷가지, 책, 자질구레한 물품들, 그리고 이번에 구입한 가전제품과 가구들은 어떤가? 사실 이 모든 물건들이 있으면 다소 편리하기는 하겠지만 우리가 바르고 밝고 보람 있는 삶을 가지는 데 반드시 필요한 조건은 아닐 것이다. 어쩌면 참다운 인생길을 걷는 데 짐이 되고 걸림돌이 될 수도 있을 것이다. 좀 더 단순하고 가볍고 아름다운 삶의 길은 없을까? 무소유의 스님이나 신부님들을 보라! 얼마나 자유롭고 평화스러운가?

가을 부슬비가 내리는 어느 금요일 아침에 우리는 낡은 아파트로 들어왔다. 놀랍게도 집은 천장부터 바닥까지 잘 수리되고 깨끗하게 새것으로 단장되어 있다. 헌 집이 새집이 되었다. 학교 당국의 세심한 배려가 너무 고맙다. 새로 산 중고 가구에 짐들을 대략 정리하고 또 몇 가지 미비한 곳을 수리하고 나니 단란한 보금자리가 되었다. 늙은 아내와 헌 책을 제외하고는 모든 살림살이가 새롭고 좋다. 역시 '작은 것이 좋다'는 일본 구호가 옳다. '클수록 좋다'는 미국의 자본주의 미신에서 벗어나야 한다.

그러나 무엇보다 우리 새 살림터가 지닌 가장 큰 가치는 그 위치다. 원래 봉천동 고개는 옛날에는 달동네로 알려진 곳이란다. 서울의 하늘에서 가장 가까운 곳 중 하나다. 그중에서도 우리 아파트는 언덕 꼭대기 건물이다. 언제 천당에 가게 될 경우 전략적으로 얼마나 유리한가! 아래로 혼탁한 세속보다 공기가 좋고, 언덕을 오를 때마다 마음과 무릎을 단련할 수 있다. 그리고 아래로 슬슬 걸어서 8분이면 우리 교수 사무실에 도달하는 것이다. 지난 두 달 90여 분 걸리던 통근 거리를 그만큼 단축했으니, 아~, 우리 남은 인생이 매일 거의 3시간씩 늘어나는 것이다.

그뿐이랴? 다리 건너 산등성이를 30여 분 내려가면 가장 위대하고 존경받는 사람들이 영면하고 있는 국립현충원이 있다. 나의 아버지도 그곳 애국지사묘에 안식하고 계신다. 10년에 한두 번 찾아가던 성묘의 길을 이제는 매일이라도 갈 수 있다.

사람이 마음을 비우고 맑은 눈으로 세상을 보면 모든 것이 아름답고 감사한 법이다. 우리 새살림은 간단하고 편하다. 관악산 기슭에 붙은 아파트 1층이라 뜨거운 햇볕을 피할 수 있고 사방으로 막혀 조용하다. 가끔 하수구 물 내려가는 소리를 경음악처럼 들을 수 있다. 이제 우리는 서울의 평범한 서민층 노인 부부처럼 소박하고 겸허하게 산다. 미국의 허황하고 호사스럽던 '두 박사 교수 집'은 흔적도 없다. 미리 주문을 못 한지라 텔레비전, 인터넷, 전화, 신문, 욕심마저 없이 아주 조용한 주말로 새살림을 시작하게 되었다. 차도 없지만 굳이 갈 곳도 없다. 종일 성경을 보다 서로 눈을 마주 보며 웃는다. 비록 늙었지만 우리는 신랑과 신부다. 새살림이다. 우리는 행복하다.

만나서 반갑습니다

"만나서 반갑습니다. 선생님!"

긴 거울이 마주 보이는 책상 앞에 내가 앉자 금세 선생의 모습도 나타났다. 전보다 약간 늙어 보였지만 건강해 보이고 미소를 지은 얼굴에는 잔잔한 평화의 느낌이 흐른다. 그의 턱수염이 좀 더 길었다면 '켄터키 프라이드치킨'의 샌더스Colonel. Sanders 영감 모습 그대로다.

"나도 만나서 반갑습니다. 요사이 잘 지내시죠?"

"네, 감사합니다. 오래전부터 늘 뵙고 지내지만 오늘은 기자로서 선생님의 근황, 평소의 꿈, 깊은 내면의 생각 등에 관해서 좀 길게 인터뷰하려고 하는데요. 좀 솔직하게……."

"아, 뭐 감출 만한 보물이나 비밀이 없으니 무엇이든 물으시면 있는 그대로 밝히지요. 혹시 이 면담 내용이 그대로 국가정보원이나 천국심판관 앞으로 보고되는 것은 아니겠지요? 하하하."

잘 안다지만 바쁘다는 핑계로 겉으로만 알고 지내던 선생을 일대일로 만나 속을 털어놓고 이야기를 나눈다는 것은 얼마나 유익한 일인가? 사실 즐거운 성찰의 작업이기도 하다. 이렇게 편하고 사적인 만남을 통해 나는 나와의 인터뷰를 시작하게 되었다.

건강

"요사이 건강은 어떠하십니까? 퍽 좋아 보이시는데 간 이식 수술 이후 별일 없으시지요?"

"별일이 좀 있었지요. 그러나 수술 후 15년째 이렇게 시퍼렇게 살아 있으니 너무나 감사한 일이지요. 내 주치의 닥터 피셔Dr. Fisher는 날더러 백만 명 중 하나쯤 될 '걸어 다니는 기적A walking miracle'이라고 말한답니다. 너무나 감사한 일이지요."

선생은 감사라는 단어에 힘을 주어 말한다.

그도 그럴 것이 그는 몇 번 죽을 고비를 기적적으로 넘기고 지금 건강하게 살고 있다는 것이다. 1996년 수술 당시 선생은 이미 만 60세였고, 간경변 악화로 최종 순간에 기적적으로 수술이 성공해 생환하였다고 한다. 그러나 2년 후에는 연결한 담관이 막혀 다시 큰 수술을, 또 3년 후에는 대장균 감염으로 새 간에 6개의 고름 주머니가 생겨 절망적인 사태에 이르렀다. 허나 실험적 치료 방법을 시도한 끝에 재이식 수술 없이 기적적으로 회복된 것이다. 그러나 2003년부터는 계속 막히는 담관의 통로를 유지하기 위해 긴 튜브를 옆구리에 넣고 6개월마다 교환해야 한다고 했다.

"어려운 과정을 거치면서도 지금 건강은 좋으신 듯한데 건강의 비결이라도 있는지요?"

"노인의 건강이란 여름 소나기처럼 믿을 수가 없어요. 언제든 쉽게 갈 수 있어요. 물론 건강의 비결이라면 다 아는 이야기 아닙니까? 균형 잡힌 건강식과 소식小食, 적절한 운동과 휴식, 스트레스와 과로가 없는 규칙적인 생활 습관 등, 알지만 실천하기 어려운 일들이지요. 그런데 잘 잊기 쉬운 교훈이 하나 있어요. 평시 평안하고 감사하는 아름다운 마음가짐이 건강에 절대 중요하답니다. 그러기 위해서는 욕심을 내려놓고 부정적인 생각을 다 비우고 사랑으로 채워야 해요. 미움과 거짓과 다툼은 몸과 마음에 독이 돼요. 저에게는 감사와 사랑이 가장 좋은 보약이 됩니다. 그리고 살아야 할 만한 고귀한 삶의 목적을 지니고 있으면 자연히 생명이 연장되도록 건강이 받쳐주는 것 같습니다."

"좋은 말씀 감사합니다. 선생님은 오랜 해외 생활을 하다 한국에 오신 지 5년 되었지요. 한국 생활에 잘 적응하시지요? 여기 와서 받은 특별한 인상이나 큰 어려움은 없으신지요?"

"아, 네, 벌써 그렇게 되는군요. 여러 가지 느낌은 있지만 큰 불편은 없습니다. 1961년 유학생으로 미국 가서 15년 공부하고, 31년간 교수 생활하다 은퇴하고 2006년에 여기 와서, 지금은 초빙 교수로 S 대학교 대학원에서 가르치고 있습니다."

선생이 한국에서 표면적으로 느끼는 가장 인상적인 것이 어디에나 사람과 산이 많다는 것이다. 미국에서 평균 80명이 사는 1제곱킬로미터 면적에 한국은 평균 1,260명이 산다니 바글바글할 수밖에 없다. 한국의 인구밀도가 세계에서 21위, 미국이 177위란다. 게다가 대부분의 한국 인구가 전 국토의 4분의 1에 불과한 평지에 몰려 살고 있다.

아, 그리고 많은 외국인들이 말하는 것처럼, 안전 불감증과 법질서의 문제. 선진국이라는 경제협력개발기구OECD 30개국 중 1, 2위라는 '사고 공화국'의 명예! 선생은 파란불을 보고 길을 건너다 두어 번 황천객이 될 뻔했다고 술회한다. 여러 분야에서 아직 불법, 편법, 위법, 무법, 탈법이 살아 있다고 한탄한다. 생떼가 통하고 왕창 속이고 적당주의가 잘 나가는 나라, 선생은 이 모든 문제의 소재를 까밝힌다.

"위에서부터 법을 안 지키고, 가진 자들이 속이고, 배운 자들이 침묵하니 어떻게 일반 국민들이 올바로 살 수 있겠습니까? 진리가 산처럼 견고하고 정의가 강물처럼 흐르는 나라, 정직한 사람들이 잘 사는 나라가 되어야 하는데⋯⋯."

세계 시민

"바른 지적입니다. 그래도 선생님은 한국이 좋아서 오래 계시는 것이 아닌가요? 미국 시민권을 가지고 계시지요? 혹시 미국 시민으로서 한국 현실을 비판하시는 것인지, 아니면⋯⋯?"

"그렇습니다. 미국 여권을 가지고 외국국적동포 국내거소신고증으로 장기 체류하고 있습니다. 내가 미국 시민권을 취득한 내막은 또 하나

희한한 이야깃거리입니다. 다 유신독재 시절의 비극적 행운이지요."

"그게 무슨 말씀인지, 망명을 하셨던가요?"

"저는 그 정도의 거물이나 위인은 아닙니다. 그 당시 해외 민주화 운동 과정에서 약간의 위험을 느껴 장기 투쟁하기 위해 안전을 택한 것이지요. 저는 원래 한국 국민이나 미국 시민이라기보다 '세계 시민'입니다. 유엔의 「세계인권선언Universal Declaration of Human Rights」에서 말하는 대로 국적이나 인종이나 신분에 관계없이 인간으로서의 모든 존엄성과 자유와 권리를 모든 사람들과 함께 향유해야 한다고 믿는 사람입니다."

"너무나 이상주의가 아닌가요?"

"그런 셈이지요. 그 이상이 현실이 되도록 꾸준히 노력해야 하는 현실적 이상주의자이지요. 어떤 정부가 나에게 부여한 법적 신분보다 내가 믿는 이상을 내 영혼 속에 담고 어디에서든 바로 살아가는 것이 중요하지요. 내가 이 나라의 현실을 우려하는 것은 그냥 비판이 아니라 깊은 사랑의 관심과 아픔 때문입니다. 우리 민족은 너무나 오랜 세월 짓밟히고 빼앗기고 서러움을 당해왔습니다. 내 혈관 속에는 남북을 통틀어 이 나라, 이 민족, 이 땅을 사랑하는 붉은 피가 흐르고 있습니다. 나는 자주와 정의라는 관점에서 사실은 민족주의자입니다. 자기 동족을 바르게 사랑할 때 정당한 세계 시민이 되는 것입니다."

선생은 자기가 태어난 나라를 사랑하는 데 국적이 무슨 문제냐고 반문한다. 자기 정당화가 아닐까?

"그렇지만, '세계 시민'이면서 '민족주의자'라니 이해가 잘 안 되는데

요. 현실적으로 '국가관'이나 '국익'이라는 개념이 있지 않습니까? 분명
한국인과 미국인의 입장이 다를 터인데……."

"물론 그렇지요. 나는 미극 국적을 가지게 되었지만 분명 배달민족의
아들입니다. 그러나 나는 국적의 수준을 넘어 종국적으로 '천국 시민'입
니다. 천국 시민은 세속적 기준과 시대적 관점을 초월해 하늘나라의 가
치관을 추구합니다. 자기 나라니까 사랑하는 것이 아니라 사랑받을 좋
은 나라가 되도록 변화를 선도하는 것이지요. 그것이 크리스천의 의무
이고요."

그때 아내가 냉커피를 가져왔다. 선생과 나는 시원하게 목을 축이며
이야기를 계속했다.

신앙관

"그건 그렇다 치고, 선생님은 미국에서 신학 공부를 5년이나 하셨지
요? 그러고도 목사가 안 되었는데 무슨 특별한 이유라도 있었는지요?"

"아, 타락하지 않으려고 피한 것이죠. 하하."

"네? 타락하지 않으려고……?"

"아차, 내 말실수! 목사가 되면 타락한다는 말은 아니고 목사가 타락
하기 좋은 자리에 놓일 수 있다는 위험성을 지적한 것이죠. 원래 목사의
가장 중요한 본분은 교인들을 잘 돕고 돌보는 목자의 역할pastoring roles
인데 그게 쉬운 일입니까? 최소한 한국 개신교 장로교의 경우, 구조상

소위 성공한 목사는 정직하게 살기 어렵습니다. 이기심으로 자기 위안을 찾아 모여드는 교인들의 인기주의에 야합해야 하고, 사행심과 명예욕으로 오염되어 계속 들어오는 눈먼 돈 같은 헌금을 관리해야 하고, 교회라는 현대 회원 기관의 시설과 번창하는 사업을 유지·관리하는 일에 골몰하는, 이를테면 최고경영자CEO가 되게 마련입니다. 성직자가 그 본분을 등한시하고 금전과 권력에 완전히 노출되고 그것의 지배를 받게 되면 오만하고 타락하기 쉽습니다. 한편 그렇지 못한 평범한 목사는 계속 성공 신화를 좇다 지치고 실망하고 가족의 생계조차 어려워 자칫 비굴해지고 타락하기 쉽습니다. 그것은 어떤 목사도 인간이기 때문입니다. 이런 딜레마에서 저는 신앙 양심을 지킬 자신이 없어 미리 피한 것이죠. 다른 외적, 지엽적 이유도 있었지만."

"그런 면도 있겠지만 선생님은 한국 교회를 너무 부정적으로 보고 목사의 역할을 지나치게 폄하하는 것 같습니다."

그런 편향적인 시각이 있어 그는 목사가 안 되거나 못 된 것이 아닐까?

"그런 경향이 있다는 말이지요. 다른 나라의 교회도 마찬가지입니다. 교회나 목사나 평신도 들이 그들의 본분을 잊을 때 그 생명력을 잃기 마련이고 타락하기 쉽습니다. 한국 교회의 성공 역사를 보세요. 그 속에는 물량적 성장주의라는 우상이 도사리고 있습니다. 한 사람 한 사람의 삶과 영혼을 돌보기보다 효율적인 성장이 더 중시되어 왔습니다. 이런 추세는 '세상의 빛과 소금'이라는 신앙의 본질적인 사명과 역할을 잊게 합니다."

“선생님, 그래도 한국에 훌륭한 교회와 목사님이 많이 있지 않습니까? 도매가격으로 그렇게 평가할 수 있습니까?”

“신앙 문제를 논의할 때 현실적 평균을 가치 기준으로 삼는 것은 바르지 않다고 봅니다. 아시죠? 언제부터인가 한국 개신교는 거의 전반적으로 선거 운동, 정책 결정, 인사 관리 등에 돈이 좌우하는 경우가 허다하지요? 이런 세속적 가치가 판을 치는 풍토를 간과 내지 수용하다 보면 전체가 부패와 타협하는 사이비로 전락하기 쉽습니다. 사이비가 주도하는 대세라면 본질이 이미 부패한 것입니다. 썩은 세상을 변화시키기 위해 스스로 녹아서 없어지는 소금, 어두운 세상을 밝히기 위해 스스로 타서 없어지는 빛의 역할을 못한다면 그 자체가 이미 썩은 것입니다. 썩은 것은 아픔을 참고 도려내는 것이 살길입니다.”

“그러나 선생님, 솔직히 말합시다. 그런 원칙론만 내세운다면 누가 냉엄한 현실 앞에서 살아남겠습니까? 목사이든 아니든 선생님은 자신이 있습니까?”

내가 은근히 열이 났다.

“물론 자신이 없지요. 실은 누구도 자신이 없겠지요. 그래서 우리 모두 자신의 부족함과 연약함을 인정하고 겸허하게 늘 변화를 위한 정직한 노력을 계속해야겠지요. 기독교인들이 세상을 향해 가져야 할 최소한의 예의는 겸허와 진실이라고 봅니다. 마치 하나님을 향해 기본적으로 겸손과 회개의 자세를 가져야 하는 것과 같을 것입니다. 그러면 자신이 없어도, 아니 자신이 없기 때문에 용서가 가능하고 회복이 가능할 것입니다. 그것이 모든 형태의 죄에도 불구하고 은혜를 입고 사는 삶이라고 하겠지요. 제가 신학 공부에서 가장 중요하게 배운 것이 바로 이런 것이고 목사가 되는 것은 부차적인 것이었습니다.”

나는 더 할 말을 잊었다.

정치관

“선생님은 개신교 장로님이시지요? 같은 계열의 교단(미국의 Presby-terian Church USA와 한국의 통합측 장로교) 장로로서 이명박 정부를 어떻게 보십니까?”

“하, 하, 삼차원 색안경을 끼고 보고 있지요…….”

선생은 잠시 망설이다 자세를 새로 한다.

“그분은 성공적인 기업가 출신 대통령이신데 저는 이 자리에서 그분의 정치를 혹평하고 싶지 않습니다. 다만 같은 장로로서 지적하고 싶은 것은 나와는 다른 하나님을 믿는 분이 아닐까 느낄 정도로 의구심이 들 때가 많다는 점입니다. 내가 믿는 하나님은 자비와 긍휼이 있어 모든 인간을 존귀하고 평등하게 여기며, 특별히 약자들과 빈곤층을 배려하시는 사랑과 정의의 존재이십니다. 지금 이 정부가 무리하게 밀어붙이는 대부분의 제도와 정책을 보면 부유층과 특권 계급을 배려할 뿐 성경의 가치관과 정의감이 안 보입니다. 사람과 자연을 무시하고 비즈니스에 중점을 두는 듯합니다. 예수님 가르침의 흔적이 보이지 않습니다. 오만한 ‘개독교인!’ 솔직히 나는 세상을 향해서 내 종교적 신분이 미안하고 부끄러울 때가 있습니다."

"역시 다른 진보 성향의 인사들처럼 현 정권에 대해서 무척 비판적이군요. 그럼, 김대중 국민의 정부, 노무현 참여정부는 어떻게 보십니까?"

선생은 빙그레 웃더니 말문을 열었다.

"물론 국민의 권익, 복지, 인권, 평등, 참여 등 민주화 면에서 많은 발전을 가져왔지요. 저는 퍽 긍정적으로 봅니다. 하기야 헌정을 파괴하고 정권을 찬탈한 박정희, 전두환, 노태우 군사 정권에서도 경제 개발이나 새마을 운동, 북방 외교 등 일정한 공적은 있었지요. 그러나 긴 역사적인 안목에서 볼 때 이런 부분적 공과를 가지고 어떤 정권이나 정치 성과를 비교하는 것은 큰 의미가 없다고 생각합니다. 대한민국은 태생적으로 암 같은 불행의 씨를 안고 살고 있습니다."

"아, 그게 무엇인데요?"

"한마디로 사대주의 사상이지요. 전 민족의 자주성과 존엄성을 지키기보다 '협력'과 '공조'라는 그상한 말로 외세에 빌붙어 분단과 착취 체제를 지속시키는 역대 지배 세력이지요."

"역대 정권을 다 사대주의 세력이라고 보는 것은 너무 과격한 견해가 아닐까요?"

"저는 형식적으로 국가 주권은 있어도 민족의 존엄성과 자주성을 외세에 종속시키거나 전반적으로 의존하는 정권은 다 사대주의 세력이라고 봅니다. 지난 한 세기 동안 약소국가로서 수난을 당하면서 사대의존 사상이 아무렇지도 않다고 느낄 만큼 우리의 의식과 인식이 골고루 오염되어왔지요. 심지어 그것이 개화와 발전이라고 믿게 되었지요. 정도의 차이는 있지만 역대 정권은 다 외세가 강제한 분단 체제를 기반으로 권력을 유지하고 미국식 시장주의에서 상당한 특혜를 누려온 지배 집단입니다. 지금 우리의 철저한 친미주의와 세계화 정책globalization policy을 들여다보세요. 우리는 갈수록 주권 국가로서의 자주성을 잃고, 국민들은 외적인 풍요 속에서도 더욱 빈부격차와 갈등을 겪고 있지 않습니까? 점차 삶의 가치와 의미를 상실하고 극도의 이기적 경쟁 속에서 소외감과 불안에 눌려 살고 있지 않습니까? 외세에 의존하는 사대주의가 우리를 서서히 죽이고 있어요."

"글쎄요. 우리나라가 그처럼 사대주의에 다 빠져 있을까요? 애국 사상도 강한데……."

"만일 사대주의의 지배가 아니라고 본다면, 내가 기자 선생에게 대신 물어보겠습니다. 왜 일본 압제에 붙어 기생하던 친일 민족반역자들이 해방 후에 한 명도 처형되지 않고 오히려 각계에서 지배층으로 군림하며 대대로 잘 살고 있습니까? 왜 항일 독립운동에 투신했던 애국투사들의 후손들은 계속 빈곤층으로 살아야 합니까? 왜 민족주의 노선이라고 의심받은 수많은 일반 민중들이 '빨갱이'로 몰려 처형 또는 대량 학살되었습니까? 왜 많은 농민과 근로자의 생존권을 위협하고 실직과 비정규직을 양산하는 친미 신자유주의 경제체제, 특히 빈부 격차, 양극화, 강자독식, 무한경쟁을 조장하는 세계화 정책을 그처럼 밀어붙입니까? 왜 영어 실력이 다른 모든 능력보다 더 중요하게 되었습니까? 왜 민족통일에 대한 주도적 역할을 포기하고 미국 정책에 계속 의존해야 합니까? 왜 해외 통일운동가들이 아직도 고국에 못 들어옵니까? 왜 60년이 넘도록 우리 땅에 미군이……."

선생은 흥분해서 언성을 높였다. 숨을 고르고 다시 말을 이었다.

"사대주의가 우리를 우아하게 발전시키고 또 우리를 서서히 죽이고 있어요. 그 가장 극명한 실증이 우리 민족 전체가 항상 불안과 갈등과 적대 관계 속에서 살아갈 수밖에 없는 분단의 운명을 뒤집어쓰게 한 것이지요. 우리가 궁극적으로 바로 살 수 있는 길이 이 분단을 극복하는 일, 그래서 민족 화해와 통일을 이루는 일이라는 너무나 자명하고 엄숙한 사실을 '불순하고 위험하고 불가능한 망상'으로 만들어놓았습니다."

"선생님, 통일을 누가 반대합니까? 그러나 통일에는 상대가 있지 않습니까? 호전적이고 악랄한 북괴가 항시 대한민국을 침략해 공산화하려고 넘보는 현실에서 어떻게 평화적 통일이 가능합니까? 지금은 핵무기까지 개발해서 위협하고 있지 않습니까? 이런 상황에서 그나마 우방의 도움으로 우리의 자유와 번영을 지키는 것이 현실적 상책이 아닙니까? 현실을 무시한 통일 열망은 그야말로 위험스러운 망상이 아닐까요?"

"현실적 조건과 자기중심적 관점으로만 따지면 역사를 잘못 볼 수 있습니다. 지금 북한이 저렇게 되고 통일 염원이 망상이 되도록 만든 데 우리에게 책임이 없다고 봅니까? 휴전 협정에서 합의한 추천(3개월 내전 외국군 철수와 평화 회담), 7·4 남북공동성명의 합의원칙(외세 없는 자주적 해결, 무력행사를 배제한 평화적 방법, 사상과 이념, 체제를 초원한 민족대단결), 6·15 남북공동선언(자주적 해결과 낮은 단계 연방제 합의), 10·4 선언(남북 관계 발전과 평화 번영에 대한 합의) 등 우리 자신의 합의를 모두 무시한 현실 정치가 통일 전망에 도움이 되었다고 봅니까? 매해 북한을 위협하는 대규모 한미 합동 군사 훈련과 함께 경제적 통제와 외교적 압박이 평화 통일을 위한 여건이나 분위기 조성에 공헌했다고 생각합니까? '좌파 정권'이 북한에 퍼주었다고 극구 비난하는 인도적 지원이 도대체 얼마였습니까? 국내총생산GDP으로 보아 무려 36배가 넘는 경제력[1.495조 달러 대 400억 달러(2010)]을 가진 나라가 동족의 기근 사태에 대한 냉정한 무반응이 통일을 바라는 정책이라고 봅니까? 많은 부분이 분단 유지비라고 볼 수 있는 국방비 지출이 2009년에 241억 달러(Stockholm International Peace Research Institute, 2010)였는데 무기 수입 세계 제2위 국가로서 매해 천문학적 비용을 거침없이 쏟아 붓고 있습니다. 자유민주주의를 수호한다는 분단 비용이 우리의 앞길을 계속 어둡게 합니다. 나라와 민족의 장래를 위해 긴 민족사적 관점에서 보면 교묘하게 유도된 현실적 결과에 무력하게 추종하기보다 그 근본 원인에 대한 반성과 변화를 위한 용단이 필요합니다. 그것이 사대주의의 거대한 함정에서 해방되는 길입니다."

복지 사회

"네, 네, 다 동의는 하지 않지만 선생님 뜻은 대략 알 듯합니다. 그러면 우리가 어떻게 살자는 것입니까?"

"근본적으로 가장 중요한 문제는 어떤 정치 체제라기보다 어떻게 온 민족 성원이 행복을 향유할 수 있는 가치를 보편적으로 실현하느냐입니다. 전체 삶의 질의 문제입니다. 우리가 신봉하는 자유민주주의는 실상 미국식 자본주의 정치경제체제인데 효율적인 생산성은 뛰어나지만 끊임없는 경쟁과 갈등, 불평등과 소외를 조장하는 구조여서, 사회 통합과 안녕을 보장하는 보편적 사회복지를 이루기 어렵습니다. 자유와 풍요의 화려한 외상에도 불구하고 그 내면을 자세히 보면 평등과 참여가 상당히 결여되어 있습니다. 형식적 절차는 있지만 실질적 민주주의와 정의가 제한되어 있습니다. 과소비를 조장하는 물질만능주의와 개인주의로 사회 부조리를 은폐하그 있습니다. 이런 구조로는 모두가 사람답게 살 수 없습니다. 북유럽의 작은 나라들을 보세요.”

“아, 사회복지 전문 교육가-인지라 스칸디나비아 주변 복지국가들(덴마크, 노르웨이, 스웨덴, 핀란드, 아이슬란드)을 염두에 두고 말씀하시는군요. 이 나라들은 엄청난 경제 부국들인데요.”

“그렇지요. 그러나 그들의 경제력이 그들을 행복하게 한 것은 아닙니다. 카리브 해 연안의 일부 빈국(코스타리카, 도미니카공화국, 자메이카, 과테말라, 니카라과 등) 사람들드 무척 행복하답니다. 서구 복지국가에서 누리는 행복은 모두가 사람답게 살 수 있는 평등과 소속감과 인간화라 하겠습니다. 그 나라들은 비교적 작고 열악한 자연조건이었는데 지금은 부강국이 되었습니다. 대부분의 사람들이 자존심을 가지고 행복감을 누리며 희망 속에 살고 있습니다. 즉, 정치적뿐 아니라 경제적·사회적·문화적 민주화가 우리의 꿈이고 이상입니다. 높은 뜻을 추구하면 꿈을 이룰 수 있습니다.”

"이 세상에 완전한 평등이 가능할까요? 또 바람직할까요? 계층과 경쟁이 있어야 발전한다는데."

"완전한 평등은 천국에서 가능하겠지요. 인간사회의 온갖 치장과 계급장을 다 떼고 벌거벗은 마음으로 함께 사는 천국에서. 그러나 그 천국 모형을 이 세상에서도 모방하는 평준화, 모든 사람이 사람답게 느낄 수 있는 수준의 평준화가 필요하고 또 가능하다고 봅니다. 최소한의 평등이 보장되지 않으면 사회 정의가 불가능합니다. 정의가 실현되지 않으면 평화가 정착할 수 없습니다. 평화가 없으면 모두가 행복의 길로 전진할 수 없습니다. 결국 경쟁과 다툼이 아니라 사랑과 협력이 모두를 행복하게 살 복지 사회로 인도할 것입니다. 저는 확신합니다."

남기는 말

"이 세상에는 모두가 사람답게 살 수 있도록 노력한 위인들이 많습니다. 선생님은 평소에 누구를 가장 존경하십니까?"

"국내에서는 단연 백범 김구 선생이고 외국인으로는 인도의 간디 Mahatma Gandhi 선생, 미국의 킹 Martin Luther King, Jr. 목사 등을 가장 존경합니다."

"위대한 분들입니다. 그런데 불행하게도 그들의 노력이 그 당시에는 성공하지 못한 아쉬움이 있기도 합니다. 역시 현실과 이상의 괴리일까요?"

"성공이란 어떤 목표를 향한 성취의 평가입니다. 위대한 가치와 이상은 그 방향 설정과 투쟁 자체가 승리입니다. 매일 생활을 통해 그 이상을 살아가고 살려가는 과정이 승리입니다. 개인이나 집단이 성공하는 것보다는 승리하는 것이 더 귀하다고 생각합니다. 승리에는 가치라는 것이 있습니다."

"끝으로 선생님, 마지막 꿈은 무엇인지 묻고 싶습니까? 언제, 10년 또는 20년 후, 선생님이 마지막 말씀을 남기신다면……?"

"뭐, 그리 오래가겠습니까? 나는 이미 제2의 인생을 살고 있습니다. 나는 매일 이것이 마지막 날일 수 있다고 생각하며 삽니다. 그러면서 뒷마당에 과일나무를 심는 심정으로 삽니다. 나의 가장 큰 꿈이라면 전쟁이 없는 세상, 모두가 화평하고 행복하고 보람 있게 사는 통일된 세상을 보는 것입니다. 마지막 말씀이라……. 고도원이라는 분이 '오늘도 많이 웃으세요!'라는 꼬리를 단 아침편지(http://www.godowon.com)를 매일 260만 독자에게 보냅니다. 좋은 조언입니다. 나는 거기에 한마디 더 첨부하고 싶은 것이 있습니다. '오늘도 모두 다 많이 웃을 수 있는 이유와 기회와 구조를 만드세요!' 라고."

내가 선생에게 고맙다는 종결 인사를 하려는 참에 아내가 불쑥 나타나서 조용히 물었다.

"여보, 당신 거울을 들여다보며 혼자 계속 중얼거리고 있는데……. 염불을 외고 있는 것처럼……?"

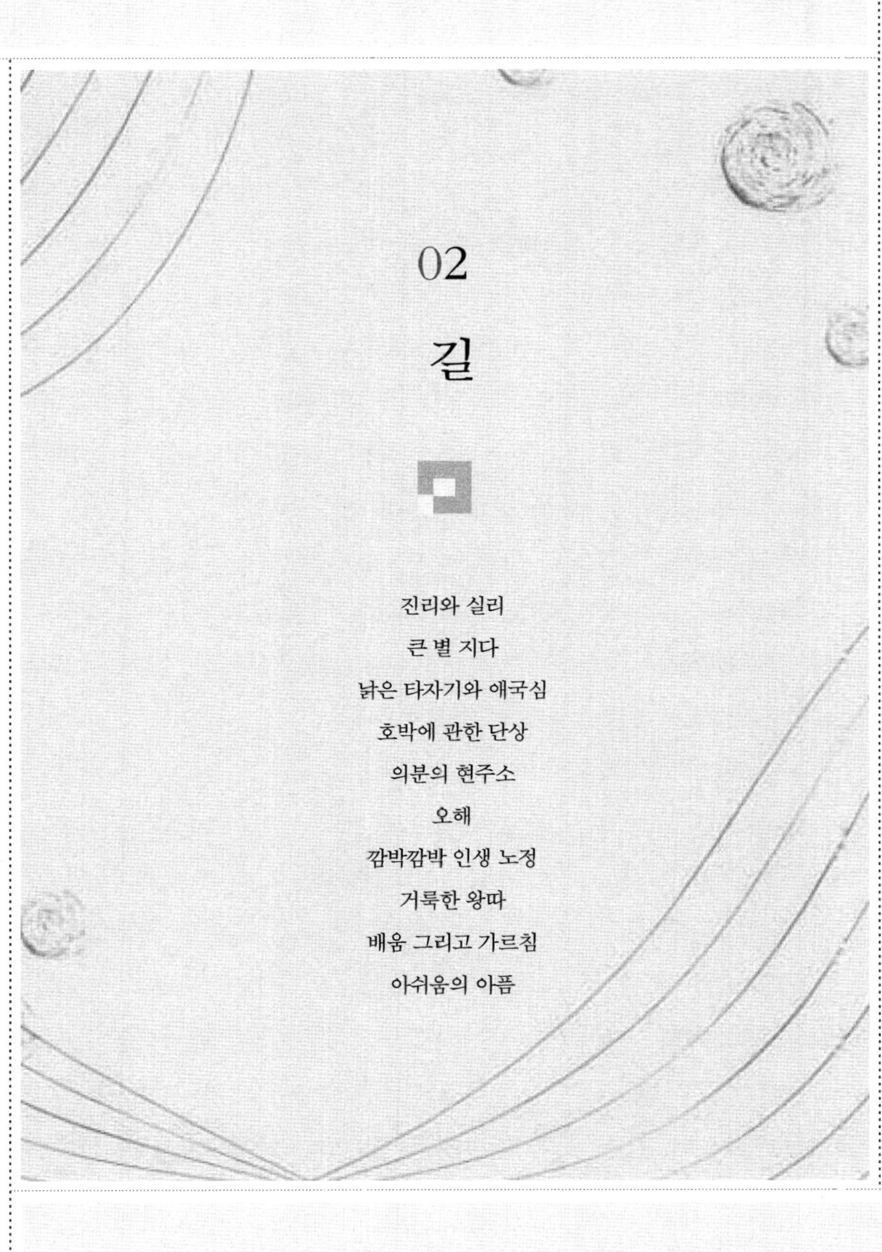

02

길

진리와 실리

내가 려민수(가명)라는 한의사로부터 이 이야기를 들은 것은 한국동란이 끝난 몇 해 뒤였다. 돌아가신 아버지에 관련된 옛날이야기라 관심도 컸지만 그분이 눈물을 삼키면서 절절히 쏟아내는 사건의 개략이 극적이어서 나에게 적지 않은 감동을 주었다. 그리고 그 감동의 의미를 새삼 깨닫게 되는 데 다시 몇 년이 걸렸다.

우리 가족이 만주로 떠나기 바로 전, 내가 만 다섯 살이 되던 해였다. 왜 우리가 추운 만주 벌판으로 갑자기 가게 되었는지 그때 내가 그 연유를 알 리는 없었다. 1941년 초봄 어느 토요일 밤, 평북 농턴군(용천군) 동상면 농턴(용천)교회 안에는 싸늘한 기류가 거기 모인 교회 중진들의 가슴을 짓누르고 있었다. 이 지역 시찰회 조 목사, 그 옆에 당사자 김 목사(나의 아버지), 이 고을에서 논밭이 가장 많다는 박 장로, 면사무소에서 일하는 젊은 성 장로, 그 당시 침술을 하던 려 장로, 그리고 명 권사

(여)와 남녀 집사 세 사람, 이들 모두가 부임 삼년 째인 '김 목사의 문제'를 토의하기 위해서 갑자기 소집되어 제직회에 불려 나온 것이다. 면에 있는 일본 주재소(경찰 파출소)에서 무슨 지시가 내려온 것이다.

"목사님! 도대체 왜 모세 이야기를 하다 갑자기 기미년 만세 사건을 꺼냈습니까? 예배당에서 독립 운동 이야기는 하지 마시도록 여러 번 말씀하지 않았습니까? 도대체 왜 또다시……."

불만과 탄식이 섞인 박 장로의 성토다. 여러 사람들의 긴 한숨이 뒤따랐다. 조 목사가 조심스럽게 심문을 시작했다.

"김 목사, 지난 주 미리 제출한 설교 원고에서 벗어나 좀 색다른 내용으로 설교하였다는 말이 사실입니까?"

김 목사가 잠시 대답을 준비하는 사이에 성 장로가 종이 몇 장을 내놓았다. 형사 미쓰야마 상이 적어 간 김 목사의 설교 요지라고 했다. 그러고는 흔들리는 카바이드 등불 아래서 그 종이에 적힌 것을 떠듬떠듬 읽어 내려갔다.

"하나님이 그 옛날 애급의 왕 바로…… 억압과 학정…… 이스라엘 민족을 모세를 통하여 구속救贖…… 하나님 나라가 선포한 진리와 자유…… 신앙으로 끝까지 추구…… 정의와 권능의 하나님…… 우리 민족 현재의 속박에서 해방…… 만세 사건은 수치스러운 난동이 아님…… 정당한 자유와 자립을 외친 평화적 거사…… 사랑으로 결속할 때 승리…… 등등."

힘들게 주섬주섬 한문 원고를 다 읽고 난 성 장로는 이 내용은 분명히 "반일反日 연설"이라고 못 박았다. 조용히 듣던 김 목사가 말문을 열었다.

"그날 성경 본문은 마가복음 10장 25~37절이었고 나의 설교 제목은 '사마리아인의 선한 용단'이었습니다. 그 사마리아 사람이 강도당한 낯선 사람을 한 이웃으로서 도와주는 용감한 행위에 대해서 말했습니다."

김 목사는 담담하게 말을 이었다.

"예수교는 이웃을 내 몸처럼 돌보라는 사랑의 종교입니다. 누가 우리의 '이웃'입니까? 예수가 이 비유에서 암시한 이웃이란 지역적으로, 심리적으로 우리와 가까운 사람들이 아니라, 우리의 사랑과 도움을 가장 필요로 하는 모든 사람들입니다. 우리 민족은 지금 일본 사람들에게 국권과 토지와 정신까지 다 빼앗기고 압제로 죽어가고 있습니다. 그들은 바로 우리 자신들입니다. 우리는 적극적으로 서로 돕고 사랑할 의무가 있습니다. 하나님이 불쌍한 우리 민족을 사랑하고 구원한다는 신앙과 소망을 가져야 합니다. 그것을 행동으로 전하는 것이 우리가 해야 할 참된 사랑의 행위이고 복음 증거의 첩경입니다. 수난 당하는 우리 민족을 향한 '이웃 사랑'은 애국심이기 전에 예수의 명령입니다. 모세는 자기 민족의 구원을 위하여……."

"목사님, 그만 하십시오!"

해명이 아니라 설교의 재판을 늘어놓는 김 목사의 입을 막으려 나선 것은 성 장로였다.

"목사님은 불순한 민족주의자의 본색을 드러내고 있는 것을 아십니까? 모르십니까?"

"대일본제국을 강도로 비유한 것은 황국 신민으로서 도저히 용서할 수 없는 망언입니다. 이런 것이 문제라는 것입니다."

박 장로가 성원하고 나섰다. 조 목사는 민족주의가 다 나쁜 것은 아니지만 개인의 구령救靈 사업에만 전념해야 할 목사가 정치사상을 논하는 것이 문제라고 토를 달았다.

눈을 감고 있던 려 장로가 김 목사를 변호하고 나섰으나 말주변이 없어 잘 먹히지 않았다. 한 집사가 항의하며 일어났다.

"지금까지 평화스럽던 우리 교회에 이 풍파와 시험을 가져온 장본인이 누구입니까? 우리 교회에 사탄이 들었습니다!"

"당신은 발언권이 없소. 앉으시오!"

"아닙니다. 사탄을 규명해야 합니다."

"당신이 사탄이오!"

드디어 회의는 걷잡을 수 없는 논쟁으로 번지고 삿대질이 오갔다. 조 목사는 조용히 하라고 소리 지르고 여자들은 엎드려 눈물을 흘리고…….

한참 후 제풀에 지쳐 수라장이 수그러질 무렵 성 장로가 엄숙히 발언을 시작했다.

"여러분, 3년 전 제가 무어라고 했습니까? 그러나 이제 와서 잘잘못을 따져야 소용없고 이제는 현실을 보고 냉정하게 결단할 때가 왔습니다. 군청 사람들 말은 김 목사가 이 교회에 있는 한 머지않아 교회 문을 닫게 될 거랍니다."

한동안 무거운 침묵이 흘렀다. 그 침묵 속에는 한 사람이 희생되는 것이 거룩한 성전이 폐쇄되는 것보다 훨씬 낫다는 분명한 실리가 자리 잡고 있었다. 그 실리 앞에는 옳고 그름의 가치가, 아니 그럴 사치가 설 자리가 없다. 김 목사의 감은 눈에 여섯 식구의 처량한 모습이 스쳐갔다.

"사랑하는 여러분, 여러분이 저 때문에 겪고 있는 고충을 이해하고 미안하게 생각합니다. 저도 여러분 생각처럼 적당히 현실에 순응하고 침묵을 지키면 편하고 실리가 있다는 것을 잘 압니다. 그러나 진리를 따르는 것이 자리를 지키는 것보다 더 중요하다는 것을 믿습니다. 진리는 희미하게 보일 때도 있고 불편할 때도 많습니다. 그러나 진리는 반드시 승리를 가져오고 종국에 더 밝은 미래를 불러오게 마련입니다. 진리는 우리에게 참된 자유를 줄 것입니다. 저는 이미 각오하고 있었습니다. 여러분 사랑합니다. 저는 진리를 더 사랑합니다."

김 목사는 두루마기 소매에서 누런 봉투 하나를 꺼내 조 목사 앞에 내놓았다. 모두 숙연해지고 아무 말이 없다. 다만 천장에 매달린 카바이드 등만이 쉬-쉬-쉬- 소리를 내고 있다. 제직회는 주기도문으로 끝을 맺었다. 려 장로는 한없이 슬퍼서 종래 "아멘" 소리를 할 수 없었다.

그 아프던 옛날을 다시 가듯 려 장로가 눈물 어린 이야기를 힘들게 끝냈을 때 오히려 어머니가 우로의 말을 꺼냈다.

"그때 애국사상을 가졌다고 밀려나고 쫓겨나고 도망가게 된 사람이 어디 김 목사(남편)뿐이었나요? 진리와 정의를 따르던 사람들이 수없이 당했지요. 려 장로님도……."

"그러티요(그렇지요). 그때 왜정 밑에서 약삭빠르게 실리만 챙기던 사람들 지금도 같아요. 진리를 따라 사는 사람들만 그냥 고생하고. 지금도 같아요. 난 그게 원통해요."

국립현충원 부친 묘비

부친 김예진 목사 순교 60주년 기념 예배

큰 별 지다

할아버지

"동수야 빨리 가자! 할아버지 돌아가셨다!"

나는 가슴이 덜컹 내려앉았다. 갑자기 할아버지가 가시다니! 어머니가 정신없이 서둘러 나를 데리고 후암동 좁은 골목을 내려가 택시를 타고 달렸다. 할아버지가 총을 맞고 돌아가셨단다. 어머니는 울먹이며 내가 빨리 가서 할아버지의 마지막 모습을 보아야 한다고 했다. 나는 슬프면서 좀 무서웠다. 할아버지가 그렇게 무섭게 돌아가시다니. 가슴이 두근거려 아무것도 생각할 수가 없었다. 믿어지지가 않는다. 믿고 싶지 않다. 하지만 내 눈으로 보아야 한다.

택시가 서대문 옆을 돌아 할아버지의 커다란 저택에 이르렀다. 벌써 여러 사람들이 수위실 안팎에서 웅성거리고 있었다. 우리는 넓은 정원을 지나 할아버지가 계시는 이층으로 올라갔다. 큰방에 들어가면서 어머니와 나는 엎드려 큰절을 하고 울기 시작했다. 한참 울고 있었는데 어머니가 나를 일으켜 세워 할아버지 옆으로 데려갔다. 할아버지는 방 한쪽 높은 침상 위에 흰 홑이불을 가슴 위까지 덮고 편히 누워 계셨다.

엊그제 보았던 할아버지! 나의 손을 따뜻이 잡아주시던 할아버지! 그런데 이제는 무서워 그 손을 잡을 수가 없다. 할아버지는 눈을 감고 아무 말이 없으시다. 얼굴 한쪽, 목에 흰 거즈 같은 것을 붙여놓았다. 총에 맞은 자리인가 보다. 커다란 유리창 윗면에 총구멍 두 개가 보였다. 무서웠다. 사람들이 얼굴을 찌푸린 채 우리를 지켜보고 있었다. 왜, 누가 우리 할아버지를 죽였을까?!

사실 그분은 진짜 내 할아버지가 아니다.

나는 내 친할아버지를 본 일이 없다. 우리 집안이 만주에서 고향 평양에 돌아왔을 때 외할아버지를 꼭 한 번 보았을 뿐이다. 그러니 나를 사랑하시고 내가 유일하게 알던 그 할아버지가 나의 참 할아버지인 양 생각할 수밖에 없었다. 며칠 전에도 할아버지는 나의 손을 잡고 '곱게 생겼다'느니 '공부 잘하라' 타이르며 초콜릿, 인삼정과, 생과자 등을 내놓으셨다.

그날은 특별히 손바닥만 한 당신 사진 하나를 꺼내 뒷면에 '東秀世ㅇ'라고 써주시면서 "갖다가 잘 건사(보관)하라. 내가 죽으면 이 사진이 귀하다. 이걸 보고 나를 기억하라"고 하셨다. 할아버지는 당신이 곧 돌아가실 것을 미리 아셨던 것일까? 심하게 떨리는 손으로 쓰셨던 사진 뒷녁자의 마지막 글자는 그때 나로선 도시 알 길이 없는 한자였다. 그 할

아버지가 돌아가신 것이다. 내 가슴이 그냥 떨렸다.

사람들이 점점 더 많이 몰려왔다. 저녁 무렵에 육군 경비행기(L19)가 경교장 위에 나타나 무거운 소리를 내며 맴돌았다. 누군가 "김신이 왔다!"고 소리쳤다. 아래 정원 앞에서 몇 사람이 흰 수건을 마구 흔들었다. 김신은 내가 본 일이 없으나 어머니가 늘 말하던 김구 선생의 둘째 아들이었다.

얼마 후 검은 안경을 쓴 사람들을 태운 지프차 한 대가 들이닥쳤다. 이층에서 누군가가 아래를 향해 "총을 빼앗으라"고 소리 질렀다. 잠시 후 불쑥 올라온 사람은 검은 안경도, 군모도, 권총도, 장화도 없는 초라한 군인이었다. 그는 가만히 걸어가 할아버지 아니 그의 아버지 침상을 붙들어 안고 울기 시작했다. 나도 다시 훌쩍거렸다.

"김구, 이승만 타도하자!"
"김일성 장군 만세!"
해방 직후 앞서 간 아버지를 따라 남은 식구가 만주에서 서울로 오는 길에 평양에 잠시 머무는 동안 우리를 맞아준 이상한 구호였다. 일장기가 사라진 가을 하늘을 뒤덮은 해방의 장식이었다. 김구, 이승만 두 분다 애국자라는데 왜 어쩌자는 것일까? 삼촌이 "김구, 이승만 다 됴와('좋아'의 이북 말씨)하자는 뜻이다"라고 당시 초등학교(국민학교) 3학년인 나에게 설명해주었던, 바로 그분이다. 그러나 그때 그분은 나와는 상관이 없는 그냥 좋아해야 할 애국자였다. 어머니가 말하던 '김구 선생'이 아버지가 늘 말하던 '백범 선생'과 같은 분이라는 것을 안 것은 해방 직후의 일이다. 오래전부터 아버지는 몰래 찾아오는 만주 조선 사람들에게 열을 올리며 때로는 눈물을 흘리며 백범 선생 이야기를 하던 것을 기억한다. 그런데 정말 이상하다. 그런 아버지가 백범 선생이 돌아가신 바로 이때에 이 세상 어디에 있다는 말인가?!

밤이고 낮이고 라디오에서는 온 나라가 백범 선생이 돌아가신 서러움으로 울어댔다. 많은 애국지사들이 선생의 서거를 장엄하게 추모하고 있었다. 나는 누구에게도 내 서러움을 말할 수 없었다. 다른 사람들에게는 '나라님'이 돌아가셨지만 나에게는 우리 할아버지가 가신 것이다! 그러나 모든 우리나라 백성이 다 백범 선생 가신 것을 그처럼 슬퍼하고 있을까? 나는 의심이 드는 말을 듣고 가슴이 더욱 아팠다.

할아버지가 돌아가시자 우리 집은 텅 비어 있었다. 어머니는 며칠째 형과 누나들을 번갈아 데리고 경교장에 갔다 왔다 정신이 없었다. 이틀 후 학교가 끝난 늦은 오후 내가 다시 그곳에 갔을 때는 사람이 너무 많아 어머니를 찾을 수 없을 정도였다.

그 큰 집 안팎으로 흰 꽃과 조기가 잔뜩 걸려 있었고, 정원에 세운 군대 천막 밑에 많은 사람들이 보따리 짐을 내려놓고 땀과 눈물을 닦고 있었다. 여기저기 갓을 쓴 노인들이 큰 소리로 통곡하고 있었다. 수없이 많은 사람들이 줄을 서 있어서 나는 할아버지 모신 곳에 들어갈 수도 없었다. 중학교 교복을 입은 학생은 나밖에 없었다. 여기저기 기웃거리다 이층 어느 방을 열어보니 젊은 여자 둘이 긴 머리를 푼 채 베옷을 입고 붉은 눈을 하고 앉아 있는 것이 아닌가! 꼭 유령 같았다. 깜짝 놀라 돌아서는데 익숙한 귀신 목소리가 들렸다.

"야, 너 오마니(어머니) 찾니? 오마니 밥하는 데 가보라우."

둘째 재명 누나의 칼칼한 목소리였다. 어머니를 만난 곳은 여러 여자들이 밥과 김치, 막걸리를 실어 나르는 시장 거리 같은 곳이었다. 예전에 보았던 아름다운 정원은 이미 다 사라졌다.

첫날 이후 재명 누나는 집에 아예 들어오지 않았고, 어머니는 매일 초상집에 가고, 막내 누나와 나는 학교에서 돌아와 빈집을 빈소처럼 지켰다. 어떤 날은 어머니가 초주검이 되어 밤늦게 돌아왔다. 아버지 소식을 물었지만 누구도 알 길이 없었다.

"온 세상이 다 울고불고 통곡하는데 이 양반 왜 안 오지? 얼른 전보라도 치셔야지. 어디서 죽었나 살았나?"

지친 어머니의 탄식이 끝이 없었다.

슬픈 유훈

재명 누나가 할아버지의 딸로 머리를 푼 데에는 오랜 사연이 있다. 내가 태어나기 오래전 이야기다. 우리 부모가 상해 법계(프랑스 조계) 영길리 40호 연립주택에서 살 때였다. 가끔 검푸른 중국 옷을 입은 김구 선생이 집에 들르시면 젊은 '김 선생 부인(우리 어머니)'은 으레 음식을 차려 대접했다. 김구 선생은 어린 재명이를 안고 "딸이 없어 섭섭한데 너 내 딸 하자" 하고 수염 난 얼굴을 비벼대곤 하셨단다. 어린 재명이는 뜻도 모르고 "그래요" 하고는 깔깔대고 웃으며 도망치곤 했다. 그런 나날이 계속되었다. 그러면서 시간은 황포강 누런 물결처럼 흘러 흘러 상해 임시정부 사람들을 흩어놓고 밀어내고 쓰러뜨리고 도망쳐 갔다.

상해에서 태어난 동명 형과 함께 재명 누나가 김구 선생을 다시 만난 것은 해방되던 그해 크리스마스 날 저녁때였다. 어머니가 장성한 남매를 데리고 처음 인사를 갔을 때 마침 이시영 선생(상해 임시정부 부통령)과 같이 큰 저녁상을 막 받으려는 참이었다. 다른 방에서 기다리려고 했으나 같이 식사를 하자고 우겨서 하는 수 없이 두 분의 통닭을 각기 반씩 나누어 먹게 되었다. 김구 선생은 호랑이 상에다 얼굴이 약간 얽어 무서워 보였으나 인정은 한없이 많으신 할아버지였다. 그 후에도 재명 누나는 가끔 할아버지를 찾아갔다. 할아버지는 농담도 잘하셨다.

"이년이 상해에서는 내 딸 한다고 맨날 안기더니 이제는 컸다고 서먹서먹해하는구나. 내가 늙으니 정이 점점 떨어지는 모양이구나. 나 죽은 후에 너 머리 풀고 내 딸 노릇 안 할래?"

성숙한 처녀 재명이는 끝내 "그래요" 대답을 하지 않았다. 그런 누나가 이번에 왜 머리를 풀고 왜 그리 울었는지 나는 그 이유를 알 수 없다.

아버지의 소식은 여전히 까마득했다. 백범 선생 일이라면 삼천리를 당장 달려올 사람이 여러 날이 지나도 소식이 없었다.

몇 주 전 호남 지방 어디에 전도 시찰 간다고 떠난 아버지가 웬일일까? 신문도 안 보고, 라디오도 안 듣고, 사람들 소문도 안 듣나, 어머니는 날마다 가슴을 졸였다. 혹시 아버지에게도 무슨 일이 생긴 것이 아닌가? 사실 아버지가 강원도, 전라도, 제주도로 그처럼 열심히 다니는 데

에는 할아버지가 언제 하셨다는 말씀에도 어떤 책임이 있는 것이 아닐
까? 그 사연은 이러했다.

해방이 되어 임시정부 요인들이 서울에 돌아왔을 때, 아버지는 만주
에서 미리 서울로 와서 기다리다 곧장 백범 선생을 찾아가 한참을 울고
죄지은 사람처럼 지나간 20년 과거사를 고백했다고 한다. 상해에서 납
치된 후 평양에 압송되어서 심한 고문과 여러 해 옥고를 치르고 가출옥
으로 나와서도, 아버지는 늘 일경의 감시로 아무것도 할 수 없었다. 결
국은 신학 공부를 하고 장로교 목사가 되었다고 알려드렸다. 육혈포를
가슴에 품고 폭탄을 나르던 애국 청년이 그냥 목사가 되다니……. 그런
데 백범 선생은 실망은커녕 오히려 "김 선생, 잘했습네다. 지금은 우리
민족이 서로 사랑하고 하나로 뭉칠 때요. 지금은 경찰서 열 개 세우는
것보다 교회 하나를 세우는 것이 더 중요합네다"라고 격려하셨다는 것
이다. 아버지는 그 진리를 먼저 알고 있었다. 그즈음 서울 후암동에, 그
리고 수색에 새 교회를 개척하고는, 몇 년간 남선(남한) 전체에 교회가
없는 면을 샅샅이 조사해서 전국 복음화 운동의 기초를 닦고 있었다. 그
러니 한 번에 몇 달씩 걸려 사람이 사는 곳이라면 어느 산골, 어느 섬에
라도 가곤 했던 것이다.

아버지가 경교장에서 돌아오는 날이면 으레 긴 한숨과 눈물과 기도
를 가져왔었다. "겨우 일본 사람들이 이 땅에서 물러갔는데 우리가 다
시 외세를 업고 서로 갈라져 싸우고 나라를 두 동강 내고 있으니 어떻게
하느냐"고 피맺힌 할아버지의 한탄을 그대로 가슴에 실어오기 때문이

었다. 그 당시의 강요된 애국은 오직 '당당한 대한민국, 빛나는 유엔 승인(남한 단독 정부 수립 공식 명분)'뿐이었고, 그것을 반대하는 사람들은 다 공산당이거나 속히 없어져야 할 역사의 쓰레기였다.

7월 4일, 할아버지의 국민장을 하루 앞둔 이른 새벽에 드디어 사라졌던 아버지가 살아 돌아왔다! 아버지는 어머니보다 더 지쳐 있었다. 눈이 퉁퉁 부어 있었다. 지금까지 어디에 계셨냐고 독촉하는 어머니 심문에 아버지의 대답이 기막혔다. 어느 깊은 산골에서 내려와 선생의 서거 소식을 들은 것은 삼일 후의 일인데, 오는 길에 그곳 경찰서원과 '서북청년단(반공 정치행동대)' 몇 사람과 말싸움이 벌어져 그만 붙잡혀 며칠 곤욕을 치렀단다. 서울 가는 기차를 탈 수 없어 이틀 밤을 새고 겨우 왔다는 것이다.

이상하게도 아버지는 할아버지가 암살당하신 그 엄청난 슬픔과 격분의 수렁에서 이미 벗어난 듯 침착했다. 오히려 깊은 신앙적 각성과 결단에 이른 듯 혼잣말처럼, 그러나 분명히 우리 식구들에게 속삭였다.

"우리가 깊이 회개해야 돼. 그리고 우리가 서로 싸워서 흘린 피 값을 우리가 사랑으로 갚아야 돼. 하나님의 사랑으로 서로 사랑하고 하나가 될 때까지 우리가……."

아버지는 다시 눈물을 닦았다. 내가 약간 무서워하는 아버지는 늘 눈물이 많았다.

"아 앞으로 몇십 년이 걸리게 될지 몰라. 삼천 만이 우는데 이제는 선생님 교훈을 살려야 돼, 우리가 그 교훈을 살려가야 돼."

오호 여기 발 구르며 우는 소리

오호 저기 땅을 치며 우는 소리

하늘도 땅도 울고

바다조차 우는 소리

님이여 듣습니까?

님이여 듣습니까?

— 백범 선생 추도가(작사 이은상, 작곡 김성태)

효창공원으로 가는 연도에는 장엄한 추도가 속에 할아버지를 마지막으로 보내는 수많은 사람들이 나와서 울었다. 그들의 아픔과 흐느낌이 끝없는 장례 행렬을 따라갔다. 나도 따라갔다.

백범 선생 서거 직후(1949.6.26 오후)

백범 선생의 서거 소식에 통곡하는 시민

백범 선생 국민장 행렬(1949.7.5)

도로 연변에서 우는 사람들

백범 선생 흉상 옆에 선 저자
(상해 임시정부 청사에서)

낡은 타자기와 애국심

"야, 이거 좋구나야. 고맙다, 야. 다른 놈들은 이걸 만지면 없다. 김 일 병만이 이 기계 쓰는 거다 알간(알겠느냐)? 그리구 김 일병이 이걸 치는 동안 모든 사역 면제다. 알간?"

타자기를 꺼내 몇 자 두드리고 난 후 김 중위의 선포다.

그 후로 '새까만 졸병'인 내가 과 사무실에서는 일약 특별 존재가 되고 대대 본부 전체에서 여러 특전을 누리게 되었다. 그도 그럴 것이 대대 본부 업무의 가장 중요한 부분인 기재 보급이 이 타자기와 나의 손가락에 달려 있기 때문이다. 어떻게 내가 이런 엄청난 운명을 껴안게 되었을까?

고된 보병 훈련 과정을 마치고 이등병이 되어 배출대에서 며칠을 기다리는 동안 별의별 일이 많이 벌어졌다. 서울 근처 소위 '귀족 부대'에 배치 받기 위해 온갖 돈과 백이 난무했다. 멍하니 기다리다 내가 배치된 곳은 강원도 어느 산골에 있다는 ○○야전공병단 ○○건설공병대대였다. 공병대로 간다는 말을 듣고 다른 신병들이 '골병대'로 떨어졌다고 나를 위로했다. 봉함된 개인 기록부를 들고 흔들리는 버스를 타고, 걷고, 또 차를 타고, 또 걸어서 저녁에 도착한 곳이 춘천과 화천 사이 어느 두메산골에 위치한 대대 본부였다. 위병소와 몇 개의 초소가 있을 뿐 철조망 울타리도 없는 초라하기 이를 데 없는 산간 야전 부대였다.

며칠 후 새로 전입한 신병 20여 명의 신고식에서 다시 나의 운명이 결정되었다. 장교 몇 명이 우시장의 소처럼 끌려나온 신병들을 보는데 키가 작달막한 한 장교가 "야, 너! 이리 오라우" 하고 키 작은 나를 데려간 곳이 군수 보급과 사무실이었다. 나는 대대 본부 사무직으로 떨어지게 된 행운에 너무나 기뻤다. 전날 오는 길에 웃통을 홀랑 벗고 흙먼지 속에서 삽으로 길을 닦는 '골병들'의 까맣게 탄 모습이 생각났다.

작대기 하나(일등병)로 진급하면서 나는 차차 부대 사정을 알게 되었다. 대대의 주 임무는 한강 상류라는 내천을 끼고 나 있는 지역 군사 도로(옛 신작로)의 건설, 보수, 확장, 안전 등을 책임지는 일이었다. 포장이 안 된 좁은 길이라 탱크나 대형 트럭의 사고도 많았고, 비가 많이 오면 목재 가교가 떠내려가고 산사태가 잦았다. 그런데 대대 본부나 하속 부대에는 건설 자재가 거의 없고, 필요할 때마다 매번 미군 자재 보급창에서 직접 수령해 와서 사용한다는 것이다.

그런데 문제는 미군으로부터의 기자재 수령이 늘 수월치 않다는 것이다. 대대장 이하 모두가 이 일로 골치를 앓고 있었다. 작전 명령(보수 공사)이 내려오면 거기에 따른 세부 계획서와 함께 필요한 물자를 계산

해서 청구해야 한다. 미군 공병대가 사용하는 큼직한 카탈로그를 뒤져서 '송증' 난에 모든 요청 물자를 일일이 기입해서 보내야 한다. 분류 코드, 품목 이름, 일련번호, 수량 등. 그런데 번번이 그 송증의 여러 품목 앞에 X 표시가 붙고 자재를 안 주거나 때로는 몇 장의 송증에 모두 X자를 긋고 트럭들을 그냥 돌려보내는 경우도 있었다. 이유를 알 수 없고 공병대에는 통역 장교도 없었다. 왜 그럴까? 내가 과거 송증 사본을 자세히 뒤져 보니 그동안 그려낸 영문 코드와 숫자 모양이 가관이었다. 그래서 언제부터인가 송증 기입은 내 업무가 되었다. 내가 영문 코드와 숫자를 정자로 꼬박꼬박 쓴 탓인지 물자 수령률이 상당히 향상되었으나 웬일인지 X자는 계속 송증에 나타났다.

"이 양키 놈들이 계속 타자기로 송증을 찍어 보내라는 모양인데, 야, 김 일병, 너 서울 가서 타자기 하나 사올 수 없니? 외상으로. 이 담에 가솔린 팔아서 갚을 테니까."

김 중위가 농담인 듯, 그러면서도 애절한 표정으로 물었다.

"서울에서도 지금 타자기 구하기 힘들 겁니다. 그러나 알아볼 수는 있습니다."

이렇게 흥정이 되어 나는 특별 휴가를 얻어 서울 집에 오게 되었다. 타자기는 알아보지도 않고 일주일간 친구들과 어울려 잘 즐겼다. 나에게는 묘책이 있었던 것이다. 우리 집 어느 구석에서 썩고 있을 낡은 타자기! 어머니에게 부대 사정을 말하고 얼마 동안 타자기를 빌려주자고 했다.

"얘야, 나라가 필요하다면 내 귀한 막내아들도 몇 년 빌려주는 마당에 타자기 하나 못 빌려주겠니? 어서 가져가거라."

어머니의 대답이 너무나 시원하게 애국적이었다.

우리 집 타자기에는 사연이 있다. 6·25 때 아버지가 돌아가시고 가산이 기울어 살길이 막막했지만 어머니는 애들이 학교를 계속 다니도록 최선을 다하였다. 친척들의 반대를 무릅쓰고 큰 집을 팔아 학비를 대고 작은 집으로 이사해서 딸들도 대학을 다니게 되었다. 몇 해 뒤 다시 그 집을 팔아 세 대학생의 학비를 대고 지하실 전셋집으로 들어가게 되었다. 그리고 어머니는 남은 돈으로 멋진 영문 타자기를 사 왔다.

"애들아, 이 중고 타자기가 우리 집에 남은 보물단지다. 잘 쓰고 많이 배워라. 아는 것이 힘이다. 힘이 있어야 나라를 잘 지킨다."

어머니는 늘 하는 토를 달았다. 나라는 어찌되었든 우선 우리 형제들은 모두 영문 타자를 신나게 배우게 되었다. 그렇게 세 명(사실은 친구까지 해서 다섯 명)을 졸업시킨 낡은 타자기는 지하실 구석으로 은퇴하고 말았던 것이다.

그 낡은 타자기를 가져다 사무실 책상에 놓고 육군 주특기에도 없는 '기재계 영문 전문 타자수'가 되면서 나는 그 두툼한 영문 카탈로그를 열심히 공부하기 시작했다. 그런데 바로 처음 몇 장에서 위대한 발견을 하게 되었다.

작전 명령에 근거한 특별 보급은 신청 접수 즉시 모든 품목을 지원

해야 하며 만일 그럴 수 없는 경우에는 그 사유와 후속 조치 예정 일자
를 명시해서 보고하여야 한다.

그뿐이랴!

　　모든 보급품은 계산 오차, 야전 손실(파손, 분실, 사고 등)을 감안해
서 품목에 따라 5~15%의 분량을 자동 추가하여야 한다.

그러고는 자동 추가비례(%)를 수록한 품목이 길게 나열되어 있었다.
콜럼버스가 아메리카 대륙을 발견했을 때 이런 희열을 느꼈을까!?
　흥분한 김에 한영사전을 찾아가며 즉시 보급창 담당자에게 보내는
영문 메모를 타자기로 작성했다. 내용은 대략 이러했다.

　　앞으로 모든 송증은 타자로 한다. 지원이 불가능한 품목에 대해서는
○○규정에 따라 그 사유와 추후 보급 예정일을 문서로 보고해달라. 앞
으로는 모든 청구 품목에 대해 ○○규정에 따른 자동 추가분을 지급해
달라. 무슨 문제가 있으면 나에게 문서로 통고해달라. 좋은 협조에 감
　사한다.

사인도 없는 이 메모를 송증 앞에 붙여 인수 장교에게 전달했다. 그
날 저녁 수송관이 만재한 트럭 4대를 이끌고 개선凱旋 입영했다. 송증에
X자는 하나도 없고 대신 각 품목에 자동 추가분이 적혀 있었다.

사정을 다 아는 김 중위는 싱글벙글 웃으며 말했다.

"야, 김 일병, 너 언제든지 원하면 특별 휴가 보내 주겠다."

사병이 제일 좋아하는 선물을 왕창 주는 것이었다. 다음 날 아침에 내가 야전 취사장에서 식기를 닦고 있는 동안 대대장 이 중령이 직접 군수과 기재계 사무실로 김 중위를 찾아와 칭찬을 한 모양이다. 기분이 하늘에 올라간 김 중위가 나를 보자, 투박한 이북 사투리로 칭찬을 쏟아냈다.

"야, 김 일병, 너 타자기 기증한 거, 대대장님이 너 애국심이 많다고 칭찬하더라야. 너 곧 상병으로 진급할 거다. 이젠 더 잘 하라우. 근데 너 이제부터 휴가는 절대 못 간다. 알간?"

호박에 관한 단상

이렇게 친절하게 웃어가며 황당한 차별을 받아야 하나? 딱히 인종 차별도 아니다. 길고 화려한 식탁에 둘러앉은 아홉 식객 중에는 인도, 쿠바, 나이지리아 학생도 있어 모두 아이스크림을 얹어 큼직한 디저트를 즐기고 있는데 유독 나는 쿠키만 받아먹고 있다. 모두 그 디저트가 맛있다고 브라운 박사 부인에게 치사를 올린다. 누런 빛깔의 그 디저트는 무엇일까? 왜 나는 왕따를 당하는 것일까? 더욱이나 이 좋은 추수감사절 저녁에.

미국에서 추수감사절*Thanksgiving Day은 크리스마스와 부활절Easter Sunday과 더불어 3대 명절 중의 하나다. 11월 넷째 목요일, 이날은 우리나라 추석처럼 풍성한 잔치를 차리고 가족이나 가까운 친구들이 함께 모여 즐기는 날이다.

이 전통에 따라 브라운 박사 가정은 '외국 학생 손님'을 이날 디너에 초청한 것이다. 구태여 인종을 따지자면 내가 처음 초청받았던 아메리칸 인디언에 가장 가깝지 않을까? 우리는 두어 시간에 걸쳐 대화를 나누며 여러 가지 음식과 '작은 돼지만 한 칠면조'를 다 먹어 치웠다. 칠면조를 얼마나 잘 구웠는지는 부인의 자랑이고, 그 고기를 얼마나 잘 썰어내는지는 박사의 자존심인 모양이다. 미국에 온 지 겨우 두 달을 넘긴 나에게는 모두가 생소하고, 모든 것이 경이와 감동의 연속이었다. 자주색 촛불이 타는 동안 우리 외국 학생들은 풍요한 아메리카의 가정생활에 감탄하며 감사했다. 더욱이나 브라운 박사는 외국 학생들을 위해 적지 않은 장학기금을 출연한 분으로 세 자녀도 멋지고 친절했다.

이 고마운 가정에 처음 와서 짧은 영어로 예절과 품위를 갖추느라 나는 신경을 곤두세운 채 웃어야 했다. 음식 이름이 문제였다. 식사 전에 먼저 무엇을 마시겠느냐고 묻고는 찬 것 몇 가지, 더운 것도 몇 가지를 고르라는데, 무지 상태에서 폭넓은 선택의 강요는 차라리 고문에 가까웠다. 나는 그냥 대충대충 선택하고 "예스, 예스"로 마무리했다. 이름을 알 수 없었다. 잘 안다 한들 통치 권력에 한 치라도 어긋나는 언행을 하면 단죄를 받는 5·16 군사혁명 문화에서 방금 나온 젊은이라 개인주의적 취향과 자유가 오히려 불편할 수밖에 없었다. 무엇이나 주는 대로 잘 감내하는 개발도상국가의 스시민이기 때문이다.

그런데 브라운 박사 부인이 내놓았던 그 누런 디저트는 도대체 무엇이었을까? 정치적 난민으로 몇 달 전에 와서 미국 생활에 좀 익숙한 쿠바 친구가 나중에 중대한 정보를 넘겨주었다. 그것은 바로 브라운 부인이 자랑하는 '펌프킨(호박) 파이'였다고 알려주었다. 나는 깜작 놀랐다.

실은 식사가 끝나갈 무렵 부인이 미소를 띠고 무슨 디저트를, 무슨 아이스크림과 먹겠느냐고 물어왔다.

"호박으로 만든 것이 아니라면 세상의 무엇이나 다 좋습니다!"

그때, 박사 부인의 당황하고 실망하던 표정이 떠올랐다. 아, 기막힌 실수였다! 어떻게 호박이 풍성한 잔칫상의 클라이맥스 후식으로 등장하였는가? 도대체 어쩌다 호박이란 단어가 내 입에서 튀어나왔을까?

호박에 대해서라면 나의 뇌리에 깊이 새겨진 앙금이 있었다. 빈곤과 어려운 고난의 상징이 바로 그것이다. 6·25 전란이 한참 치열하던 1950년 여름, 가장을 잃은 우리 일곱 식구는 있는 것을 다 팔아 입에 풀칠을 하다 그것도 여의치 않자 폭격도 피할 겸 경기도 양평 근처 어느 산골에 들어가서 가난한 농부 집에 붙어살게 되었다. 거기서 두 달간 호박을 썰어 넣은 묽은 보리죽으로 살았다. 아니, 보리쌀이 섞인 호박 국물로 연명했다. 그때 나는 평생 호박 없는 인생을 살고 싶었다. 호박 없는 만주에서 자라난 나에게는 애당초부터 호박이란 그 존재 가치가 애매한 식물이었다. 채소인지 열매인지 시퍼렇다가 누렇게 자란 호박은 볼품도 없거니와 맛도 별로 신통치 않았다. 아무 데나 기어오르는 넝쿨은 버릇이 없는 데다 꽃은 말 그대로 '호박꽃'이다. 그나마 파란 애호박은 신선감이나 있지만 누런 호박은 무시해도 좋은 '늙은 호박'이다. 그런데 이런 천박한 호박에 대해 새로운 인식과 가치를 알게 된 것은 나의 '펌프킨 파이' 사건 여러 해 후에 벌어진 가까운 친구의 갑작스러운 불행과 행운을 통해서였다.

로스앤젤레스에서 사업가로 잘나가던 친구가 계약상의 실수로 무거운 빚을 짊어진 데다 1992년 흑인 폭동으로 사업체가 홀랑 타버렸다. 살길이 막연해진 그는 가산을 다 정리하고 빈털터리로 귀국하여 가까운 후배의 집에 기거하게 되었다. 그 후배가 모 백화점 지하층에 작은 푸드 코너를 마련해주었다. 하필이면 죽 장사, 그것도 호박죽을 팔아 어려운 역이민 생활을 하게 되었다.

내가 국제회의 참석차 서울에 와서 그 친구를 찾아갔다. 좁디좁은 죽 가게에는 유니폼을 입은 네 여자가 정신없이 돌아다니는데 죽을 사려는 아녀자들이 북적대고 있었다. 세상은 호박처럼 둥글둥글 돌아가는 요지경이다. 이 친구 말에 의하면 요즘 한국 사람들은 호박죽이 우리 몸에 만병 예방 웰빙 식품으로 대인기라고 했다. 늙은 호박은 맛과 영양도 좋으려니와 부인들 산후 조리에 특별히 좋다고 한다. 미용에 좋고 소화 기능을 돕는 늙은 호박에는 유리당, 유기산, 아미노산, 카로티노이드 및 펙틴 물질이 함유되어 있는데, 호박의 중량에 대해 과육 부위가 84%로 가장 높은 함유율을 나타내고, 껍질이 10%, 내부 섬유상 물질이 3.5%를 차지한단다. 설명을 듣는 동안 나도 모르게 약간 비웃는 표정을 지었던 모양이다.

"이 노란 가루가 뭔지 알아? 미국에서 수입하는 싸구려 호박 가루인데 알고 보면 금싸라기야, 금싸라기!"

그 친구가 자랑을 늘어놓았다.

"그래? 내 무지가 오해와 편견을 길러왔군. 특히 호박에 대해서."

내가 고백했다.

"언제나 무지와 편견은 숨은 귀한 잠재성을 죽여. 알고 보면 다 귀한 것들인데……."

그 친구의 말이 진리라는 것을 깨닫는 데는 6개월도 걸리지 않았다. 호박죽 사장님은 서울에서도 좋은 동네에 현금으로 아파트를 샀다. '아! 호박이 그렇게 귀한 것인가? 그렇게 맛있는 음식인가?' 그 이후 서울에 오면서 마음이 열리고 입맛이 변해가고 있다. 기회가 있을 때마다 호박죽, 호박떡, 호박엿, 호박 국수, 호박 파이, 호박 스낵, 호박 아이스크림, 호박……을 입에 넣고 있다. 주저 없이, 편견 없이, 차별 없이. 51년 전 미국에서 맞은 첫 추수감사절 만찬에서 뱉었던 나의 지각없는 실언이 부끄럽다.

❋ ❋ ❋

* **추수감사절**Thanksgiving Day 1621년 영국에서 온 소수 이주민들이 미국 땅에서 가졌던 첫 추수 감사 잔치에서 유래된 명절이다. 신천지The New World 동북해 연안 플리머스 Plymouth, MS라는 곳에 처음 정착한 청교도들Puritans은 많은 아사자를 내며 혹독한 첫 겨울을 간신히 넘기고 다음 해 가을 풍성한 수확을 거둬들였다. 잔치를 차리고 아메리칸 인디언들을 초청해 하나님께 감사의 축제를 드렸다. 인디언들이 가져온 야생 칠면조는 이 축제의 가장 인기 있는 별미였다. 그게 전례가 되어 면면히 내려오다 1789년 초대 대통령 워싱턴이 처음으로 미합중국The United States of America 정부의 이름으로 추수감사절을 선포하고, 남북전쟁 당시 링컨 대통령이 1863년 이 특정일을 국가 명절로 선포해서 이 나라의 가장 긴 전통으로 내려오고 있다.

의분의 현주소

구치된 양심

"제가 그 이름을 가진 사람인데요."

"버지니아에서 오신 교수 맞습니까?"

"네, 맞습니다."

"이리 오십시오."

'김동수'라는 팻말을 들고 섰던 검은 정장을 입은 사나이가 거의 명령조로 말을 던졌다. 무슨 일이냐고 묻자 퉁명스럽게 대꾸했다.

"가면 알게 될 겁니다."

불길한 예감이 나의 뇌리를 스쳤다. 무엇인가 올 것이 왔나, 아니면 오지 않아야 할 내가 왔나? 노퍽Norfork 시에서 시카고를 거쳐 장장 23시간을 날아온 나의 지치고 혼미한 정신에 섬뜩 섬광이 빛나다가 이내 어둠 속으로 사라졌다. 그 사나이를 뒤쫓아 알 수 없는 긴 미로를 지나 어느 큰 방에 들어섰다. 공포에 가까운 불안과 우려가 나를 사로잡았다. 죄없는 나지만 두려워할 이유가 있었다. 지난 10년간 나는 '반정부 인사'란 낙인이 찍혀 입국할 수 없는 신세였던 것이다. 민주화 운동이 큰 죄가 되던 어두운 시절이었다.

어떤 나이 든 사람이 와서 내 여권을 보고 다짜고짜로 선고를 내렸다.

"이 비자는 무효입니다. 입국할 수 없습니다. 곧 출국하도록 조치를 내렸습니다!"

나는 어이가 없어, 아니 격분해서 따졌다.

"여기가 대한민국 서울 맞습니까? 저는 워싱턴 한국 영사관에서 정식으로 입국 비자를 받고 이 먼 길을 왔는데 왜 비자가 무효입니까? 무슨 이유로 쫓겨나야 합니까?"

"지금은 무엇을 따져서 될 때가 아닙니다. 미안하지만 안녕히 가세요."

기막힌 대답이다.

입국 비자에 크게 검은 X자를 그은 여권을 받아 들고 다른 방으로 이끌려 갔다. 거기에는 어느새 내 가방과 몇 사람이 먼저 와서 나를 기다리고 있었다. 대한항공 직원이 1등석 승차권을 건네주며 로스앤젤레스 가는 비행기가 한 시간 안으로 떠난다며 내 짐을 싣겠다고 하지 않는가! 1등석을 타고 로스앤젤레스로 돌아간다? 그건 아니다. 나는 운명을 거부하기로 결단을 내렸다.

"나는 절대로 못 갑니다. 안 갑니다. 이런 불법적 만행에 순응할 수 없습니다. 책임 있는 상관을 불러주시오. 내 짐 건드리지 마시오. 나는 이 밤 서울에서 잘 겁니다!"

나는 단호하게 나섰다. 홀연히 시카고 시민광장에서, 워싱턴 백악관 앞에서, 뉴욕 인터처치센터 안에서, 워싱턴 한국 대사관 앞에서 벌였던 민주화 투쟁이 10여 년 후 김포 공항에서 1인 시위로 연장되는가 하는 생각이 들었다. 주위에 인상이 험한 사람들이 모여들고 나의 지루하고 어이없는 '투쟁'이 시작되었다. 나는 이미 각오를 했다.

5년 전 조작된 2차 인혁당 사건의 억울한 피해자 가족들을 위해 수고하던 오글George Ogle 목사와 시노트James Sinnott 신부의 강제 추방! 그들이 차례로 바로 이곳에서 짐짝처럼 실려 한국에서 쫓겨났었다. 지금, 내 작은 몸이 짐짝처럼 비행기에 던져질지라도 나는 끝까지 버티고 싸워야 한다. 나는 계속 고위층 책임자를 불러오라고 호령했다.

생각하면 내가 서울에 발을 디뎠다는 사실 자체가 위험한 모험이었다. 나의 숨은 종착지는 서울도 로스앤젤레스도 아닌 도쿄였기 때문이다. 내가 처음 항공권을 구입하려고 했을 때 워싱턴 여행사에서는 서울에 며칠 머물고 도쿄로 가면 항공료가 월등하게 싸다고 설득했던 것이다. 내가 염려한 한국 비자도 문제없다고 우겨댔다. 18년 독재자가 가고 신군부가 들어선 1980년 여름 불투명한 정치 상황에서 나 같은 '반한 인사'도 용납이 될까? 나는 꿈에도 잊지 못할 사랑하는 고국이 몹시 보고 싶었다. 그런 꿈을 안고 있는데 놀랍게도 떠나기 전날 저녁 때 서울 경유 항공권과 입국 비자 도장이 찍힌 내 여권이 속달로 배달되었다. 다음 날 8월 7일 목요일 새벽 나는 서울을 향해 떠났다. 많은 민주 애국 투사들이 영원히 가지 못하는 조국으로 들어온 것이다.

"주한 미국대사관에서 김 교수 서울 도착을 알고 있습니까?"

한 젊은이가 물었다.

"제가 뭐 대단한 사람이라고 알겠습니까?"

내가 반문했다.

"백악관 사람들과 가까운 친분이 있습니까?"

이 또한 무슨 희한한 질문인가? 나는 이들의 무단 구치라는 행패에 한 치도 양보하지 않고 당장 나가게 놔주든가 아니면 책임자가 나와 해명하라고 호통을 쳤다. 나의 도도한 태도에 뭔가 두려운지 그들의 태도가 변했다. 사복이나 유니폼 입은 사람들이 30여 명으로 늘어나 나를 둘러싸고, 몇 사람이 부지런히 오가며 어디엔가 연락을 취하는 모양이었다. 시간이 흐르면서 초조한 것은 나만이 아니었다.

한 사람이 와서 '김대중 씨 재판에 왔느냐? 그제 들어온 국제사면위 Amnesty International 사람들과 같은 일행이냐? 케네디Edward Kennedy 상원위원과 얼마나 가까우냐?' 등을 물었다. 불법과 편법, 무법과 악법을 총동원하여 국민의 권리를 억압하는 이 군부 세력. 이들 밑에서 주구처럼 움직이는 이들은 그래도 사대주의 사상은 깊어서 외국 정치인들에게는 두려움을 보이는 것이 한심스러웠다.

나는 이 신군부 세력이 얼마나 잔인하고 비도덕적 반란 도당인가 처음부터 알고 있었다. 1979년 10월 26일 중앙정보부장 김재규가 박정희 전 대통령을 살해함으로써 길고 어두운 유신 체제가 막을 내리고 민주화의 꽃이 피려는 '서울의 봄'을 맞이하였다. 그러나 그해 12월 12일 계엄사령부 합동 수사 본부장 전두환(국군 보안 사령관)이 9사단장 노태우의 협조로 군 내부 반란을 일으킨 것이다. 당시 계엄 사령관인 육군 참모총장, 국방부 장관, 수도경비 사령관, 특전 사령관 등을 체포·구금하고, 국방부, 육군 본부, 수도경비 사령부 등 주요 군 시설을 무력으로 점령하여 군부의 실권을 완전 장악했다. 국민들이 열망하던 민주화 요구가 결국 이뤄지지 못하게 되자 전국적으로 다시 강력한 저항이 시작되었고 신 군부는 계엄령을 선포하고 종내는 광주 지역에서 유혈 진압을 벌인 것이다.

그러나 후일에 '5·18 광주민주화운동' 또는 '광주민중항쟁'으로 알려진 이 유혈 항쟁은 너무나 가슴 아픈 역사적 비극이었다. 미국 각지에서는 외국 인권 단체들이 그때의 참상을 몰래 녹화하거나 증언을 수집해서 보여주었다. 너무나 비참하고 잔인한 학살 현장이었다. 학생의 머리를 총대로 내리쳐 죽이는 장면, 임산부를 총검으로 찔러 살해한 장면, 도망치는 시민에게 마구 발포하는 장면, 피 흘리는 젊은이의 두 다리를 개처럼 끌고 가는 장면! 어떻게 보호해야 할 국민을 이처럼 무참하게 참살할 수 있는가? 실로 분노를 삼킬 수 없었다. 나중에 확인한 바로는 이 항쟁에서 사망자가 155명, 행방불명자가 76명, 부상 후 사망자 101명, 부상자가 2,277명, 미확인 희생자 5명 등 총 5,189명이 희생되었다고 한다. 당시 이 만행을 일체 보도 금지하고 며칠 후 '일부 불순 세력의 폭도'를 진압한 것으로 덮으려 했다. 더 가증스러운 것은 민주화 투쟁의 희생자 김대중 씨를 주모자로 지목하고 내란 혐의로 기소하였다. 그리고 평

시 존경하는 문익환 목사, 리영희 교수, 김동길 교수, 특히 가까운 한완
상 교수와 더불어 사형을 목표로 군사 재판에 회부한 것이다. 잔인한 폭
도들!

시간이 흘러간다. 의분이 해일처럼 밀려온다.

"한 사람 때문에 국제선을 30분이나 지연하면 어쩌자는 겁니까? 누가
이 문제를 책임지고 보상할 겁니까?"

주변에 있던 대한항공 사람들로부터 분에 찬 고함 소리가 들려왔다.
잔인무도한 신군부 세력이 활개치는 이 참담한 밤에 유독 나 하나를 놓
고 이렇게 끈질긴 실랑이를 벌이는 것이 오히려 신기할 뿐이다. 사람들
이 바삐 오가고 또 시간이 흘렀다. 무슨 연락이 안 된다고 고심을 털어
놓는다.

"자 일단 갑시다. 이건 가입국입니다. 우리 보호 아래 있다 내일 돌아
가는 겁니다."

일단 내가 승리한 기분이다. 그들 밴에 내 지친 몸을 실었다.

폭도들의 후견자

강제로 구인되어 가는 이 몸, 암울한 밤하늘에는 별조차 숨어 있고 한
강 변의 수많은 작은 불빛들이 숨을 죽이고 깜빡인다. 그러나 나의 마음
속에는 합창이 있었다. '우리는 승리하리라! 우리는 승리하리라!'* 나를

둘러싼 5명의 낯선 동행인들은 담배만 태우며 말이 없었다. 밴은 긴 강변도로를 지나 다리를 건너고 산으로 올라간다. '남산으로!' 나의 가까운 동료 교수들이 지하실로 끌려가 갖은 고문과 허위 자백을 강요당했다는 곳, 중앙정보브 분실이 있다는 남산으로 가는 것이다!

차가 남산으로 오르다 다시 잠시 돌아서 들어온 곳은 커다란 건물 앞이었다. 검은 지옥의 문이 아니라 찬란한 그랜드 하얏트 호텔! 어리둥절하여 로비에서 주위를 살피는 사이 내 짐은 벌써 5층 특실에 들어가고, 나는 두 젊은 기관원의 주의 겸 인사를 받으며 그 크고 화려한 방으로 들어섰다. 눈앞에 뿌연 '한강의 기적'이 들어왔다. 나는 먼저 감사 기도를 드렸다. 그러고는 기다리고 있을 모교 S 대학교 K 총장님에게 전화를 드렸다. 그분은 한때 나의 스승이자 지금은 나의 학부형이기도 하다. 그의 딸과 사위가 내가 봉직하고 있는 N 대학원에서 유학 생활을 하고 있기 때문이다. 그분은 공항 출구에 서 기다리다 내가 좀내 나타나지 않은 것을 알고는 정부 요로에 연락을 했다는 것이다. 샤워를 마치자 홀랑 벗고 그 큰 낯선 침대에서 9년 만에 기막힌 서울의 첫날밤을 홀로 맞았다.

다음 날 두 기관원과 같이 김포공항에 도착한 것은 아침 9시경. 강제 출국을 위한 절차를 밟아야 하는 모양이다. 그런데 키가 작은 중년 신사가 나오더니 사과를 하는 것이 아닌가?

"어젯밤엔 미안하게 되었습니다. 높은 곳에 연락이 안 닿아서……. 이젠 다 해결되었습니다. 잘 쉬고 가십시오."

너무나 뜻밖의 일이라 멍하니 서 있는데 재입국 도장이 찍힌 여권을 가져오고 두 기관원은 '퇴근'한다며 사라졌다. 드디어 내 나라에서 자유의 몸이 된 것이다. 나는 날아갈 듯 홀가분한 기분으로 연희동 누님 댁으로 향했다. 누님은 미국으로 이민을 갔지만 큰 매형이 대신 맡아서 3층 건물 J 어린이집을 운영하고 있었다.

"왜 왔니?"

9년 만에 보는 처남에게 던지는 첫 질문이었다. 워낙 차가운 성격이라 짐작은 했지만, 이 아침 매형의 인상은 예사롭지 않았다. 벌써 '그 사람들'이 다녀갔다고 한다. '처남이 온다지만 여기서 과외공부(?)는 안 시킬 것이라'고 안심시켜 보냈다는 것이다. 건네주는 명함에는 민정당 서대문구 ○○○, 새마을운동본부 ○○○, 서울특별시 사회정화운동 ○○○, ○○○ 자문 위원……. 너절한 직명이 10개나 된다. 몇 년 전 국제 전화로 "왜 반정부 운동을 하며 야단이냐?"고 나무라던 기억이 새롭다. 조심스럽게 집안 식구 이야기만 나누다 인사를 하고 나왔으나 갈 곳이 없었다. 한참 생각하다 어젯밤 잡혀 있던 곳으로 스스로 찾아갔다. 제일 작은 방을 잡았다. 그러나 나의 마음은 그 방에 잡혀 있을 수 없었다.

사방 친구들에게 전화를 걸었다. 모두 반가워하고 곧 만나기로 약속했다. 그날 저녁 K 총장 댁 저녁은 반갑고도 무거운 재회였다. 내가 서울을 방문한 것이 김대중 씨 재판 참관의 목적이 아니라는 사실을 다시 확인하자 K 총장 자신도 그렇게 알기에 '국내에 있는 동안 신원 보증'을 섰다는 것이다. 그래서 하룻밤 사이에 문제가 '다 해결'된 것인가? 배경 설명이 더 희한했다. 중앙정보부에서 밤새 나에 관한 비밀 보고서 두 권 중 하나를 판독했지만 최종 허락은 아침에 보안 사령부에서 나와야 했다고 한다. 나에 대한 두 권의 비밀문서! 해외에 나가 있는 정보원들의 창작 능력은 대단한 것이 틀림없다. 정직하게 나의 공과를 적자면 아마 종이 두 쪽도 채우지 못할 터인데……. 우리의 민주화 투쟁사에서 내가 부끄럽고 죄스러운 것은 오히려 자유스러운 신분과 환경에도 불구하고 나는 별로 한 것이 없다는 슬픈 사실이다. 그런데 그 위대한 작품 속에 무슨 무용담이 담겨 있을까? 비극적 희극이다.

다음 날 아침에 K 총장의 특별 배려로 모교 교정을 방문하게 되었다. 교문 앞에는 시퍼런 총검을 쳐들고 선 두 군인, 그 뒤에는 장갑차, 트럭, 방호벽, 그리고 다른 군 장비들이 적을 노리듯 버티고 있었다. 학교 총장이 자기 학교에 들어가기 위해 사정을 했다. 교정은 쥐 죽은 듯 적막하고 간혹 고함 소리와 군화 소리만이 전국 계엄령이라는 분위기를 상기시켰다. 학문과 진리를 자유롭게 추구할 학생들과 교수들은 다 어디에 갔는가? 군복을 안 입은 우리 두 민간인은 감옥 속의 죄수 같았다. 교문을 나서며 K 총장이 슬픈 예언을 했다.

"그렇게 사람을 많이 죽인 이 놈들이 이번에 김대중 선생도 죽일 거야. 틀림없어."

나는 목이 타고 가슴이 터질 것만 같았다. 점심도 사양하고 급히 호텔로 돌아와 오후와 저녁에 만날 친구들에게 전화했다. 모두 급한 일이 생겨 못 만나겠다는 것이다. 다음 날 만날 사람들도 꼭 같은 대답을 하는 것이 아닌가! 그러고 보니 내 전화를 도청하고 있었던 것이다. 택시 운전기사가 말하던 '검은 지프차 두 대'가 나를 미행하고 있었던 것도 틀림없다. 내가 이 나라에 그처럼 위험인물인가? 기막힌 대우다. 저녁 때 K 총장 비서로부터 전화가 왔다. 총장 가족이 갑자기 멀리 피서를 가게 되어 내가 돌아갈 때 다시 못 만나겠다는 전갈을 보내왔다.

아침 신문을 보니 모든 기존 정치, 언론, 사회 활동이 정지된 상태에서 국가보위비상대책위원회(국보위)의 활동, 사회악 일소를 위한 삼청교육대 설치 문제 등으로 도배되어 있었다. 숨 막히는 현실이었다. 과연 군부가 군법 재판에서 김대중 선생에게 사형을 내릴까? 그는 죽을 고비를 이미 네 번이나 넘기며 이 나라 민주주의를 위해 헌신한 용감한 투사다. 국제 사회가 군부 세력의 이런 비인도적 만행을 묵인할까? 미국이, 공산 침략을 막고 민주주의를 수호한다고 수십 년 군대를 주둔하고 있는 미국이, 이 만행을 용납할까? 그러나 미국으로 추방당한 후 계속 투쟁하던 시노트 신부의 쓰라린 결론이 가슴 아프게 울렸다. "결국 미국 정부가 문제였다"라고. 그가 한국의 인권과 민주화를 위해 각종 반정부 시위를 주도하다 열 번이나 구속당하며 뱉은 의분의 현주소가 있었다.

박정희 독재 정권은 미국 정부의 무책임한 대외 정책의 산물입니다. 반공 정부라면 그것이 독재 정권이든 아니든 상관없이 지원했기 때문에 무수한 시민들이 피해를 입은 겁니다. 미국 정부는 오직 자신의 이

익을 위해 다른 나라 시민들의 권리를 짓밟고 있습니다.

—제임스 시노트 신부

그런데도 미국을 위시한 국제적 압력에 호소해야 하는 우리의 현실
이 너무나 슬펐다. 우울한 하루를 더 보내고 드디어 도쿄로 날아갔다.
화려한 감옥에서 풀려나온 기분이었다. 내 한문 이름 팻말을 들고 나온
한국 3세 교포 청년을 따라 시내 대회장으로 달렸다. 가는 길 공원에 미
국 카우보이 차림의 히피족들이 '平和 Peace' 현수막을 치고 요란스럽
게 노래하고 있었다.

식장에는 이미 여러 나라에서 온 대표들이 웅성거리고 있었다. 온 식
장은 흰 국화 화분으로 장식했다. 단상에는 커다란 기치가 걸려 있다.

金大中先生救出緊急國際會議
김대중선생구출긴급국제회의

✳ ✳ ✳

* 우리는 승리하리라　미국 민권 운동의 유명한 저항 노래 「We shall overcome!」

오해

진숙이는 화사하면서 성숙한 웃음을 지닌 소녀였다. 수줍어하면서도 솔직해서 좋았다. 교회 고등부 학생회에서 제일 어여쁜 여고생이었으리라. 언젠가부터 그 애가 나에게 유난히 친절하게 다가 왔다. 하지만 학생회 총책을 맡은 관계로 나는 어느 특정한 여학생에게 편애를 보이는 것은 절대 금물이라 믿는 순진파였다. 그래서 친구 영준이, 운도, 성숙이 등과 함께 어울려 다니게 되었다.

이듬해 모두들 대학에 들어가고 난 후 진숙이를 혼자 불러냈다. 더 예뻐진 진숙이가 활짝 웃음을 머금고 말을 꺼냈다.

"이제는 영준 오빠와 자연스럽게 잘 나가요. 그전에는 어려워서 동수 오빠 신세를 늘 졌는데……. 고마워요."

내 '신세를 졌다!' 어처구니없고 별로 고맙지 않은 감사의 표시다. 그때 내가 화를 내지 않은 것은 아직 순진해서였을까, 아니면 진숙이를 진정 좋아하지 않아서였을까? 알고 보니 그간 내가 유쾌하게 오해한 것이다. 오해란 무슨 이유로든 잘못 이해한 것인데 당사자들에게는 그리 즐겁지 않은 현상이다.

내가 미국 유학 가서 세 번째 맞는 여름 어느 날 저녁, 에스더와 나는 손을 잡고 그녀 동네 조용한 산책로를 걷고 있었다. 널리 퍼진 푸른 하늘과 푸른 잔디, 푸른 호수, 우리는 한 쌍의 꽃사슴처럼 행복했다. 공원을 가는 길목에서 나는 알과 엘 발음을 정확하게 구분하며 속삭였다.

"There is a blue light; let's cross the street(파란불이네요. 건너가요)."

"Blue light? That's a green light!(파란불이라고요? 그건 녹색 불인데요!)"

청색이든 녹색이든 찬란한 별빛이 쏟아져 내리는 그날 밤 우리는 늦게까지 우리의 푸른 꿈 이야기를 속삭였다. 에스더는 청색 하늘blue sky과 녹색 잔디green grass, 청색 바다blue ocean와 녹색 숲green forest이 다른 색이라 일러주었다. 다 푸르고 아름다운데……. 물론 나를 위한 영어 공부였다. 에스더가 파랑새처럼 귀여웠다.

에스더는 내가 좋아한다는 녹색 편지를 사흘이 멀다 하고 보내왔다. 나는 미리 사놓았던 여러 무지개 색깔의 편지지를 보냈다. 그러다 얼마 후 나는 검은 폭풍처럼 닥치는 나의 운명에 억눌려 모든 편지를 끊게 되었다. 모든 푸른색 희망이 사라지는 아픔의 순간이었다. 눈물에 젖은 에스더 편지 끝에 '반드시 안과에 가보라'는 당부가 있었다. 아차, 생각해보니 영어 문제가 아니라 색맹의 의심을 받아온 것이다! 나는 종내 영원히 헤어지고 말았다. 그 오해라도 풀어주었어야 할 것을.

오해는 잘못하면 사람을 죽일 수도 있다. 1984년 10월이라 생각한다. 나의 인격과 양심, 가족의 명예와 안전에까지 커다란 상처를 준 황당한 사건이 발생했다. 한인들이 가장 많이 사는 로스앤젤레스에서 비정기적으로 발행하는 《통일신보》에 그곳 양모 교수와 나에 관한 대대적인 폭로 기사가 나왔던 것이다.

기사 내용인즉 두 교수가 '북괴'의 지원과 지령을 받아 한인 사회, 특히 대학 젊은 층에 침투하여 맹활약한다며 배경 사진과 함께 구체적인 사례를 신문 전면과 제2면에 보도한 것이다. 상당한 자금을 받아 젊은 한미 학생들을 포섭 및 밀봉교육, 북한 방문 주선, 친북 교수들 연구 지원, 친북 교수 자녀 장학금 지급, 교회 침투, 비밀 사상 교육 등등……. 1967년 '동백림 간첩 사건'보다 더 거창했다. 밀봉교육을 한다는 집의 사진이며 교수 자녀들의 장학금 수령 실태 등등 구체적인 내용은 누구도 수긍할 수밖에 없는 충격적 보도였다. 전혀 사실이 아닌 것을 허위로 조작하여 우리 두 교수의 명예를 무자비하게 난도질한 것이다.

그러자 멀고 가까운 많은 친구들이 일제히 연락이 뜸해졌다. 아무리 변명을 하려 해도 '아니 땐 굴뚝에 연기 날까? 무엇인가 있었겠지……' 하는 눈치였다. 공산당에게 아버지가 총살당하고 어머니가 고문을 당한 기독교 집안에서 자란 내가 그들의 지원과 지령을 받아서 암약한다니, 정말 억울하고 분통이 터지는 모함과 이 기막힌 오해의 뿌리를 어찌할 것인가?

교수에게 명예와 양심은 바로 생명이다. 로스앤젤레스에 간 길에 명예 훼손 소송을 준비하다 또 한 번 놀라지 않을 수 없었다. 그 신문의 발행인 겸 기사 작성자 배모 씨는 혼자 사는 빈털터리 무직자로서 이 작품을 만들어 한국영사관 관계 고 인사로부터 3,000달러를 받았다는 사실까지 알아냈다. 어처구니없는 만행이다.

그런데 변호사의 의견은 신중하면서 착잡했다. 즉, 법적 대응으로 승소하더라도 그 과정에서 우리 고소인들은 엄청난 시간과 비용, 그리고 심리적·사회적 대가를 치러야 할 것이고, 피고는 혐의가 확정되어도 오히려 형무소라는 생활 보장을 받는다는 것이었다. 우리는 오랜 고민 끝에 그냥 참기로 했다. 오죽하면 남에게 그런 짓을 하며 살아야 할까 생각하니 그 불쌍한 인생에 동정심까지 들었다. 아니, '해외 반정부 인사' 인격 살해를 위해 조잡한 모략 활동에 국고를 낭비하는 군사 독재 정권이 하루 속히 청산되어야 한다는 분노와 결의가 앞섰다.

그 '빨갱이 오해'가 풀리는 데에는 무척 많은 시간과 인내가 필요했다. 오히려 허위 내용을 판단 없이 믿는 사람들을 이해하고 용서하는 것을 배우게 되었다.

십 년도 훨씬 지나 한 친구로부터 편지가 왔다.

오래 두고두고 보아왔지. 그때 오해한 것이 미안하네. 믿을 수 없는 일이 너무 크게 벌어질 때 그렇게 그냥 믿게 되는 모양일세.

사필귀정事必歸正이라 아무리 오해가 커도 진실은 언젠가 바르게 나타나게 마련이라는 나의 신념을 다시 한 번 확인시켜준 고마운 편지였다.

다수의 횡포

외로운 진실

깜박깜박 인생 노정

오후 1시 29분!

하마터면 강의 시간에 늦을 뻔했다. 닥터 제임스 박Dr. James Park은 검색하던 컴퓨터 화면을 급히 끄고 강의 노트, 교과서, 출석부를 들고 긴 복도로 나섰다. 벌써 양쪽 강의실마다 학생들이 자리를 채우고 있었다. 오늘따라 많은 학생들이 여기저기 부산스러웠다.

닥터 박이 강의실에 들어서자 학생들이 모두 조용히 자리를 잡았다. 미국 대학생들이란 원래 자유분방해서 제멋대로 다리를 쭉 뻗고 조는 놈, 쿠키를 먹는 놈, 콜라를 마시는 놈, 노트북(컴퓨터)에 눈을 박고 있는 놈, 연신 손거울을 보며 화장하는 놈, 각양각색이다. 그들의 옷차림은 더 형용할 수가 없다. 각자 취미에 따라 속옷, 속살 노출 정도가 가지각색이다. 그러나 오늘은 모두 비교적 얌전하게 앉아서 교수에게 집중하는 것이 아닌가! 오늘이야말로 처음 보는 모범적인 학습 태도라 하겠다. 그런데 아무도 책이나 노트를 꺼내지도 않고 반듯하게 앉아 긴장한 모습으로 닥터 박만 쳐다보는 것이 아닌가! 무엇인가 이상하다.

"여러분들, 공부 시작할 준비가 되었습니까? 너무 조용해서 혹시 내 귀가 멀었는지 의심스럽습니다."

닥터 박이 한마디 던졌다. 미국에서는 농담 잘하는 교수가 단연 인기다.

"교수님, 오늘 시험 안 치는 겁니까?"

'아차!' 하는 순간에 교실 뒤쪽에서 낮은 목소리가 따라 나왔다.

"교수님, 시험지 준비가 안 되었으면 염려 마십시오. 우리가 충분히 이해합니다. 우리도 어차피 준비가 안 된 상태니까요."

모두가 손뼉을 치며 좋아했다. 이런 이런! 닥터 박은 깜박 잊고 시험지를 안 가지고 온 것이다. 닥터 박이 능청맞게 대답했다.

"여러분이 준비가 잘 안 된 것을 제가 미리 알고 여러분에게 15분 더 시간을 주기로 했습니다. 그대로 앉아서 준비하며 기다리십시오."

2분도 안 걸릴 것을 일부러 넉넉한 시간을 주었다. 사람은 바쁠수록 더 침착하고 여유 만만해야 하는 법이다. 복도에서 커피 한 잔을 뽑아 들고 유유히 연구실로 돌아왔다. 우선 책상과 책장 선반을 살펴보았으나 찾는 시험지는 보이지 않았다. 차에 시험지를 그냥 두고 온 것이 틀림없다. 닥터 박은 교수 주차장으로 유유히 향했다.

밖은 약간 싸늘했으나 하늘은 높고 푸르고 맑다. 가을빛이 완연하다. 메릴랜드Maryland의 가을은 유난히 빛나고 아름다운 계절이다. 닥터 박은 차에 들어가 시동을 걸기 전에 먼저 긴 호흡을 한다. 가을이다! 열매를 맺는 계절의 풍성함과 만족감! 늘 논문과 책과 컴퓨터, 그리고 긴긴

회의에 묶여 지내다 이 얼마 만에 누리는 멋있는 여유인가! 닥터 박은 신나게 집으로 달렸다. 집에 도착하자 뒤뜰로 먼저 갔다. 오랜만에 가을꽃들을 보기 위해서다.

"오늘은 일찍 오셨군요. 냉커피 한 잔 드릴까요?"

닥터 박의 아내가 창문을 내다보며 물었다.

"오케이. 당신도 여기 나와 봐요."

뒤뜰 한쪽에 코스모스가 한창이다. 나비가 철모르고 춤을 춘다. 가을의 정취와 향연을 한참 즐기는 사이에 아내가 커피 잔과 전화기를 같이 들고 나왔다. 학교 비서 샐리로부터 전화가 왔다는 것이다.

"닥터 박, 학생들이 몰려와 항의하는데요. 15분이 너무 길다고 하는데 무슨 뜻이지요? 직접 설명해주시겠어요?"

샐리가 쌕쌕거리며 말을 이었다. 아차! 닥터 박은 그만 또 깜박한 것이다. 시험지를 찾으러 차에 나왔다가 그냥 집까지 내처 오고 만 것이다! 닥터 박은 당황스러운 마음을 감추며 유연하게 대답했다.

"샐리, 그럴 필요 없어요. 그냥 15분이 계속 연장되어 내주까지 간다고 전해주어요."

이미 홍당무가 된 닥터 박이 냉커피를 꿀꺽꿀꺽 마셨다.

여기까지 이야기를 듣던 친구들이 더 참을 수 없어 배를 안고 웃어댔다.

"이건 완전 치매다, 치매야!"

나도 얼마나 웃었는지 눈물이 날 지경이었다. 믿기지 않는 콩트conte 같았다. 친구 이야기를 하던 윤 교수는 엄숙한 표정으로 치매는 아니라고 역설했다. 아마도 우연한 연속 실수였을 것이다. 그리고는 또 웃었다. 한참을 웃다가 은근히 켕기는 생각이 뒤에서 엄습해왔다. '남의 일 같지 않다'는 무거운 의심이 나의 의식을 무겁게 짓밟았다. 혹시 '언제 나도 그럴 수 있다'는 엄숙한 두려움이 나를 사로잡는 것이다. 그렇다. 나도 그 닥터 박이라는 사람과 같은 자격과 여건을 충분히 갖춘 사람이 아닌가! 그렇다면 나는 그렇지 않을 거란 보장이 어디 있는가?

사실 대학교수란 머리를 항상 많이 쓰는 직업이라 두뇌의 작동기능 장애, 기억 용량 부족, 논리 조직망의 혼란 등으로 정보 저장, 검색, 회수에 문제가 발생하는 경우가 많은 법이다. 몇백 페이지의 책은 통달하면서 눈앞에 놓인 커피를 다 식을 때까지 깜박하는 경우가 많다. 이런 선별적 건망증 내지 기억 상실증도 일종의 직업병 또는 직업성 위해 요소occupational hazard인지 모른다. 그래서 미국에서는 교수란 단어 앞에다 흔히 '건망증이 심한absent-minded professor'이란 형용사를 붙이는 경우가 많다. 사실 생각해보면 나도 이 직업병의 증상을 이미 앓고 있는지도 모른다.

몇 달 전 학교에서 일어난 작은 사건이다. 약간 열린 내 연구실 문으로 두 동료 교수가 머리를 디밀고 왜 회의에 참석하지 않았느냐고 물었다. 바로 조금 전까지 바로 옆의 소회의실에 떠들썩하던 회의가 끝난 모양이다. 무슨 회의냐고 반문하자 내가 언젠가 제기했던 교수 재교육에 관한 장기 계획을 의논하였다는 것이다. 아차! 내가 깜박한 것이다. 왜 나를 부르지 않았냐고 다시 묻자 내가 토론 소리를 다 들으면서도 끝내 참석하지 않아 바쁜 일이 생긴 것으로 이해했다는 것이다. 사실 학교 일

정표에 나와 있었고, 이틀 전 상기시키는 메모가 돌았고, 아침에 학교 비서가 말했다는데 그런데도 불참하였으니 어떻게 선임 교수를 더 강권하겠는가! 물론 아침에 나는 들은 기억이 없다.

　슬픔을 견디어야 하거나 아픔을 참아야 하는 사람들에게는 시간의 흐름이나 망각이라는 깊은 늪이 축복이 될 수 있다. 그러나 방대한 기억력을 자원으로 일해야 하는 정신노동자들에게는 망각이 저주의 수렁이 될 수 있다. 나는 언제부터인가 그 수렁에 서서히 빠지고 있다. '나이가 들수록 잘 잊어버린다'는 자연법칙을 재인식하는 정도가 아니라 나의 존재 가치의 위기 같은 것을 절감하는 것이다. 그런 위기를 바로 극복하는 데에는 초월적인 지혜와 근본적인 해결책이 필요하다. 아내는 곧 내 나이 70이 된다는 사실을 잊지 말라고 자주 일러준다. 오랜 숙고 끝에 나는 내년에 은퇴하기로 결단을 내렸다.* 아내가 좋아하는 표정을 오래도록 잊을 수 없다. 긴 15분을 끌며 깜박깜박 내 인생 노정을 걷다 허둥지둥 쓰러지고 싶지 않기 때문이다.

＊　＊　＊

* **은퇴**　미국에는 '정년퇴직'이라는 제도가 없다. 법으로 금지된 연령차별에 해당하기 때문이다.

거룩한 왕따[*]

내가 객원 교수로 처음 오게 된 서울 T 신학대학교 대학원은 개신교 복음주의 계통의 신학교이면서 어느 교단에도 속하지 않고 세계 선교에 중점을 두고 가르치는 유명 국제 학교다. 그런 거룩한 곳에도 세속적 인간 문제가 있을까?

이 학교에서는 상주하는 외국인 교수나 외국에서 단기 방문하는 교포 교수들을 위해 고급 빌라를 수원 외곽에 마련해 현재 9명의 교수 가족들이 편하게 살고 있다. 그들은 학교에서 제공하는 차편으로 매일 아침저녁으로 출퇴근을 한다. 교통이 막히지 않으면 불과 50분 정도면 학교에 당도할 수 있는데, 어쩌다 그 통근차를 놓치는 경우에는 도보, 버스, 전철 등으로 2시간 내지 2시간 반이나 걸린다.

그런데 이상한 일이 생겼다. 언제부터인가 박 교수가 학교 차를 타지 않고 새벽 일찍, 저녁 늦게 출퇴근하는 것을 알게 되었다. 나는 몇 동료 교수에게 그 이유를 물었지만 별 시원한 대답을 얻을 수 없었다. 아니 모른 척하는 것이 아닌가! 웬일인지 박 교수 자신도 대답을 회피해 나는 더욱 궁금하게 되었다. '조금만 시간을 맞추면 편하게 같이 다닐 터인데 왜 그런 고생을 할까? 무슨 숨은 이유가 있으리라…….'

내가 실상을 알아낸 것은 어느 날 캐나다 Y 여교수를 살짝 유도심문을 한 덕이었다. Y 교수는 거짓말처럼 거짓말을 못하는 사람이다.

"저도 가슴이 아파요. 사무처에서 너무 감정적인 반응을 했나 봐요. 이것도 지나친 관료주의bureaucracy의 한 양상이겠지요?"

슬슬 풀리는 비밀의 내막은 이러했다. 박 교수는 빌라에 거주하는 교수들 중 고참인 데다 한국과 외국 사정을 잘 아는 미국 교포라 종종 큰소리치며 대변자 노릇을 잘하는 분이었다. 어느 날 박 교수는 사무처장을 만나 학교 통근차가 낡았으니 새 차로 바꾸었으면 좋겠다고 제안한 모양이었다. 그런데 그 과정에서 두 사람은 서로 언성이 높아지고 상당한 언쟁이 붙었단다. 막강한 재단 이사의 친척인 사무처장은 화가 나서 이 건방진 교수에게 철퇴를 가했던 것이다.

"박 교수님, 당신은 외국 교수가 아니어서 그 차를 탈 자격도 없어요. 당신 임용계약서에 어디 학교 차를 준다고 했어요? 정 불만이 있으면 그 차를 아예 타지 마시오."

물론 박 교수가 거기에 머리 숙일 사람이 아니다.

"좋소. 오늘부터 당장 그 차 안 타겠소!"

그리하여 그는 자의 반 타의 반 교수 통근차를 보이콧하게 된 것이다.

이런 비밀을 알고 나니 일종의 분노와 실망, 그리고 무력감이 겹쳐 무거운 번민거리가 되었다. 동료 교수가 왕따를 당한 것이다. 같은 비운에 빠질 수 있다고 염려하는지 한국계 미국 교수들의 침묵도 한스러웠다. '빈자리를 두고 가면서 동료 교수를 태우지 못하는 부조리, 이런 것을 무엇이라 부르고 어떻게 정당화할 수 있나.' 나는 괴로웠다. 나에게는 옛날부터 내 나름대로의 별난 철학이 있다. "사람은 무슨 이유를 달아 서로 겨루고 가르고 나누고 차별하지만 하나님은 아무 이유 없이 모든 사람들을 하나로 묶는다. 사람은 다 같이 죄인이기 때문이다. 그리고 하나님은 그 죄인들을 다 사랑하신다." 만일 이 신조가 맞다면 인간의 모든 격리와 차별은 하나님의 뜻이 아니다.

이런 때 내 일이 아니라고 숨을 고르고 가만히 있기에는 내 마음속에 뜨거운 무엇이 있다. 대학 시절 나는 가끔 너무 솔직하고 어리석어서 친구들의 핀잔을 받곤 했다. 한번은 이러저러한 일로 결석을 많이 한 과목 교수를 찾아가 겸연쩍게 사정을 하게 되었다. 그런데 놀랍게도 교수가 가진 출석부에는 내가 완전 출석이 아닌가? 아! 고맙게도 가까운 친구들이 매번 대리 대답을 해준 것이었다. 그때 나는 그 출석을 다 결석으로 다시 고치고 나왔다. 그 후로 나는 친구들에게 '바보 같은 놈'으로 찍혔다.

그런데 여기서는 객원 교수라 내가 어떻게 개입할 길이 없었다. 오랜 고민 끝에 나는 긴 영문 이메일을 학장과 부학장에게 띄웠다.

　　……이 일은 나와 관련된 일이 아닙니다. 나의 불평이나 항의는 더

욱 아닙니다. 그러나 갑자기 학교 정책을 내세워 차에 빈자리를 두고도 특정 교수가 동승하지 못하게 만든 일은 해당 교수에 대한 차별 대우 discriminatory이고 전체 교수에 대한 일종의 수모degrading입니다. 나는 이런 부당하다고 생각되는 일을 보면서 아픔을 느낍니다. 나는 조용히 그리고 잠시 동안 그 아픔의 의미를 음미해보렵니다……

그날로부터 나는 혼자 버스를 타기 시작했다. 나의 아내도 나의 고질적인 '원칙론'을 위해 그 결정을 그냥 지지해주었다.

거의 매일 아침저녁을 2시간 이상 걷고, 기다렸다 타고, 갈아타고, 또 걸었다. 스스로 택한 '고난의 행군'은 결코 쉽지 않았다. 더욱이나 그 행군이 계속된 두 주간은 유난히 추웠다. 이 터무니없는 고난은 아무도 알아주지 않을 양심의 데모로, 역시 '바보 같은 짓'이다. 3월 5일, 아직 길에서 저녁도 못 먹고 가는 길에 대학 동창으로부터 생일 축하 전화를 받았다. 내 사정 이야기를 듣고 그 친구가 화를 내고 핀잔을 주었다.

"그래, 남의 어리석은 수난에 참여하고 연대하는 것이 그렇게도 위대하고 장하냐?"

"아니야. 그 장본인은 알지도 못해. 그냥 나 자신이 바르게 서도록 훈련하는 거야. 화내지 마. 난 기분 좋아."

나는 담담하게 웃었다.

길다고 하면 긴 2주간의 수난절이 끝나려는 무렵에 황급히 W학장으로부터 전화가 왔다. 근래에 내가 학교 차를 이용하지 않는 것을 알게 되었다며 유감을 표시하고는, 잘 처리될 것이라고 안심시켰다. 아마도 모르는 사이에 회의가 있었던 모양이다. 며칠 후 12인승 새 밴과 함께 「승차 규례」라는 것이 나왔다. 거기에는 국적, 교수 서열 등 아무 제한이나 차별이 없고 자리가 남으면 교수 가족도 동승할 수 있도록 되어 있었다.

❋ ❋ ❋

* 이 이야기는 사실에 충실한 내용이지만 모든 지명, 인명, 기관명을 임의로 변조하였음.

배움 그리고 가르침

"선생님~ 너무 보기 좋아요. ○○ 같아요."

"정말 이 강의를 수강하게 되어 기뻐요……."

6년 전 내가 미국 교수 생활을 은퇴하고 한국에 와서 처음 교단에 섰을 때 강의실을 메운 대학원생들의 반응이 유별나게 호의적이고 매우 직설적이었다. 그도 그럴 것이 키는 한국 재래종인데 백발과 흰 수염으로 단장한 노노老NO교수, 버터 냄새 풍기는 유머로 강의를 하는 '초빙교수', 아마도 호기심과 흥미를 불러일으키기에 족했을 것이다. 나도 한국 대학 교단에 서며 흥분하기는 마찬가지였다. 미국에서는 들어보지도 못한 '사제지간'이라는 개념, 그 커다란 주머니 속에는 '정'이라는 것이 차서 늘 출렁거리고 있다.

생각해보면 나의 인생은 학교생활과 거의 동의어다. 어머니 치마폭에 싸였던 어린 시절과 군복무 기간, 그리고 미국 펜실베이니아 주 공무원 생활 몇 년을 제외하고는 학교에서 배우거나 가르치는 일이 내 인생의 전부다. 진화했다면 교단 밑에서 교단 위로, 미국 학생에서 한국 학생으로, 그리고 흑칠판에서 백판으로 변한 것이다. 학교 교정은 언제나 내 삶의 정원이고 풍성한 열매를 얻는 텃밭이라 하겠다.

교수가 천직이라 여기지만 나는 가르치는 과정에서 오히려 많은 것을 배우고 즐긴다. 교수나 교사가 필요하고 정제된 지식을 전달하는 과업의 종사자로만 본다면 하나의 직업인일 뿐이다. 그런 직업인은 필요한 만큼만 가르치고 주어진 업무 이상으로 시간과 정성을 쏟을 필요가 없다. 그러나 나는 학교 선생이 진정한 '스승'이라는 의미의 교육자라야 한다고 믿는다. 교육자는 세속적 성직자다. 사람을 키우는 사제다. 학생들의 바른 인생을 위해 성실하게 가르치고 본을 세우는 특별한 사명자다.

누구나 가장 신선하고 창의적인 시절은 유치원이나 초등학교 시절일 것이다. 내 큰딸이 미국에서 그런 성장 과정의 어린 학생들을 가르치는 교사인데, 그 애는 귀한 새 생명들을 꽃처럼 나비처럼 기르는 특별한 사람이라고 자부한다. 나는 다행인지 불행인지 다 성숙하고 어느 정도 사회 경험이나 인생 경륜을 쌓은 30~40대 대학원생(석박사 과정)들만 가르치고 있다. 그들은 이미 자신의 인생관을 확립한, 한 분야의 전문 교육을 추구하는 성인들로 학문적으로는 고도의 소통이 가능한 장래의 전문직 동료들이다. 내 전공과목들은 모든 인간의 행복과 복리를 위해 봉사하는 사회복지(사회사업) 분야다. 사회복지는 인간 사회의 여러 부정적 형태, 즉 빈곤, 질병, 갈등, 소외 등을 예방·조정·원상회복하고 인간의 존엄성과 행복, 자유와 민주주의, 평등과 사회 정의를 증진하고자 하는 미시적·거시적 실천 학문이다. 이처럼 광범하고 고귀한 가치관의 지식과 실천을 추구하는 것은 진정한 교육의 목표, 그리고 종교적 원리와도 상통한다. 이러한 교육 철학을 가지고 있다면 당연히 가르치는 방법도 달라야 한다고 믿는다.

나의 학생들은 상당한 동기 요인과 지적 능력을 소유하고 있지만 연령상 자연히 기억력, 시간적 여유, 창의력에서 젊은 학습자보다 뒤진다. 그러나 나는 그들이 가진 다양한 체험, 통찰력, 책임성 등 강점을 최대한 활용하도록 격려하고 유도한다. 그 중요한 방법이 '학생 중심의 협동 학습 과정'이다. 그것은 목적과 진행이 전통 강의실과 판이하게 다르다. 가능한 한 교과 설계, 학습 내용, 자료 선택, 교습 과정, 학습의 양, 속도, 모니터링, 평가 과정까지 어느 정도 학생들의 참여를 권장 내지 요구한다. 이런 접근은 물론 선택 과목이기 때문에 더욱 수월하다. 하지만 대개 처음에는 학생들로부터 저항을 받게 마련이다. 전통적으로 우리 학생들은 주입식 교육, 즉 수동적인 지식의 수령자 입장에 익숙한데 어떻게 교수의 절대적 권위 영역에 침범하는 행위를 할 수 있겠는가. 그러나 참 교육이란, 더욱이나 고등 교육에서는, 학생들이 능동적인 학습자로서 필요한 지식을 스스로 찾아 구축해갈 수 있도록 역량을 강화하는 고달픈 과정이다. 학기말 한 학생의 고백이 이를 말해준다.

"평생 이런 과목은 처음 경험했습니다. 엄청 힘들었어요. 근데 무척 많이 배웠습니다."

　‘강의만족도’에 올라온 다른 익명의 코멘트들을 보면 여러 수강생들이 뜻밖의 재미와 감동을 경험한 모양이다. 나에게 겸허한 기쁨과 보람을 주는 내용이다.

　나는 처음 몇 주 기본 강의를 하며 학업 계획을 확정한 후 실험적 학습 과정을 진행한다. 그래서 강의 중심에서 토론 중심으로, 교과서로부터 멀티미디어로, 이론적 정립에서 실천적 경험으로, 일방적 교시에서 다방향 상호 활동으로, 최소한의 고정적 기준에서 높은 창의적 기대로 서서히 전환한다. 이런 학습법에서는 학생들은 소극적·피동적 지식의 수령자에서 능동적·적극적 문제 해결자로 자신의 학문적 능력 강화에 힘쓰게 된다. 교수는 학습 환경의 통제권을 가진 강의자lecturer에서 학습 경험의 설계자designer로, 자원 공급자supplier로, 기술 코치coach로, 도덕적 모범model으로 함께 배우고 나누게 된다. 여기서 중요한 것은 암기를 근간으로 하는 사실적 지식과 이해보다 심층 분석과 적용력 습득, 종합하는 기능을 길러 창의적인 평가와 생산 능력을 배양하는 일이다. 나의 시험 문제에는 정답이 없다. 마치 인생 문제처럼 합리적인 최선의 해결이 필요할 뿐이다.

　이런 접근을 가능하게 하는 기술적 자원은 인터넷이다. 시간과 공간의 제약을 극복하고 다양하고 다방향적 상호 교류를 가능하게 하는 온라인 매체는 강의실과 교수를 넘어 열린 교육을 체험하게 만든다. 과목 클럽 사이트(한 예로 http://club.cyworld.com/isw2011-1d)에는 각 학습 영역에 강의 초록은 물론, 모두의 참여로 엄청나게 많은 학습 자료, 검색물, 링크, 발표 자료, 상호 교류가 축적되고 이를 자유롭게 공유하게 된다. 클럽은 학생들이 과목 내용을 좀 더 효과적으로, 다양하게, 그리고 즐겁게 공부할 수 있도록 마련한 넓은 마당이 되고 있다. 온라인과 이메일로 제출받은 시험과 과제물은 일일이 평가해서 다시 각 학생에게 돌려준다. 사랑하는 마음과 사랑할 시간이 없으면 하기 힘든, 그야말로 정성 어린 수고다. 근원적으로 사랑을 투자하지 않은 교육이 참된 교육이 될 수 있을까? 이런 역동적 상호 관계에서 학생과 교수가 함께 많은 것을 서로 배우고 서로 가르치게 된다. 좋은 선생 밑의 학생은 곧 좋은 선생이 될 수 있다. 모두 배우는 사역使役에 동역자同役者이기 때문이다.

세계에서 한국처럼 교육에 목숨을 거는 나라가 또 있을까? 어린 시절부터 학생들이 매일 자정까지 공부하는 나라, 사교육비 비중이 세계 제1위인 나라(국민총생산의 8.2%), 그런데 세계적으로 알려진 석학이나 노벨수상 과학자 하나 없다. 우리 고등 교육 과정은 일반적으로 획일주의, 성적 위주, 무한 경쟁, 서열화, 영어 숭상, 부정행위, 인문학 내지 인성교육의 부실 등 문제가 적지 않다. 그러나 이 모든 문제를 관통하는 중요한 병폐는 배움의 주체인 학생들에 대한 온당한 배려와 존경의 결여라고 본다. 위로 교육과학기술부로부터 대학 이사, 행정, 교수 모두가 획일적인 권위주의 체제로 학생들의 무한한 잠재 능력을 여러 형태로 억압하고 통제한다. 과다한 등록금으로 수많은 잠정 인재를 원천 배제하는 것은 물론, 죽어라 하고 시험공부해서 입학한 학생들 두뇌에 레미콘처럼 적당히 반죽된 지식을 강제 주입시켜, 자유롭게 창의적으로 느끼고 생각하고 비판할 자리를 콘크리트처럼 굳어버리게 하는 경우가 허다하다.

　또 교수들 자신이 큰 클래스와 과다한 업무량으로 인하여 그런 체제의 피해자들이 되고 있다. 성실한 교수들도 살아남기 위해 가시적 연구 실적과 효율적 시간 관리에 집착하다 보면 학생들의 학업과 진로를 지도할 애정과 관심의 여력이 없다. 어떤 능력 있는 교수들은 연구와 학생 가르치는 일보다 별도 수입과 명성을 위해 시간과 정성을 밖으로 쏟는다. 이래저래 학생들의 꿈을 희생시키고 결국 그들의 창의성을 고사시킨다. 창의성을 죽이는 교육은 죽은 교육이다. 참 교육은 학생들과 함께 배우며 가르치며 진리를 창조적으로 추구하는 순례의 과정이어야 한다.

모교 숭실대학 교정

숭실사회복지대학원생들

미국 대학생들

한국 대학생들

아쉬움의 아픔

내가 리영희 선생을 처음 만난 것은 아마도 1980년대 말 어느 가을밤이라고 기억한다. 북캘리포니아 어느 도시 근교에서 통일 관련 행사(심포지엄)에 참여한 때였다. 그의 예리한 분석과 투철한 시대정신은 그 모임에 참여한 적은 수의 교포들 가슴을 불태우기에 충분했다. 내가 선생을 마음으로 만난 것은 그보다 훨씬 전으로 올라간다. 정의가 피살되고 진리가 암매장되던 군사 독재 '야만의 시대'에 긴 수난(혐의, 소환, 구속, 기소, 해임, 해직, 복역 등)을 겪던 언론인이자 교수요 행동가였던 리영희 선생이야말로 멀리 미국에서도 젊은 지성인들이 흠모할 커다란 별이었다. 그의 저항은 흔히 단편적 '반정부 민주 운동' 같은 데서 보는 감정에 찬 시위의 한계를 넘어 시대와 사상을 꿰뚫는 '이성적 개척자'의 위대한 역할이었다. 그의 저서 『우상과 이성』(1977) 머리말에는 이런 구절이 나온다.

나의 글을 쓰는 유일한 목적은 진실을 추구하는 오직 그것에서 시작
되고 그것에서 그친다……. 그것은 우상에 도전하는 이성의 행위다. 그
것은 언제나, 어디서나 고통을 무릅써야 했다…….

나는 이런 구절을 읽으며 많은 감명을 받았다. 십여 년 전만 해도 안
이한 도덕적 안전지대에서 내 자신이 냉전 의식과 반공(반북) 사고의 깊
은 중독 상태에서 편하게 진리를 회피하던 나, '원수를 사랑하라'는 예
수의 혁명적 계명이 불편하고 괴로웠다. 나의 어머니를 고문하고 나의
아버지를 살해한 공산당, 그들을 증오하고 적대시하는 일을 정당화하
기 위해 나는 민족 화해나 평화 통일이라는 명제가 부담스러웠던 것이
다. 그러나 진리를 추구하는 괴롭고 거룩한 길에는 코페르니쿠스적 전
환이 필요했던 것이다. 리영희 선생은 나의 사상적 허위와 위선을 발가
벗긴 은사였다.

그날 밤 회의를 마치고 뒤풀이하는 자리에 나도 참석하게 되었다. 그
때 긴 방에 20여 명(주로 주최 측과 청년들)이 앉아 술과 이야기를 나누었
는데 리 선생이 탁상 끝머리 자리에 앉고 나는 그 맞은편 끝에 앉아 있
었다. 리 선생이 나더러 자기 옆에 와서 앉으라고 몇 번 권유했다. 나는
사양할 이유가 있어 그냥 그 끝에 앉아 있었다. 리 선생은 술도 잘 했고
이야기도 잘 했다. 그가 외신 기자로 일하던 당시 한국에선 전혀 알지
못하고 또 알아서는 안 될 해외 특종 기사들을 접하면서 순간순간 그가
느꼈던 흥분과 격분을 소개했다. 그가 시대를 평가하는 데 정확하고 박
식한 데에는 그의 민첩한 기자 정신과 능숙한 영어 실력이 있었기 때문

이라고 느꼈다. 그는 총명하면서도 촌스러운 면이 있었다. 그는 소박하면서 유머가 넘쳤고 무엇보다 자유스러웠다. 통속적으로 권위주의적인 한국 교수의 풍채가 전혀 없었다. 나는 그에게 많은 친근감을 느끼며 그의 이야기를 계속 듣고 있었다.

그에게서 친근감을 느끼는 데에는 다른 이유도 있었다. 미국과 캐나다에는 여러 해 동안 북조선 교수들과 해외 여러 나라에서 만나 평화와 통일에 관한 심포지엄을 해오던 30여 명의 한국 교수와 성직자들이 있었는데 1983년 그들의 초청으로 6명의 교수와 1명의 기자가 처음 북한을 2주간 방문한 바 있었다. 일행 중 최연소자 교수로서 나는 북한의 실상을 보고 또 한 번 코페르니쿠스적 생각의 전환을 경험하게 되었다. 다음 해 우리는 우리의 경험과 견해를 묶어 책으로 발간하게 되었는데 신통하게도 같은 해 같은 제목[『분단을 넘어』(1984)]으로 리 선생의 책이 발간되었다. 우리는 고민 끝에 그것을 뛰어넘어 제목을 '분단을 뛰어넘어'로 하였다. 이 책은 한글로 북한을 소개하는 첫 증언이자 보고서였다. 물론 한국에서는 즉시 금서가 되었다. 약간의 혼돈을 겪으며 우리의 책은 대부분 대학생들의 의식 교육용 지하 교재로 널리 사용되었다. 내가 듣기로는 6개의 작은 출판사들이 이 책을 '해적판'으로 펴냈다고 한다. 혹시 우리의 '뛰어넘어'가 너무 '넘어'를 넘어선 것은 아니었는지 송구한 마음까지 든다. 리 선생과 내가 같은 본적(평안북도), 같은 고등학교(경성공립공업학교, 현 서울공업고등학교), 같은 과(전기과), 같은 병(간경화), 같은 증상(복수)을 거쳤다는 것을 안 것은 후일의 일이다. 7년 차 대 스승의 신상과 무엇을 비교하는 것은 외람된 짓이리라. 하지만 혼돈된 우상의 시대에 지역과 연대를 넘어 같은 진리를 사랑하는 학자들 사이에 교감하는 친근감은 어쩔 수 없는 사랑과 존경의 발로라 본다.

긴 방 안은 웃음과 담배 연기로 가득 찼다. 빈 술병이 늘어났다. 리 선생의 기분도 상승하는 듯 목소리가 커졌다. 갑자기 나를 지목하고 좀 직설적인 표현으로 자기 옆에 와서 이야기하자고 했다. 하는 수 없이 그분 옆에 가서 앉았다. 그는 소주를 따라주었다. 나도 따라드렸다. 할 이야기가 많으셨다. 내가 잔을 간신히 비우자마자 또 한 잔이 들어왔다. 아내가 본다면 기절할 일이었다. 담배 연기가 내 숨을 막았다. 리 선생은 계속 담배를 피우고 있었다. 나는 참다못해 15분도 안 되어 슬며시 화장실 가는 양 그 자리를 탈출해서 가장 멀리 떨어진 내 원래의 자리로 되돌아왔다. 얼마나 불쾌하셨을까? 나도 무척 미안했지만 그 자리에서 무어라 말할 수 없었다. 그때 나는 간경화를 앓고 있어서 리 선생의 줄담배를 옆에서 도저히 견디어낼 수가 없었던 것이다. 술은 더욱 마시면 안 되는 형편이었다. 나는 끝자리에서 창문을 살짝 열고 신선한 공기를 마시며 선생의 신선한 이야기를 들었다. 그렇다고 그 자리에서 리 선생에게 금연하시라고 권면할 수도 없는 일이었고 내 건강 문제를 설명할 분위기도 아니었다.

몇 년 후 내가 서울에 오게 되어 곧 리 선생께 연락을 드렸다. 오래 간경화로 고생하고 나중에 복수로 사경을 헤매다 간 이식 수술 후 겨우 살

아난 나는 행운아였다. 만나서 인사도 드릴 겸 그때 무례했던 일을 사과
하려고 했던 것이다. 리 선생은 약간 놀라면서도 지극히 사무적인 말투
로 짧게 전화를 끝냈다. 혹시 바쁜 순간이셨나? 아마도 선생은 그전의
섭섭함이 잊히지 않았던 모양이었다. 그에게는 얼음처럼 차가운 이성
적 판별력이 번뜩였다. 그렇다! 어렵던 시절에 그처럼 자기를 멀리하고
싶어 하던 미국 교수 나부랭이를 이제 구태여 만나 무슨 의미 있는 말을
할 수 있을 것인가? 나는 황망하고 죄스러웠다.

그 후 몇 번 더 서울에 와서 여러 민주 투사들을 만났지만 리 선생은
만날 기회도, 방법도, 명분도 없었다. 나는 종내 설명이나 사과를 드릴
기회를 가지지 못하였다. 지난 일요일(2010.12.5) 새벽 지병인 간경화로
고생하던 선생은 영원히 우리를 떠나갔다. 우리 시대의 위대한 스승, 리
영희 선생을 엄숙한 민주사회장으로 보내며 그의 유골은 광주 국립 5·
18 민주묘지에 안치되었다. 이 시대 이 민족의 슬픔이다. 나에게는 그
서러움에 더하여 아쉬운 아픔이 남아 있다. 지금 생각하면 그때 차라리
선생의 쓴 술잔과 매운 담배 연기를 마시며 선생 옆자리를 그냥 지켰으
면 좋았을 걸 하는 후회가 향연香煙처럼 타오른다.

지난날의 아픔과 아쉬움

03

삶

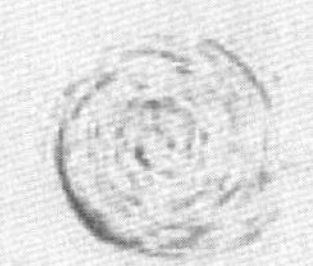

웃음의 수난 시대

금지된 행복

"니가 썼냐? 그렇지? 그렇지?"

아니라고 변명해도 소용없는 일이었다.

"니놈 웃는 거 본 게 니가 혔지!"

뺨에서 불이 번쩍 나고 눈에서 눈물이 쏟아져 내렸다. 억울하지만 할 수 없는 일이었다. 선생님 책 속에 '전라도 개똥쇠'라고 쓴 혐의가 우연히 나에게 떨어져 범인으로 확정된 것이다. 소리 내 웃은 것도 아닌데…….

해방 직후 내가 초등학교(지금의 초등학교) 3학년 때 일이다. 그때는 실없이 웃다가는 체벌을 받기 쉽고 선생이 폭력으로 학생들을 다스리던 시대였다.

웃음 때문에 어려움을 당한 것은 그 후에도 몇 번 더 있었다. 지나가던 여고생에게 벙긋 웃었다고 반 친구들에게 놀림 당한 것이 한두 번이 아니었다. 물론 웃었을 리가 없는데 괴롭힘 당하기는 마찬가지였다. 당시 남학생이 여학생에게 웃음을 던지는 것은 미친 짓이었다.

대학 1학년 때라고 기억한다. 어두운 길을 걷다 덩치 큰 깡패 한 놈에게 걸렸다. 자기를 비웃었다는 트집을 잡아 작은 나를 좁은 골목 안으로 데리고 갔다. '이제는 죽었구나' 하는 두려움과 함께 어이없는 내 운명이 차라리 우습게 느껴졌다. 나를 흘겨보던 그 놈은 뜻밖에도 "인상이 좋아서 그냥 보내준다"고 선심을 썼다. 황당하지만 웃음으로 걸리고 웃음으로 살아난 경험이었다.

웃음이란 무엇인가? 웃음은 일정한 조건이 충족될 때 15개나 되는 안면 근육이 동시에 수축하면서 나타나는 움직임이라고 한다. 웃음의 현상은 대체로 비자발적이며 폭발적인 소리를 수반하는 경우가 많다. 웃음은 인간의 기쁨과 행복과 만족의 감정을 가장 극명하게 나타내는 자연적 징표라 하겠다. 기쁠 때 웃는다는 것은 인간의 공동 표현 양식이다. 그리고 모든 동물 중 인간만이 가진 정서 표현이다(그러나 이 주장이 웃기는 이론이라고 말하는 연구자도 있다). 웃음 연구가 프로빈 박사Dr. Robert Provine는 웃음은 "전 우주적 인간 단어의 일부"라고 했다.

일반적으로 웃음은 기쁨의 대명사가 된다. 그러나 웃음은 기뻐서만 나타내는 표현은 아니다. 웃음이란 대단히 기이한 감정 표현으로서 여러 복합적인 정서적 상태로부터 생긴다고 한다. 우리는 흔히 황당하거나 어처구니없거나 기가 찰 때 웃어버린다. 물론 간지럼도 억지웃음을 터뜨린다. 철학자 칸트Immanuel Kant는 "긴장할 것 같은 예상이 갑작스레 무無로 돌아갈 때 웃음은 터진다"라는 말을 한 바 있다. 대부분의 희극, 개그, 만담, 유머, 쇼 등 갖가지 익살은 이런 예상 밖의 결과를 제시해 인위적으로 사람을 웃기는 행위이다.

대학 졸업반 때 이런 일도 있었다. 졸업 앨범을 만드는 스튜디오에서 사진을 다시 찍어야 한다고 연락이 왔다. 가서 보니 사각모에 검은 가운을 걸친 내 모습이 의젓하게 보였다. 그런데 사진사의 말인즉 엄숙한 졸업 사진에서 내가 웃었다는 것이다. 자세히 보니 다른 친구들은 모두 근엄한 얼굴인데 나만이 약간의 미소를 띠고 있었다. '모나리자의 미소'처럼 은은한 만족감이 입가에 살짝 걸려 있었다. 졸업하는 기쁜 마당에 너무나 당연한 모습이었다. 그래도 품격을 떨어뜨린다는 것이 사진사의 주장이었다. 한참 말씨름을 하다 나는 그 미소 사진을 그대로 두기로 했다. 그 사진은 실없는 웃음이 아닌 그냥 미소였다. 미소도 사실은 절제된 웃음이다. 소리가 없을 뿐이다. 그런데 웃음은 과연 위엄이나 품격에 어울리지 않는 것일까?

그런 황당한 일은 대학 졸업 후 졸병으로 군 복무하던 시절에도 당했다. 한번은 육군 본부 입구 위병소에서 출입 사연을 쓰고 있었는데, 갑자기 큰 구호가 터지고 모두 차렷 자세로 경례를 붙이고 있었다. 갑자기 별이 몇 개 붙은 지프차 두 대와 헌병 차들이 쏜살같이 지나갔다. 그 많은 별들이 바로 내 옆을 지나가다니! 그 순간이 나에게는 황홀한 위기여서 멍하니 서 있었던 것이다. 내가 선 땅에 다시 평온이 돌아오자 위병소의 한 선임하사가 나를 불러들여 나의 무례한 행동을 고성으로 질책했다. 생각해보니 군대 밥 30개월 먹은 내가 바보 같은 짓을 한 것이다. 싱거운 내 행동을 생각하고 있는 순간에 주먹이 두 번 날아왔다. 화가 잔뜩 난 하사는 "주의를 받는 놈이 웃었다"는 것이다. 웃지 못할 설명을 하고 나서 겨우 다음 주먹을 막을 수 있었다.

개개인의 웃음을 시대 환경이나 역사적 명제로 연계시키는 것은 지나친 비약인지 모른다. 그러나 내가 성장하던 시절에는 편안하게 웃는 것이 보편적인 것이 아니었고, 자칫 웃는 데 따라오는 수난도 적지 않았다. 사실 우리에게는 자연스럽게 웃는다는 것이 어려운, 암울한 시대가 오래 있었다. 국운이 기울어 나라를 완전히 잃게 된 지난 세기 초부터 1970년대 초까지 대부분의 사람들이 헐벗고, 굶주리고, 빼앗기고, 억울하니 별로 웃을 기회가 없었다. 웃을 이유나 웃을 여유가 없었다. 그리고 늘 웃는 사람이면 오히려 수상하거나 천박하거나 야속하게 보이기도 했다. 웃는 사람은 십상 현실을 모르거나 현실을 배반하는 사람일 수 있기 때문이었다. 그 시대에 배를 퉁기며 웃을 수 있었던 부류란 친일민족 반역자나 모리배, 정신병자, 천진난만한 어린이 정도라고 해도 크게 틀리지 않을 것이다.

다행히 현재 우리는 자연스럽게 웃고 즐길 수 있는 시대에 살고 있다. 현대 신경생리학에서는 웃음과 두뇌에서 엔도르핀 생성 과정이 관련되어 있고, 또한 웃음이 건강한 혈관 기능과 연계되어 있는 것이 발견되었다고 한다.

웃음이 인간의 수명에 간접적으로 영향을 준다는 연구 결과도 있어, '한 번 웃으면 수명이 3초 늘어난다'는 속설도 생겼다. 한자성어 중에 '일소일소 일노일로 笑一少 一怒一老'도 있다. 웃음이야말로 인생 행복의 척도요, 웃을 수 있는 여건은 인간이 누릴 수 있는 권리의 중요한 내용이라 할 것이다. 웃음이 행복의 표시인 동시에 행복을 창조한다고 한다. 그래서 어떤 이는 행복해서 웃는 것이 아니라 웃어서 행복하다고도 한다.

행복의 전도사

세계 도처에는 여러 가지 이유로 웃음을 잃고 사는 사람들이 있다. 특히 웃음을 모르는 불쌍한 어린이들이 수없이 많다. 사랑의 눈으로 둘러보면 웃음을 잃은 불행한 인생을 어디서나 만나게 된다. 특히 개발도상 국가들의 어두운 현실은 대체적으로 웃음 부재의 세상이다. 내가 몇 년 전 캄보디아 하역장에서 본 어린 청소년들 얼굴에는 눈물처럼 땀이 흐를 뿐 웃음이 없었다. 북한 고아원에서 본 어린이들은 눈이 휑하니 클 뿐 얼굴에 웃음이 없었다. 동생을 안은 채 차창으로 손을 내미는 어린 필리핀 소녀들에게도 웃음이 없었다. 전 세계적으로 하루 1.25달러 이하에서 허덕이며 살아가고 있는 14억 어린이(4명 중 1명꼴)와 가족들에게는 웃음이 있을 수 없다. 절대 빈곤, 그리고 그에 따른 기근, 질병, 높은 사망률, 낮은 교육과 무지, 차별과 억압, 고된 노동과 착취, 그리고 끝없는 절망 등이 그들의 웃음을 앗아가고 있다. 웃으려고 해도 웃을 수 없는 현실, 그것은 웃음을 근본적으로 말살하는 구조적 수탈과 수난의 역사이다.

1982~1983년경 내가 미국 노퍽 주립대학교Norfolk State University 사회 사업대학원에서 가르치던 시절이었다. 하루는 캐슬린 매기Kathleen S. Magee라는 참한 백인 여학생이 내 연구실에 찾아왔다. 그녀는 원래 간호사이고 남편 윌리엄 매기 박사Dr. William P. Magee, Jr.는 그 지역에서 잘 알려진 성형외과 의사였다. 그들이 자원봉사자들을 조직하여 여름철에 필리핀에 가서 언청이(결순缺脣, 토순兔脣, cleft lips and palates) 성형 수술을 대대적으로 한다는 계획을 세우고 의논하러 온 것이었다. 그 목적은 간단했다. 많은 어린이들에게 웃음을 돌려준다는 것이었다. 나는 그녀의 제의대로 그 선교 팀에 동행하지는 못했지만 그 경험을 분석하는 논문을 지도하게 되었다. 졸업 후 그녀는 전국적으로 엄청난 호응에 힘입어 그 사업을 본격으로 추진하게 되었다. 그것이 지금은 세계적으로 잘 알려진 '오퍼레이션 스마일*Operation Smile'의 시초다.

언청이는 전 세계적으로 매 3분마다 한 명이 출생하는데 아메리칸 인디언과 아시아인, 특히 동남아에서 더 빈번하다고 한다. 흉상이라고 볼 수 있는 이 형상을 지니고 태어난 아이들은 평생 웃음을 모르고 수치와 수모 속에서 살아야 한다. 이들 어린이와 청년들에게 성형 수술을 통해 영원한 웃음을 찾아주는 것이 이 기관의 사명이다. 지금까지 50여 개국에서 14만여 명에게 영원한 웃음, 그리하여 정상적인 삶을 선사했다.

웃음을 모르는 사람들에게, 웃음을 빼앗긴 사람들에게, 웃음을 포기한 사람들에게 이처럼 세계적으로 의료 웃음 작전을 과감하게 수행하는 오퍼레이션 스마일은 과연 유별나게 고마운 국제 민간단체이다.

내가 한 일은 없지만 제자 중 한 사람이 세계적인 의료자선재단의 회장으로서 이런 웃음의 세계를 넓혀 나간다는 사실은 나에게 깊은 감사와 겸허한 기쁨을 준다. 더 놀라운 것은 최근 그 오퍼레이션 스마일 세계 본부가 우리 동네Virginia Beach, 그것도 우리 집에서 7분 거리에 있는 지역건강전문세터로 이사 오게 된 것이다. 총 6,000제곱미터가 넘는 새 시설에는 이 세상의 수많은 불우 어린이들에게 새로운 웃음과 행복을 가져다줄 엄청난 사랑의 손길이 들어서게 된 것이다.

과연 이 세계는 이제 빈곤과 질병과 고통에 짓눌린 웃음의 수난 시대를 조금씩 벗어나게 되는 것일까?

❋ ❋ ❋

* 오퍼레이션 스마일Operation Smile 이 단체는 그간 미 대통령상과 유니세프 (UNICEF: United Nations Children's Fund) 표창을 위시하여 80여 개의 공로상을 수상한바 있고 매년 4,000여 만 달러의 예산으로 수술, 훈련, 연구, 보조, 홍보, 학생운동 등을 하고 있다. 창립 25주년이 되는 2007년에는 두 주간 '세계 웃음의 여정(WJOS: World Journey of Smiles)'을 시행한 바 있는데 44개국에서 온 1,900명의 각 분야 자원봉사자들이 참여하여 4,200명에게 언청이 시술봉사를 하였다. 이제는 일방적 수술봉사뿐 아니라 각국에서 자체적으로 그 임무를 수행하도록 기술적, 물적, 보완적 지원을 하고 있다.

오퍼레이션 스마일의 설립자
캐슬린 매기

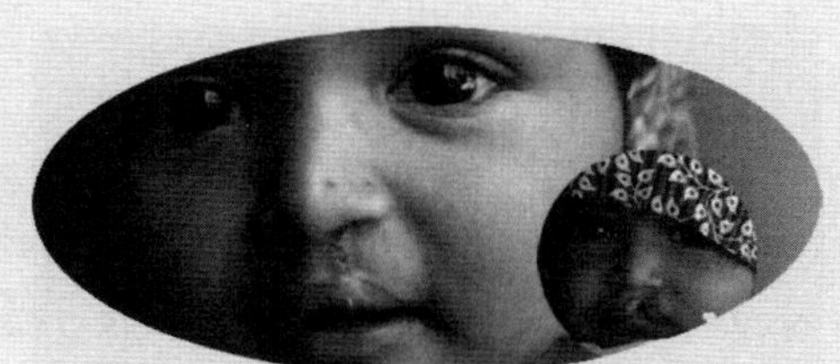

오퍼레이션 스마일의 수혜자 어린이

사진 출처: http://www.operationsmile.org

서양 귀신

홍 교수는 아내의 오랜 친구로 허물없는 사이다. 우리 부부가 은퇴를 하고 한국에 나와 있는 관계로 그녀가 버지니아 비치에서 훈련받는 2주간 우리의 빈 콘도와 차를 쓰도록 했다. 콘도는 거실이 높은 천장으로 확 트인 이층집으로 60평이 될 듯 말 듯한데 서울 아파트에 살던 홍 교수가 홀로 유하기에는 좀 썰렁했으리라.

홍 교수의 콘도 유숙 이야기를 자세히 들어보자.

금요일 늦은 오후, 고된 40여 시간의 훈련 끝에 '중재자 기초훈련증서 Mediation Training Certificate-Basic'라는 것을 획득하고 콘도로 돌아오는 길이었다.

주인이 없는 집의 손님은 돌아와 얼른 옷을 갈아입고 화장을 고치고 부엌에 마실 것을 찾으러 갔다. 냉장고에는 놀랍게도 주스, 우유, 요구트, 봉지에 든 쿠키가 있었다. 못 보았던 새 스낵들이다. 변 선생 부인이 가져다준 것인가? 변 선생 부인은 이곳에 와서 알게 된 골프 친구다. 얼른 사과 하나를 먹었다. 홍 교수는 아래층 침실 퀸 베드에 펄쩍 누웠다. 한동안 몽상에 잡혀 있다가 문득 시계를 보니 벌써 6시 반이다. 곧 변 선생 댁 저녁 초대에 가야 한다.

잠시 후 변 선생 부인이 데리러 와서 저녁을 먹으러 갔다. 홍 교수가 냉장고 물건이 마냥 수상쩍어 물었더니 부인은 그동안 그 콘도에 들른 일조차 없다고 한다. 누구의 친절한 소행일까? 어떻게 들어와 넣었을까?

차가 도착한 곳은 작은 호수가 있는 그림 같은 집이다. 변 선생 부부는 공중 계리사인데 우리가 서울 가 있는 동안 모든 열쇠를 맡길 정도로 가까운 사이다. 변 선생은 초면인데도 싱글벙글 웃으며 친구의 친구를 옛 친구처럼 맞아주었다. 모습이나 말하는 스타일이 꼭 나를 닮았다나? 그녀도 금세 친근감을 느끼게 되었다. 저녁 식사는 백포도주를 곁들인 스시였다.

커피를 마시다 홍 교수가 오늘 있었던 냉장고 이야기를 꺼냈다. 그러자 변 선생은 잠시 무엇을 생각하다 해답을 내놓았다.

"여기서는요, 그런 거 흔히 있는 일입니다. 이 지역은 옛날부터 귀신이 많은 곳이니까요. 오늘 신문에 난 귀신 이야기 보셨어요?"

이야기인즉 1706년 7월 10일 꼭 300년 전 바로 오늘, 이 지역에서 마녀로 정죄 받았던 그레이스 셔우드Grace Sherwood라는 여자를 지금의 주지사인 티머시 케인Gov. Timothy M. Kaine이 상징적으로 면죄 선언하였다는 것이다.

그 여자는 펑고Pungo라는 촌에서 노처녀로 남자 노동복을 입고 억척스럽게 살아왔는데, 그 일대에 불상사(농사 피해, 가축 병사, 아기 유산 등)가 생길 때마다 마녀 혐의를 받아 법정에 끌려다녔다고 한다. 그녀가 46세 되는 해 다시 마녀로 몰려 침수 시험trial by water or ducking test을 받게 되었다. 이 시험은 마녀의 증거를 찾기 위해 혐의자를 묶어서 물에 집어넣는 고문인데, 진짜 마녀면 물 위로 뜨고 — 순수한 물이 악귀를 뱉어내기 때문에? — 아니면 보통 사람처럼 가라앉는다고 했다. 결국 마녀 혐의를 벗으려면 깨끗하게 익사해야 했다. 그녀는 바로 이곳 린헤븐 강Lynnhaven River에 집어넣어졌는데 불행하게도 물 위로 떠올라 정식 재판에서 마녀로 확정되었다. 다행히도 당시 주지사 스팟츠우드Gov. Alexander Spotswood의 적극적인 개입으로 화형은 면하고 8년 징역살이를 한 후 80세까지 조용히 살았다고 한다. 아직도 이 도시에는 '위치덕Witch Duck(마녀 침수)'이라는 길목이 있다.

미국 개척 초기의 이민자들은 무지와 빈곤, 자연재해, 그리고 인디언의 끈질긴 습격 때문에 많은 수난을 당하며 살았다. 온갖 두려움 속에서 편협한 종교 생활을 유지하느라 어떤 악령의 잠입도 허용할 수 없었다. 교회 출석을 등한시하고 빨갛게 충혈된 눈으로 이상한 행동을 하는 사람(주로 여자)이면 일단 마녀 혐의를 받았다. 그래서 소위 '마녀사냥witch hunt'과 처형은 그 당시 여기저기서 자행되었단다.

1692년 매사추세츠 주 세일럼Salem, MA의 대규모 마녀사냥은 유명한 사건이다. 수백 명이 마녀 혐의로 투옥되고 수십 명이 모진 고문과 사형을 당했다. 그 당시 확정된 마녀들은 과연 악령들인가, 아니면 악령의 희생자들인가? 그 원한이 아직도 어디엔가 살아 있다는 것이다. 끝없는 귀신 이야기를 대략 마치고 집을 나오는데 변 선생이 한마디 덧붙였다.

"그런데요, 귀신은 빈집, 노처녀, 밝은 달, 이 세 가지가 있으면 더 잘 온다고 합니다."

"제가 그런 거 무서워 할 나이는 벌써 오래전에 지났답니다. 그리고 저는 하나님의 귀한 딸이라 귀신 따윈 제 근처에 얼씬도 못한답니다. 오늘 즐거웠습니다. 감사합니다."

밤 11시가 넘어 콘도에 도착하니 현관 등이 밝게 켜져 있었다. 홍 교수는 불을 켜놓고 나온 기억이 없다. 혹시나 해서 초인종을 여러 번 눌렀다. 물론 아무 소식이 없다. 변 선생 부부와 집 안을 둘러보았으나 아무런 인기척이 없어 그들은 홍 교수를 안심시키고 돌아갔다. 그러다 우연히 냉장고 문을 열어보고 소스라치게 놀랐다. 저녁때까지 있었던 주스, 콜라 병이 없어진 것이다! 빈병과 빈 봉투가 부엌 쓰레기통에 쑤셔박혀 있었다. 홍 교수는 이층 다락까지 비치도록 천장 등을 환히 켜놓고 침실로 들어와 문을 잠갔다. 누가 왔다 간 것이 분명하다. 얼른 한국에 있는 우리에게 전화를 했다. 리치먼드(160km, 차로 두 시간 거리)에 사는 딸네가 혹시 오늘 다녀갔는지 확인하기 위해서다. 그때 아내는 두어 달 전부터 확정한 것이니까 그럴 리 없다고 안심시키고 곧 알아보고 다시 알려주기로 했다. 조마조마한 30분이 지나고 나의 아내로부터 전화가 왔다.

“방금 겨우 연락이 되었는데 딸은 주정부 예산 심의 준비로 산속 연수원에 가 있고 사위가 집에서 애들을 보고 있대요.”

노처녀의 마음이 푹 놓였다. 아니 진짜 불안이 오기 시작했다. 그럼 누가 왔던 것일까? 혹시 잘못 본 것은 아닌가? 언제부터 이렇게 무서움을 타게 되었나?

그녀는 평안한 잠을 이룰 수 없었다. 새벽 2시경이었다. 부엌 근처에서 무엇이 와락 쏟아지는 듯 괴상한 소리가 나서 잠이 퍼뜩 깼다. 그러고는 “쉬—” 하는 가는 소리가 잠시 들리고 다시 조용해졌다. 귀의 온 신경이 소리 나는 부엌 쪽으로 뻗어나갔다. 아무리 기다려도 다시 그런 소리는 나지 않는다. 무엇일까? 마음을 다시 편히 먹고 잠을 청하는데 창문을 통해 희미한 달빛에 비치는 저 허연 영상은 또 무엇일까? 뒤뜰에 무엇이 흔들거리고 있는 것이다. 아무리 창문 커튼 사이로 내다보아도 그 희미한 정체를 알 수 없다. 빨리 잠을 자야 한다. 시계가 3시를 가리키고 있다. 내일 일찍 일어나 한국으로 떠나야 한다. 신앙심이 돈독한 홍 교수는 오랜만에 배짱 좋은 기도를 드렸다.

“하나님 아버지, 저 그냥 자야겠습니다. 귀신, 도깨비, 마귀, 악마, 유령, 사탄, 마녀, 어떤 악령이 와도 모두 아버지께서 다 알아서 멀리 지켜주십시오. 아멘.”

서울에 돌아온 후 대여섯 주가 흘렀다. 어느 날 홍 교수는 우리 부부를 강남 어느 갈비 집으로 불러냈다. 미국 다녀온 보고 겸 감사하는 뜻에서 저녁을 낸 것이었다. 한참 재미있는 이야기를 나누고 있는데 식당

안 맞은편 벽 큰 냉장고에서 "후당 탕" 얼음 떨어지는 소리와 "쉬—" 하는 물소리가 난다. 홍 교수가 잠시 무엇인가 생각하더니 느닷없이 귀신 이야기를 꺼낸다.

"미국에도 귀신이 있을까요? 제가 그 집에 혼자 자면서 좀……."

"보이지 않는 영(靈)의 세계에 무엇이 없겠습니까? 미국이든 어디든 하나님 권능에 반하는 어두운 악의 세력은 늘 활동하고 있겠지요. 다행한 것은 우리들은 하나님 자녀로서 그런 것들을 조금도 두려워하지 않고 사는 신앙을 가진 것이지요."

"그래요. 무엇인가 두려울 때 기도의 힘은 무척 커요. 특히 빈집에서는……."

"우리 미국인 사위도 언젠가 비슷한 이야기를 하던데 그 친구는 신앙이 좀 부족한지…… 좀 이상한 경험이 있었나 봐요."

사위든 귀신이든 반가운 사람들과 한우 갈비를 뜯는 것은 즐거운 일이다.

그런데 사위 얘기와 홍 교수 얘기가 서로 연관된다는 것을 깨달은 것은 얼마 후의 일이다. 좀처럼 말을 않는 백인 사위가 "이상하게 켕겼다 weird and scary"는 사연인즉 대략 이러했다.

어느 주말 아내는 출장 가고 무료한 어린 딸들이 졸라서 사위는 갑자기 우리 비치의 빈 콘도로 놀러 갔단다. 이층에 짐을 내려놓고 바다에 나가 수영을 하고 초저녁에 돌아왔다. 와 보니 친구 집에 맡겨놓았다는 우리 차가 와 있더란다. 그런데 집 안에는 아무도 없었다. 밤에 자려다

보니까 부엌 싱크대에 금시 먹은 듯한 사과 껍질이 나와 있었다. 누가 왔다 간 것이 분명했다. 연수원에 간 아내에게 전화 연락은 안 되고 은근히 겁이 났다. 자는 애들을 부랴부랴 데리고 나와서 그 밤중에 호텔에 가서 자게 되었다. 다음 날 아침 걸어놓았던 수건과 수영복을 찾으러 갔더니 부엌의 쓰레기와 집 앞의 차가 없어졌다는 것이다.

나중에 생각해보니 딸이 잊어버리고 자기 남편에게 두 주간 콘도 방문객이 있다는 것을 미리 말하지 않은 것, 그리고 바로 그때 전화가 불통이었던 것은 아무래도 심술궂은 귀신의 장난 같다. 도깨비도 웃을 일이다.

마녀의 침수 시험……

타이 마사지

음침한 복도를 지나 커튼으로 막은 작은 칸막이 속으로 들어섰다. 밤처럼 컴컴하다. 낯선 손가락의 지시에 따라 비누 냄새가 풍기는 잠옷으로 갈아입고 매트리스에 벌렁 누웠다. 조금 불안하면서도 호기심이 흘러나온다.

잠시 후 한 여인이 물이 든 대야와 수건을 들고 살며시 들어온다. 나를 앉혀놓고 내 발을 씻기기 시작한다. 낯선 사람의 발을 씻긴다. 얼핏 예수가 죽기 전날 밤 열두 제자들의 발을 씻어주었다는 이야기가 생각난다. 예수는 제자들에게 남에게 해야 할 섬김과 봉사의 교훈을 손수 실천으로 보여준 것이다. 이 이름 모를 여인이 그 교훈을 나에게 본으로 보여주려는 것은 아닐 것이다. 황송하고 고맙다. 그 마음을 전할 길이 없어 더욱 미안하다.

세족 절차를 마치고 본격적으로 마사지 작업에 들어간다. 발가락, 발바닥, 발목, 다리, 무릎…… 어머니 손처럼 부드러우면서도 엄한 손길이 내 몸의 모든 부분을 서서히 다져 나간다. 시원하면서 힘든 수련이다. 다른 칸에서도 같은 수고가 진행되는 모양이다. 가끔 아내의 가는 신음소리가 들릴 뿐 밤은 깊고 고요하다.

원래 마사지란 고대사회로부터 여러 형태로 전래해온 안마술로 인간 신체의 특정 부분 또는 전신을 적절한 기술로 주무르고 누름으로써 고통이나 피로를 치료하거나 근육의 유연성과 피부의 쾌감을 도출하는 일종의 접촉 시술이다.

우리를 데려온 이 사장님의 소개말이 떠오른다. 타이 전통 마사지는 긴 역사와 연구에 의해서 육성된 인간 치유를 위한 지혜의 절정이란다. 타이 마사지의 누르기 동작은 근육을 둘러싼 연골을 풀어준다. 요가와 스트레칭 동작은 모세혈관과 임파액의 흐름을 조절하고 경직된 근육을 풀어 몸의 유연성을 촉진시켜준다. 그뿐인가? 근육의 이완에 따라 혈액, 임파액, 신경의 순환이 좋아져 각종 질병이 예방되고 신체 저항력도 높아진다. 얼마나 좋은 것인가? 그러나 이 고생하는 여인에게도 좋은 것일까?

나는 작년 중국을 여행하는 동안 유명하다는 발 마사지를 받은 바 있다. 젊은 여성 안마사가 신체의 모든 부분의 신경이 집중해 있다는 발바닥을 30분이나 주물러 주었다. 그런데 타이 마사지는 그런 손장난이 아니다. 전신 밀착이 없을 뿐 거의 레슬링 수준의 끈질긴 억제와 압박의 운동이다. 이 작은 여인은 손과 발은 물론, 팔, 팔꿈치, 다리, 무릎, 어깨, 자기의 온몸을 동원하여 여기저기 내 몸을 누르고 비틀고 당기고 주무르고 두드린다. 아프지만 시원하다.

"아퍼?"

한국어로 묻는다. 누름의 강도를 조절하기 위한 질문이다.

"잇츠 오케이. 생큐."

너는 얼마나 힘드냐, 묻고 싶은 마음이 앞선다. 내가 아픈 것은 아무것도 아니다 싶다. 이 낯선 늙은이를 위해 이처럼 힘들게 마사지하는 여인. 그녀는 사랑하는 남편에게도 이렇게 힘들게 수고를 할까? 아마도 아닐 것이다. 다만 몇 푼을 위해 이렇게 의미 없는 수고를 하고 있을 것이다. 아니, 먹고살 길을 위해 매일 이런 고생을 하고 있을 것이다. 그나마 이 일을 하기 위해서 많은 돈을 내고 석 달 동안 기술을 배워야 한다고 들었다. 과연 끈질긴 노력과 인내로 쌓은 기술이다.

타이는 동남아에서 비교적 크고 안정된, 잘사는 나라로 알려져 있다. 그러나 사회 지표를 보면 숨은 문제가 많은 나라이기도 하다. 우리 남한과 비교하면 땅이 5배가 넘고 자원이 풍부하고 비옥하다. 그러나 국내 총생산은 우리의 3분의 1도 안 되고, 빈부 격차가 심해서 많은 서민들은 빈곤에 허덕이면서 살고 있다. 4만 개가 넘는 크고 화려한 불교 사원 밖에는 수많은 가난한 서민들이 겨우 생존해 간다. 모두 열심히 일은 하지만 역시 살기 어렵다.

내게 마사지 팔러massage parlor란 그리 탐탁하게 생각되는 곳은 아니다. 여러 퇴폐 시설에 대해 들어왔기 때문이다. 그런데 피로한 여행객을 '대접'한다고 굳이 '초청'한 이곳 사업가 이 사장님의 인격과, 동행한 도덕의 최대 파수군인 아내를 믿고 지는 척하고 들어온 것이다. 그러나 칸막이를 한 데다 어두워서 솔직히 나의 양심은 아무것도 볼 수 없게 되었다. 들어오지 않아도 될, 어쩌면 가책을 느껴야 할 사치를 찾아 들어온 것은 아닌지…….

조용한 어두움 속에서 잠을 청해보지만 몸과 마음이 그리 편하지 않다. 몽롱한 내 눈에 희미한 얼굴의 실루엣이 나타난다. 두 눈을 감고 부지런히 손과 몸을 움직이는 여인, 그녀는 지금 무엇을 생각하고 있을까? 집에 두고 온 애들, 아마도 두서넛은 되리라. 어쩌면 이 밤에 늙은 할미가 애들을 돌보고 있을 것이다. 혹은 앓는 남편이 누워 있을 것이다. 긴 눈썹에 땀방울이 맺혀 있다. 이 불쌍한 여자가 울고 있나? 내 마음도 울고 싶다. 가진 자가 오만하게 추구하는 쾌락이 이 가난한 여인을 울리고 있다. 나에게 이것은 정신적 고문이다. 여자가 내 팔을 잡아당기면서 비틀고 목을 누른다. 어느새 엎어놓고 발로 내 등을 밟기 시작한다. 아프다. 나는 더 아파야 한다. 너의 두 발로 내 죄진 몸을 마구 짓밟아라!

근래 어떤 이가 쓴 글이 생각난다. "만일 덩샤오핑이 10년만 먼저 경제개방정책을 했더라면 지금쯤 우리가 중국인 발 마사지를 하고 있을 것이다"라고. 중국이 우리나라보다 먼저 경제 발전을 했다면 우리들은 어떤 모멸감을 느끼며 그들의 발을 주무르는, 경제적 하급 또는 종속 관계 속에서 살게 되었을지 모른다는 지적이다. 그런 의미에서 지금 우리는 천만다행이지만 그렇지 못한 나라 사람들에게는 우리의 행운이 오히려 그들의 고통으로 연결될 수 있다. 빈부 격차에 묶인 국가나 인간의 관계는 실상 수탈이 될 수 있기 때문이다. 더욱이나 마사지는 신체적으로 접촉하는 서비스이기 때문에 그냥 팔고 사는 상품이나 노동이 아니다. 인격적 관계성을 무시할 수 없다. 직거래하는 너와 내가 있다. 짓밟거나 짓밟히는 세상, 그것도 순전히 돈 때문에 그래야 한다면 이 세상은 근본적으로 바르다 할 수 없다.

두 시간의 아픈 마사지를 받고 라운지에 돌아왔을 때 이 사장님이 미리 와서 허브 차를 마시고 있었다. 이 사장님은 오늘 이 안마사들 운이 좋다고 한다. 종일 공치는 날도 많은데 오늘은 세 차례나 손님을 맞이했단다. 매번 400바트(약 11달러)를 받는데 주인과 반반 나누는 모양이다. 여자로서 괜찮은 수입이란다.

차를 다 마시고 나오는 길에 만류하는 이 사장님을 피해 두 여자에게 100바트씩 팁을 주었다. 미스를 띤 여자들이 두 손을 합장하고 감사를 표시했다. 나도 합장하고 감사했다. 고해성사를 한 듯 마음도 시원하다.

전철과 노인

긴 전철 객실들이 필름처럼 미끄러져 간다.

한참을 달리다 숨이 찬 듯 쉿소리를 뱉어내며 서서히 멎는다. 일제히 출입문이 열린다. 나는 타자마자 늘 하던 대로 찻간 끝의 빈자리를 차지한다. 이른 오후라 찻간은 썰렁하다. 전철은 어느 시간대나 1,100만 인구가 사는 서울 시민의 고마운 발이다. 그동안 300억 승객을 거침없이 날랐으니 우리나라 가동 추산 인구 3,000만 전체를 천 번 운반한 셈이다. 전철이야말로 수도권이나 다른 광역 도시 인구를 움직이는 다른 세상의 길이다.

내가 노인 된 것이 다행스러운 것은 바로 전철을 타고 이 '노약자, 장애인, 임산부 보호석'을 차지할 때이다. 그 특별한 자리 덕에 이른바 교통 약자들도 쉽게 자리에 앉아 편히 가게 된다.

갑자기 차 문이 열리며 건장해 보이는 남자 여섯이 들이닥쳤다. 그중 세 명은 텅 빈 맞은편 자리에 철썩 앉고 한 명이 내 옆에 앉았다. 두 명은 앞에 섰다. 60대 중후반의 노인들은 약주가 거나하게 오른 채 무슨 신나는 이야기를 시작, 아니 계속한다. 옷차림으로 보아 어디 등산을 다녀오는, 서로 가까운 사이임에 틀림없다. 얼마나 건강하고 멋진 노인들인가!

"요새 젊은 것들은 버릇이 없어. 여긴 노인 자리인데……."

누구에게 하는 말일까? 끝자리에서 조는 사람을 살펴보니 30대로 보이는 젊은이였다! 그러나 그 젊은이는 귀에 이어폰을 꽂고 정신없이 자는 것이 아닌가? 늙은이들이 한마디씩 욕을 뱉어냈다. 젊은이는 끄떡도 하지 않고 자고 있다. 드디어 올 것이 왔다. 한 노인이 그 젊은이를 툭툭 치며 큰 소리를 질렀다.

"말이 말 같지 않나? 왜 젊은이가 버릇없이 노인석에 앉아 있나? 썩 일어나!"

그제야 그 젊은이가 눈을 뜨고 이어폰을 떼고 사태를 살핀다. 황망한 표정이다.

"아, 미안합니다. 제가 방금 병원에서 나오는 길입니다. 이해해주십시오."

"병원에서 오든 술집에서 오든 여기는 노인석이란 말이야. 여기는 자네가 앉을 자리가 아니야."

"제가 도저히 서 있을 수 없는데요. 미안합니다."

그러나 자기네 주장을 철통처럼 지키는 노인 부대는 이 버릇없는 젊은이를 용납할 수 없다. 결국 그는 비틀거리며 다른 곳으로 옮겨갔다. 다행히 거기서 자리를 곧 얻었다.

선뜻 나도 그 아픈 청년을 따라 새 곳으로 이사를 갔다. 인정이 있는 평화스러운 곳을 찾아 이민을 결행한 것이다. 금세 젊은 여학생이 자리를 내주었다. 나는 금시 내린다고 사양을 하고 자리를 옮겼다. '나는 아직 자리 양보받을 만큼 늙지는 않았다'는 가난한 자존심이 나를 당당히 서게 했다. 그런데 갑자기 난처한 일이 벌어졌다. 누가 뒤에서 내 옷을 마구 잡아당기는 것이 아닌가? 놀라서 돌아보니 어느 퉁퉁한 아주머니가 옆에 자리를 가리키며 무조건 앉으란다. 곧 내린다고 또 사양하다 머리가 허연 죄로 나는 그 여자의 무례한 친절을 고맙게 받아들였다.

왜 보호석이 필요할까? 누가 보호석을 누려야 하나? 그것을 누가 정하는가? 물론 신체 및 정신 장애인들을 위해 자리를 마련하는 것은 너무나 당연하고 별문제가 없다. 그런데 임신부는 어떤가? 언젠가 통계청 발표에 의하면 지금 출산아 수가 1980년의 절반으로 줄어들었고 대체출산율*을 지나 2001년부터 우리나라는 이미 '초저출산 사회**(합계출산율 1.3명 이하)'로 진입했다. 그래서 2020년부터 인구가 급격히 감소하기 시작하고 2040년에는 국가잠재성장률이 1.53%로 하락해서 결국 나라에 곧 석양이 진다는 것이다. 이 시대의 임신부는 그 가정은 물론 나라와 민족을 위해서 고생하는 사람이다. 마땅히 그 보호석 자리에 잘 모셔야 할 애국자다. 그런데 그런 애국자는 통 볼 수 없다. 전철 내 보호석이란 결국 노인석이나 다름없다.

우리나라는 65세 이상 노인 인구가 지속적으로 증가해 2000년에 이미 '고령화 사회(전체 인구의 7%)'로 진입해 2005년에 438만 명(9.3%)을

넘어섰다. 고령화 속도가 세계에서 가장 빠르다는 것이다. 미국이나 프
랑스가 고령 사회(14%)에 진입하기까지 각각 72년과 115년 걸리는 데
비해 우리나라는 단 18년 걸린다는 것이다. 현 고령화 추세가 지속된다
면 2026년에 초고령 사회(20%)가 되고 2050년경에는 세계에서 가장 노
인 인구 비율이 높은(37.3%), 그야말로 할머니 할아버지의 나라가 된다
는 것이다. 이미 1호선 전철에서는 실험적으로 '교통 약자 배려석'을 12
석에서 26석(총좌석의 48%)으로 늘리고, 앞으로 다른 호선에 더 확대해
나간다고 한다. 아마도 머지않은 장래에 전철 내 모든 좌석은 노인의 몫
이 될 것이고 젊은이나 젊은 늙은이들(60~70세?)은 앉을 생각도 할 수
없게 될 것이다. 그뿐이랴! 현재 노인들 모두가 무임승차하는데 2006년
에 무임 수송 인원(하루 33만 명)으로 인한 운임 손실 환산 금액은 연간
1,106억 원이란다.

　노인은 공중도덕에서 무조건 존경과 복종을 강요할 권리가 있는가?
철도공사에서 경로사상을 고취하고 상부상조의 미풍양속을 조성하기
위한 보호석 제도는 어디까지나 '권장하고 계도할 사항'으로서, 법적 강
제성을 행사하지 않는다고 한다. 어떻게 미풍양속을 제도화할 수 있는
가? 상호 양보와 배려, 양식과 질서가 법 이전에 서는 문화를 창조할 수
없을까? 해외의 많은 도시에서처럼 '보호석' 또는 '지정석'보다 차라리
모든 교통 약자를 위해 '우선석priority', '우대석courtesy'이라는 표현을 쓰
면 어떨까?

　전철도, 나의 생각도, 우리의 아름다운 선진 문화도 신나게 한참 달

리고 있는데 옆에 앉은 부인이 나를 깨운다.

"할아버지, 금방 내린다고 하셨는데 내릴 때가 아닌가요? 어디까지 가세요?"

"아, 참! 다음 역에서 내려야겠습니다. 감사합니다. 덕분에……."

나는 눈을 비비며 따뜻한 자리에서 부스스 일어났다. 나의 인사는 진심에서 우러나온 감사였다. 덕분에 세 정거장만 지나쳐 온 것이다.

❋　❋　❋

* 대체출산율　현 인구 규모 유지에 필요한 최저 출산율(2.1명)
** 합계출산율　가임 여성(15~49세) 1명이 평생 출산하는 자녀 수

조○○를 만들 수 있는 일류 교육

남 교수는 만나자마자 흥분한 목소리로 의문과 한탄을 토해냈다.

"교수님, 버지니아 텍 뉴스 들으셨죠? 아, 기막힙니다. 제가 몇 년 전에 바로 그 대학을 나오지 않았습니까?! 어떻게 그런 끔직한 사건이 거기서 일어날 수 있습니까?"

이 끔직한 사건이란 2007년 4월 16일 버지니아 텍에서 조○○이라는, 당시 23세 한국계 미국(국적) 학생이 총기로 자신을 포함한 학생 32명을 무차별 사살한 미국 역사상 최악의 범죄다.

남 교수는 부인과 두 자녀를 워싱턴 교외에 남겨두고 한국에서 살고 있는 소위 '기러기 아빠'다. 우리는 그 끔직한 주제로 우울한 대화를 시작했다. 이해할 수 없는 의문과 충격과 전율이 머리를 혼탁하게 만들었다. '어떻게 그런 일이 그 학교에서……'라는 문제에 어떤 공식이나 분석으로도 시원한 대답을 얻을 수 없었다.

버지니아 텍(공대)Virginia Polytechnic Institute and State University은 유난히

스포츠와 학문으로 자존심과 자랑이 대단한 곳이다. 학생들은 대부분 중상류층 백인 청년들이지만 미국 전역과 외국에서 온 엘리트가 많은 편이다.

돌솥 비빔밥을 먹다 피터가 어떻게 지내냐고 물었다.

"아, 그 녀석, 덕분에 잘 있습니다. 교수님, 그때 일 참 감사합니다. 지금도 그 일을 생각하면 가슴이 두근거립니다."

피터는 남 교수의 둘째 아들이다. 불과 두 달 전의 일이다. 피터가 학교에서 사고를 쳐서 이미 정학을 당하고 어쩌면 퇴학 처분을 받을 위기에 처했다. 같은 반 친구 하나가 못살게 굴어서 연필로 그 애 배를 찔렀다는 것이다. 옷 때문에 상처는 별로 없었지만 놀란 여교장은 즉시 정학을 명하고 시교육청에 퇴학 처분을 요청한 상태였다.

영어가 능숙하지 못한 부인은 한인 교회 목사를 내세워 학교 당국은 물론 피해 학생과 부모에게 사과 편지를 내고 사죄 방문을 제의했으나 거절당했다. 교장 역시 '무기를 쓴 학생'은 교정에 용납할 수 없다며 결연한 태도였다는 것이다.

옷 수선 가게를 운영하는 부인은 시간도 정신도 없었다. 또한 이중 언어 변호사를 채용할 여유가 없었다. 유능한 남 교수도 전공이 수학이라 영어가 능숙하지 못한 데다 몇십만 리나 떨어져 있으니 무력감에 절박감까지 겹쳐 어쩔 바를 모르고 있었다. 그들의 모든 고생이 결국 아이들의 교육을 위한 것인데.

사회사업가(복지사)의 본능이란 어쩔 수 없나 보다. 나는 선뜻 할 수 있는 모든 것을 돕겠다고 나섰다. 나는 적절한 대응책을 마련하기 위해 14시간의 시차를 극복하며 '시교육청-부인-남 교수-나' 사이에 국제 통신망을 개설해 활용했다. 일주일간 모든 문서와 정황을 수집하고 시교육청의 홈페이지를 통해 규정과 절차를 판독한 후, 퇴학 공청회 이틀 전(마감일)까지 긴 영문의 탄원서를 교육청에 송부하고 관련된 모든 사람들에게 그 사본을 보내게 했다.

나의, 아니 남 교수의 탄원서는 이론이 정연하고 설득력이 있었다. 이 사건이 일방적 폭력이 아니라 그 학생이 여러 차례 못되게 군 끝에 일어난 우발적, 방위적 행동이었다는 점, 연필은 학생들의 교육용 도구이지 무기라 간주할 수 없다는 점, 반 애들이 피터와 다른 소수 민족 애들을 놀리고 괴롭혀왔다는 점, 피터가 처음 일으킨 문제인데 퇴학을 결정하는 것은 형평성에 어긋난다는 점, 그리고 아무도 다친 애들이 없고 이미 사과를 했는데 과한 처벌을 하는 것은 교육 목적에 어긋난다는 점, 편파적이고 인종주의적 학고 분위기를 개선해야 한다는 점 등을 피력했다. 그리고 이 모든 것을 참작해서 역시 환경의 피해자인 피터를 관대히 처우하고 도와달라는 요청을 했다.

길고 긴 이틀이 지나고 기다리던 소식이 왔다. 퇴학 요청은 기각되고 대신 장기 정학을 당했다. 그것도 집행유예 처분을 받아 결국 다음 날부터 피터는 등교하게 된 것이다. 교장의 체면을 세워주면서 실질적으로 남 교수네 가정이 승리를 거둔 것이다!

한국 교포 사회에는 이와 비슷한 일이 가끔 생기고 있다. 교육열이 높은 한국 부모들은 미국에 머물거나 자녀들을 미국에 보내기만 하면 공부를 잘하고 명문 대학에 들어가리라 기대하고 또 그렇게 강요한다. 애들 교육을 위해 부모들은 많은 희생을 감수하면서 이산가족이 되거나 엄청난 비용을 써가며 조기 유학까지 보내고 있다. 물론 한국 학생 중에는 공부를 잘하고 학교나 사회에서 두각을 나타내는 경우도 많다. 그러나 부모들의 강압적 내지 비현실적인 기대와 요구가 자녀들 삶에 부정적, 병적인 중압감을 주고 있는 것도 사실이다. 그뿐이랴? 애들 사이에 흔히 있는 문화적 편견과 인종적 차별도 적지 않은 스트레스와 소외감을 줄 수 있다.

여러 해 전 딸 수지Susanna가 뉴욕 컬럼비아 대학교에 입학한 후 두 주 만의 일이다. 그 애가 침통한 목소리로 장거리 전화를 걸어왔다. 새로 들어온 한 한국 남학생이 허드슨 강에 투신자살했다는 비보를 전하는 것이었다. 많은 학생들이 충격을 받고 그 외로운 신입생에게 미처 친구가 되어주지 못한 것을 후회했단다. 그런데 다음 날 ≪뉴욕타임스≫에 그 학생이 자살한, 터무니없는 이유가 나왔다고 한다. 비교적 유복한 중상류 가정으로 두 아들이 이미 하버드 대학생인데, 막내아들이 "실패해서 겨우 컬럼비아에" 들어간 것을 계속 나무라며 구박을 했다는 것이다. 부모의 지나친 욕심이 결국 잘난 아들을 죽인 것이다.

버지니아 텍 사건도 부모의 성실한 지도가 뒷받침되지 않은 상황에서 맹목적 일류 교육열이 가져오는 병폐를 잘 보여주고 있다. 그의 부모는 하루 13시간 세탁소 일을 하며 두 자녀를 프린스턴과 버지니아 공대로 어렵게 보냈다고 한다. 따뜻한 사랑의 돌봄이 없는 성적 제일주의는 소심한 조 군에게 엄청난 고독과 과중한 정신적 고뇌를 주었을 것이다.

자녀 교육에는 지름길이 없다. 바르고 유능하고 건강한 사람으로 키우는 데에는 공짜가 없다. 부모로서의 시간과 정성, 노력을 성실하게 투자해야 한다. 자녀들의 취향과 능력과 의사를 존중하고 잠재력을 계발하도록 진심으로 격려하고 도와야 한다. 돈과 욕심이 이를 대신할 수 없는 법이다. 삶의 아름다운 의미를 찾기 위한 참된 배움이 중요하다면 먼저 부모들이 욕심과 허영을 버리고 성실한 자세로 살아가는 모습을 자녀들에게 보여주어야 한다.

하나님 손잡고 가는 소녀

"새로 온 목사님 댁이지요? 아버지 교회에 계신가요?"

지나가던 앳된 소년이 자전거를 멈추고 묻는다. 동네 신문 배달부인가 싶다.

"내가 바로 목사인데……."

소녀가 혼자 산다고 덧붙인다.

"오! 그래요?!"

소년은 놀라움을 애써 감추며 자전거를 타고 사라진다.

신문 배달부는 소녀가 자기보다 나이가 3배나 위이고 신학대학원을 나온 노처녀라는 사실을 미처 알 리 없다. 특히 시골 교회에 처음 부임한 여자 목사인 데다 키가 1미터 43센티미터를 겨우 넘을 왜소한 체구의 동양인이다. 그뿐 아니라 척추만곡증scoliosis이 있어 몸이 S 모양으로 약간 굽어져 왼쪽으로 10도가량 기울어져 있다. 이 여목사는 내가 사랑하는 막내 처제다.

내가 그녀를 처음 만난 것은 1971년 여름, 결혼 6년 만에 서울에 와 처음 처가를 방문했을 때였다. 그 집은 신당동 달동네 가는 언덕에 있었는데 그 당시 일곱 자녀 중 다섯을 기르며 작은 수공업으로 힘들게 살고 있었다. 그러나 나는 금시 그 가정이 돈독한 신앙심으로 화목하고 사랑과 기쁨이 충만한 것을 감지할 수 있었다. 특히 만 13세가 되는 막내는 몸이 불편한데도 명랑하고 노래 솜씨가 뛰어났다. 나는 그녀의 반짝이는 눈에서 많은 예술적 잠재력을 보았다.

그 후 아내로부터 들은 그 처제에 대한 이야기는 나에게 특별한 느낌을 남겼다. 정상이 아닌 몸이나마 그녀가 살아났다는 사실이 하나의 기적이란다. 두 살 때부터 약 2년간 몹시 앓고 있었으나 워낙 가난해서 어쩔 수 없었다. 척추에 결핵이 심화된 것을 뒤늦게 발견했을 때에는 어느 의사도 손댈 수 없었다.

중앙의료원의 한 고마운 스웨덴 의사가 "성공할 자신은 없지만 한번 시도해보자"고 해서 그 작은 몸에 엄청난 공사를 시작하게 되었다. 결핵에 걸린 목뼈 두 마디를 떼어내고 엉덩이뼈를 일부 잘라내어 그 자리에 붙였다. 그러나 그 수술은 실패로 돌아갔다. 다시 왼쪽 다리뼈를 잘라내어 목에 집어넣었다. 이 과정에서 전신 깁스body cast를 하고 1년을 지내야 했다. 한참 뛰어놀아야 할 여자아이가 미라mummy처럼 꼼짝 못하고 중앙의료원 병실에서 6개월 동안 죽어 있어야 했다. 집에 와서 6개월을 지내는 동안 괴로움은 겨했다. 셋째 언니가 숫제 고등학교를 쉬고 어머니가 시장에 나가 있는 동안 들보아 주었지만 여름에 욕창이 심해 오른쪽 등에서 고름이 나올 정도였다. 깁스에 구멍을 뚫고 씻어내곤 했지만 늘 파리와 싸워야 했다. 그런데 놀랍게도 그 애는 "하나님이 너를 무척 사랑하고 있다"는 말을 그대로 믿고 잘도 참아냈다. 말하는 사람이 미안하고 애처로웠다.

드디어 병의 감옥에서 해방되자 나비처럼 가냘픈 이 아이는 날아오를 것같이 기쁘고 온 세상이 아름다웠다. 특히 음악의 세계에서 날고 싶었다. 초등학교 4학년 때 4개월 동안 음악 레슨을 받으며 음악 세계를 감지하고 악보를 읽는 밝은 눈을 가지게 되었다. 피아노를 몹시 배우고 싶었으나 그 사치품을 살 돈도, 집에 들여다 놓을 자리도 없었다. 어디서나 피아노를 보면 5분, 10분 훔쳐 치며 열심히 건반 연습을 했다. 그리고 내가 큰 처남에게 사준 기타를 어깨너머로 배워 사실상 기초 연주자가 되었다.

숭의여중에서의 일이다. 그 유명한 합창단에 들어가기 위해 입단 시험audition을 보았는데 놀랍게도 떨어졌다. 대신 독창을 해달라는 부탁을 받았다. 이 민감한 여학생은 합창단에서 퇴짜를 맞은 것은 목소리가 아니라 몸이라는 것을 알고 충격을 받았다. 그러나 낙심하지 않고 미술반에 들어가 대신 그림을 열심히 그렸다. 고등학교 내내 보이는 또는 보이지 않는 차별과 멸시를 굽어진 작은 몸으로 다 받아야 했다. 어느 선생이 "그 몸으로는 대학 입학 면접시험에서 어려울 거다"라고 친절한 귀띔까지 해주었다. 꿈 많은 소녀는 '한국에서 불구자는 설 자리가 없다'는 참담한 현실을 뼈저리게 느끼게 되었다.

1977년 5월 고등학교를 갓 마친 그녀를 우리가 사는 테네시 주 멤피스 시로 데려오게 되었다. 집구석에서 썩던 우리 집 피아노는 열성적인 신인 음악가를 맞이해 밤낮 없이 즐거웠다. 그녀는 그해 9월부터 그 지역 한인 침례교회 반주자로 출세하고 대학 공부를 시작했다. 멤피스 주립대학교Memphis State University에 다니다 다시 뉴욕 맨해튼의 유명한 파슨스 미술대학Parsons School of Design에 전학해 1982년에 삽화illustration 전공으로 학사 학위를 받았다. 넓은 대지에서 실력대로 살아가는 미국 사회에서는 신체 조건이 그리 문제되지 않았다. 하지만 큰 기업이나 상류 사회를 상대해야 하는 미술계 진출이란 재력으로나 실력으로나 너무나 벅찼다. 인종 차별도 있었으리라. 그 몸으로 아르바이트를 하며 틈틈이 피아노 레슨도 받았다.

'그 어려운 질병에서 구원한 하나님은 분명 나의 삶에 무슨 계획이 있을 터'인데 키 작은 아가씨에게는 그 높은 길이 보이지 않았다. 2년간 뉴욕에서 궂은일을 하며 고생하다 오빠가 사업하는 남부 도시Charleston로 내려가 3년간 가게에서 일하며 반주자로 그곳 한인 교회를 도왔다. 대학 3년 때 '모든 재능'을 주님을 위해 바치기로 약속했던 신인 미술가, 이제 '온 인생'을 몽땅 바치기로 하고 1987년 드루대학교Drew University 신학대학원에 입학했다.

3년간 고된 교육을 거쳐 목회학 석사 학위Master of Divinity를 받고 곧 주 연회에서 목사 안수를 받았다. 미 연합감리교단United Methodist Church의 어엿한 P 목사님! 1년간 부목사 훈련을 받고 처음 단독 목회지로 배치된 곳은 사우스캐롤라이나 주 바닷가에 위치한 두 시골 교회였다. 꼬마 동양 여자가 오래된 두 교회를 바쁘게 오가며 고루한 백인 노인들의 영적 삶을 인도하기란 쉽지 않았다. 고상한 미술과 음악 공부는 모두 헛된 수고였던 듯싶었다. 그러나 처녀 목사는 7년간 그들을 부모처럼 섬겼다. 여러 노인들이 동양 여자의 효도와 영적 사역에 감동했다. 틈을 내서 임상목회교육Certificate of Clinical Pastoral Education도 받고 교단과 지역 사회에서 성실한 활동을 계속했다. 홀몸이 되신 장모님이 막내딸의 살림을 도맡아 하며 목사 딸의 육체적, 영적 건강을 위해서 늘 기도를 계속했다.

안식년을 맞아 한 해 동안 유럽 여러 나라를 순례하면서 '앞으로 하나님이 나를 어떻게 활용하실지……' 꿈에 찬 수채화와 삽화를 그리며 P목사는 지친 몸과 마음의 휴식을 즐겼다. 무엇보다 희망과 믿음을 회복하도록 순례자의 길을 걸었다. 그리고 다시 1999년 협동 목사로 부임하여 지금까지 사역하는 곳이 지금의 렉싱턴연합감리교회Lexington United Methodist Church이다. 이 교회는 160년 전통에 1,200명 교인을 가지고 있는데 역동적이고 발전하는 신앙 공동체다. 그녀가 부임한 이후 새 교육관을 건축하고 '전통식 예배traditional worship'와 더불어 '현대식 예배contemporary worship'를 시작해 교인들에게 인기가 대단하다. 직접 제작한 화려한 강단 배경막 앞에서 기타, 북, 율동, 찬양으로 시작하는 공연 같은 예배. 그녀가 강단에서 15센티미터나 높은 발판 위에 올라서서 전달하는 유창한 영어 설교가 절정을 이룬다. 젊은이들과 나이 많은 젊은이들이 하나님의 놀라운 섭리를 거의 드라마같이 경험하게 된다.

차별과 편견이 없는 사랑과 믿음의 공동체 속에서 신체장애는 오히려 엄청난 창조의 힘을 낳는다. 창의적인 음악, 미술, 디자인, 영성, 문화 감각, 감화력 등 P 목사의 다양한 재능은 교회 내 모든 활동에는 물론 교단의 큰 행사에 널리 활용되고 있다. 『미 연합감리교 한미찬송가』 편집, 해외 선교 여행, 기금 조성을 위한 그림 카드 제작, 대형 종교 행사장 디자인, 신앙 잡지 표지 등에 P 목사 이름이 나타난다. 평시 약한 몸은 쉬 지치고 아픈 날이 많다. 그 피곤하고 바쁜 와중에도 몇 년 전부터 틈틈이 공부를 해 2008년에 목회학 박사Doctor of Ministry 학위를 받게 되었다. 금년 P박사의 나이 만 53세이다. 한 왜소한 장애인 외국 출신 여성이 미국 주류 종교계에서 보여주는 활동과 비전은 오직 기적을 믿는 신앙의 안목에서만 이해할 수 있다.

몇 년 전 내가 P 목사네 교회 주일 예배에 참석했을 때였다. 독감으로 정규 반주자가 예배에 참석할 수 없었다. 그런데 전자 오르간 소리는 장엄하게 울려 나왔다. 음악이 끝나자 선임 목사가 부드러운 음성으로 교인들에게 물었다.

"여러분, 얼굴을 보이지 않고 이 음악을 들려줄 분이 누구이겠습니까? 천사는 아닙니다. 천사에 무척 가깝기는 하지만……."

잠시 후 두 고등학교 여학생이 키득키득 웃으며 외쳤다.

"P 목사님! P 목사님이 저 오르간 뒤에 앉아 있어요!"

교인들이 그제야 오르간 뒤 작은 P 목사의 존재를 깨닫고 일제히 손뼉을 치며 감사와 감동의 환호를 보냈다. P 목사는 사실 오르간뿐만 아니라 이 큰 교회를 아름다운 음악처럼 움직이고 있는 것이다! 옆으로 살짝 기울어진 그녀는 늘 하나님의 손을 잡고 가고 있다. 그래서 높은 산을 넘고 깊은 물을 건너 하나님이 약속한 '자신의 꿈'을 성취하고 있는 것이다.

잡지 표지에 나온 P 목사

P 목사의 현대식 예배

하늘에서의 사색

　새벽 4시. 나는 무거운 몸을 잠자리에서 일으킨다. 6시 5분에 출발하는 로스앤젤레스로 가는 비행기를 타기 위해서다. 자주 가는 여행길이지만 이번은 여러모로 특별하다. 이 이른 새벽에, 나 혼자, 그리고 '다른 사람을 위해서', 말하자면 고생길을 돈 들여가며 하는 것이다.

　인생행로란 어디에서 와서 어디로 가는 것인가? 로스앤젤레스는 서쪽인데 동북쪽 수도 워싱턴Washington, D.C.으로 가서 두어 시간 기다리다 목적지로 방향을 돌려 날아간다. 300여 명을 태운 거대한 기체가 날아간다. 좁은 창에 비치는 세상은 검푸른 하늘과 허옇게 눈이 덮인 평야뿐이다. 멀리 하늘과 흰 대지의 경계도 희미하다. 인간사의 희로애락과 경쟁이 보일 리 없다. 누구의 욕망도 펼쳐 보기에는 이 비행로가 너무 높고 빠르다.

　높은 차원에서 인생의 목적은 무엇일까?

　이번 여행 목적은 '남을 위해서'라고 스스로 규명했다. 과연 나의 여행이 그처럼 이타적일까? 외사촌 동생 한창우(가명)를 만나 격려하고 위로하기 위해서다.

　그는 한이 맺히고 인생이 시퍼렇게 멍든 70대 초반의 이민 1세대다. 그는 6·25 전쟁 때 고향인 평양시가 중공군에게 함락되는 대혼란으로 어머니와 다섯 형제들과 작별 인사도 못하고 생이별했다. 1950년 12월 5일 낮 11시, 포성은 점점 가까워오고 피난민 대열은 점점 길어만 갔다. 살얼음이 깔린 대동강 변에서 어쩌다 만난 아버지와 쪽배를 타고 '며칠 피난길'에 오르게 되었다. 몹시 추운 날씨였지만 계속되는 미군 폭격이 겁에 질린 두 부자의 발걸음을 재촉했다. 임진강을 건너그 17일 만에 아무도 기다리지 않는 서울에 도착했다. 1월 5일 다시 피난민 틈에 섞여 서울을 떠나 대전, 이리, 대구, 부산까지 몇 달을 걸어갔다. 만 14살 소년에게 인생은 고달팠다. 피난민으로 갖은 고생을 겪으며 귀향의 날을 기다렸다. 그러면서도 악착스럽게 피난민으로서 중학교와 고등학교를 마쳤다.

　어머니를 만날 날은 점점 더 멀어져만 갔다. 1960년대 초기에는 부산대학과 해양대학 속성과를 졸업한 후 갑종 3등 항해사를 시작으로 13년 간 바다에서 살게 되었다. 1등 항해사로 10만 톤이 넘는 유조선을 끌고 여러 나라의 항구를 드나들며 폭풍과 격랑을 헤치며 고달픈 인생을 운행해왔다. 성공하여 어느 날엔가는 어머니와 형제들을 반갑게 만나리라 다짐하며 성실하게 인생 풍랑을 헤쳐 나갔다. 마도로스 풍운아 신세에도 불구하고 절제와 품위를 지켰다. 그 당시 원양 화물선이나 유조선 항해사는 최고의 외화 벌이 역군이었다. 뼈를 깎고 살을 저미는 고생으로 번 거금을 고스란히 집으로 송금했다. 그러나 그 자금은 아버지의 실패한 사업과 이복동생들 성장에 모두 밑거름이 되었다는 사실을 나중에 알게 되었다. 엄청난 희생의 기막힌 결과를 창우는 어디에도 호소할 수 없었다.

1979년 6월 1일, 천신만고 끝에 결혼 이민으로 미국에 정착하게 되었다. 인정받을 학력이나 자본이 없는 이민 초년생의 생활은 고달팠다. 넓은 신천지에서 단순히 생존을 위해 인생을 탕진해야 했다. 아내와 함께 로스앤젤레스의 가난한 멕시칸 촌에서 매일 12시간을 1년 365일 하루도 쉬지 못하며 작은 옷가게를 지켜왔다. 쳇바퀴 같은 삶을 25년간 제자리에서 달렸다. 절도는 고사하고 언제 어떤 강도가 닥쳐올지 모르는 긴장된 상황에서 언제나 권총을 품에 지니고 살아야 했다. 성실하게 일하고 알차게 벌었지만 심신은 언제나 지쳐 있었다.

그러다 1999년 가을 창우는 꿈같은 소식을 접하게 되었다. 1992년 초 해외통일운동조직을 통해 북한의 가족 조회를 했었는데 놀랍게도 평양에 생모와 네 형제가 생존해 있다는 통보가 온 것이다. 매일 밤 창우는 어머니 품으로 달려갔다. 그 당시 미국과 캐나다에서는 많은 이산가족들이 북한을 방문하고 있었다.

그러나 매정한 현실은 그의 발목을 잡았다. 남한의 아버지와 이복동생 네 가족을 차례로 이민시켜 오는 판에 북한 방문으로 인해 혹시나 '친북 인사'가 되는 위험을 감수할 수 없었기 때문이다. 다행히 평양에 있는 동생 창무와 편지 연락이 시작되었다. 불행히 모두 생존해 있다는 2년 전 소식은 사실은 거의 10년 전 조사했던 구문으로 드러났다. 그동안 어머니와 두 형제가 세상을 떠났던 것이다. 이민 온 아버지는 몇 해 후 치매에 걸려 그 슬픈 소식도 나눌 수 없었다. 몸은 지칠 대로 지치고 마음은 허탈감에 빠졌다. 생이별한 어머니는 끝내 이 세상에서는 다시 볼 수 없게 된 것이다.

그 즈음에 나는 창우에게 열심히 전도를 했다. 기독교 신앙에 귀의해 인생의 무거운 짐을 예수님께 다 맡기고 위로와 안식을 받으며 살라고 했다. 하지만 그의 도도한 자존심은 그의 지친 영혼을 놓아주지 않았다.

네 이복동생들이 다 미국 생활에 안정되고 창우도 은퇴해 시간적, 심리적 여유를 찾게 되자 2000년 8월에 북한에 남아 있는 동생 창무를 방문하기로 작정했다. 드디어 50여 년간 헤어졌던 혈육 동생을 만나는 것이다.

그러나 하나님의 섭리는 왜 이처럼 잔인할까? 북한의 사정으로 방문을 미루고 있는 참에 그해 10월 창무가 갑자기 죽었다는 비보가 날아왔다. 술을 과하게 마신 후 뇌출혈로 쓰러져 그만 세상을 떴다는 것이다. 창우는 억장이 무너지는 듯 마음에서 피가 흘러나왔다. 온몸이 다시 저려오고 정신이 혼미해지곤 했다.

비행기는 소리를 죽이고 서서히 내려오고 내 다리가 저려왔다. 지난밤을 설치고 여섯 시간을 날아와 다시 아침을 맞이하기엔 내 정신이 혼미하다. 이미 아침 11시다. 좋든 싫든 우리는 현실을 맞이해야 한다. 속히 아픈 창우를 만나야 한다.

창우는 다음 해 8월, 평양에 찾아갔다. 쓰리고 아픈 가슴을 안고 전에 본 일도 없는 여러 조카들을 만나고 어머니 산소에 가서 통곡을 했다고 한다. 이 방문에서 지금까지 숨겨진 두 가지 비밀을 알게 되었다. 바로 밑의 여동생은 남편이 유명한 서양 화가였는데 여러 해 전 갑자기 알 수 없는 이유로 사상범 수용소로 끌려가고, 여동생도 애들을 위해 같이 가버려서 소식이 완전히 끊어졌다는 것이다. 그 밑의 여동생은 출산 시 제왕절개 수술을 받다 간염에 걸려 죽었다고 했다. 역시 가슴 아픈 사연이다. 슬픈 사연에 종지부라도 찍듯 덜커덩 비행기가 땅을 쳤다.

그 창우가 지금 몇 해째 점점 더 앓고 있다. 아침마다 온몸이 저리고 때로 심한 두통으로 고생하는 것이다. 한의, 양의 병원에서 수없이 검진과 치료, 심리 요법까지 받았으나 병명조차 알 수 없고 증세가 점차 심해진다는 것이다. 엄청난 민족 분단의 고통이 창우의 몸을 바늘처럼 찌르고 있는 것이 아닐까? 창우는 인간적으로 성실하고 총명하고 부지런하고 예의 바른 지성인이다. 도덕적으로 그가 이런 고통을 받을 이유가 없다. 하나님에게도 짐이 되지 않기 위해(?) 기도를 사양하는 양심가다. 그는 늘 "그냥 이렇게 앓다가 고요히 갈 수밖에"라고 차가운 체념에 젖은 고백을 토해낸다.

그의 진정한 비극은 철저하고 겸허한 절망이다. 절망은 죽음에 이르는 불치의 병이다. 그에게는 스스로 풀지 못하는 한과 아픔이 그 영혼 속에 독침처럼 박혀 있다. 창우는 하나님의 은총과 사랑과 위로가 필요한 선량한 죄인이다. 진정한 사랑만이 그의 절망을 희망으로 부활시킬 수 있고 넘치는 희망이 그를 다시 살릴 수 있다. 나는 진정으로 그를 사랑한다. 그를 만나서 그것을 어떻게 표현할 수 있을까? '이제는 내려도 좋다'는 기내 방송이 나를 재촉한다.

'예수쟁이'와의 논쟁

첫째 마당

"예수 믿으세요!"

전철 승강장에서 다음 열차를 기다리는 동안 중년 신사 한 사람이 전단 하나를 건네준다. 미소를 띤 넓적한 그의 얼굴은 커다란 어깨띠의 붉은 글씨처럼 분명하고 자신감에 넘쳐 있다. '예수 천당, 불신 지옥.'

"예수를 믿어야 할 이유가 무엇인가요?"

"아, 예, 예, 예수 믿으면 복 받고 영생을 얻습니다."

주위 사람들이 이상한 눈초리로 오히려 나를 힐끗 쳐다본다. 왜, 이 사람들은 이런 엄청난 행운의 가능성에 대해 관심이 없는가? 아무도 그 전단을 읽는 사람이 없다. 몇 사람은 그것을 손에 든 채 멍하니 다음 전철을 기다리고 어떤 이는 그냥 휴지통에 넣어버린다. 어느새 그 신사는 어디론가 사라졌다.

　이런 일은 전에도 두어 번 있었지만 웬일인지 이번에는 예리한 질문을 던지고 싶은 이상한 충동이 나를 사로잡았다. 나의 호기심어린 공상의 긴 손길이 그 신사를 붙잡아 내 앞에 앉히기로 했다. 그가 무책임하게 던진 말의 진실성을 짓궂게 따지기로 한 것이다.

　"선생, 그래 예수를 믿어야 할 좋은 이유 하나만 말해주시오."
　"아, 예, 예, 우리 인간은 본래 모두 죽을 수밖에 없는 죄인들인데 예수님이 우리 죄를 대속하기 위해 십자가에서……."
　"그건 당신네 교리 아닙니까? 많이 들어온 소린데 그걸 누가 믿겠습니까? 보통 사람들에게는 아무런 감동도 주지 못하는 허망한 논설입니다. 나같이 안 믿는 사람도 수긍할 수 있는 구체적인 근거를 내놓으라는 말입니다."
　"아, 예, 예수님을 구세주로 영접하고 믿기만 하면 틀림없이 축복을 받고 영생을 얻는다고 확증을 할 수 있습니다."
　"그걸 어떻게 믿습니까? 실물로 보여줄 수 있습니까? 문서로 보증할 수 있습니까? 아닐 경우 손해 배상을 청구할 수 있습니까? 막연히 큰 보상을 바라고 예수 믿는 것과 다단계 피라미드 식 판매 수법에 걸려드는 것과 같은 겁니까? 아니라면 어떻게 다릅니까? 교회 나가는 것도 돈이 무척 드는 모양이던데……."
　그 신사의 얼굴이 점점 붉어지고 불쾌한 감정을 숨기느라 숨을 고르는 듯했다. 억지로 미소를 띠지만 속으로 '잘못 걸렸다'고 고심하는 표정이 확연했다.

전철이 오가고 많은 사람들도 오갔다. 그러나 시공간을 넘어 우리의 길고 날카로운 대담이 이렇게 진행되는 것이다. 어떤 투명한 인간들이 우리의 말 게임에 훈수라도 들듯 옆에서 기웃거린다.

"선생, 예수 믿어 집안 잘되고 부자 되었다는 통계나 물적 증거라도 있습니까? 투자한 시간, 노력, 돈보다 더 큰 보상이 생긴다는 확증이 있습니까?"

"아이고, 어르신네, 그것이 아닙니다. 하나님의 축복은 그런 속임수 상술이 아니고 또 세속적인 축복만이 아닙니다. 세상이 주지 못하는 풍성한 사랑과 은혜와 기쁨과 행복을……."

"잠깐, 그러면 하나님 축복은 물질적인 것보다 심적인, 정신적인, 즉 당신네 말대로 영적인 축복을 말하는 겁니까? 좋습니다. 그러면 왜 현대 한국 기독교는 그처럼 물질주의에 빠져 탐욕적이고 이기적입니까?"

내친 김에 요사이 사람들이 예수쟁이들에 대해 역겨워하는 말들을 쏟아냈다. 잘사는데 왜 성직자와 교회는 세금을 안 내는가? 왜 교회는 '하나님이 그처럼 사랑하는 세상'을 위해 엄청난 수입의 10분의 1도 내놓지 않는가? 최근 강남의 한 대형 교회(메가 처치)가 자체 건물을 그대로 둔 채 다시 2,100억 원을 들여 새 건물을 건축한다고 한다. 공공도로 지하 공간까지 침범하면서. 서울에서 집 없는 1,000여 가구에 영구히 삶의 터전을 마련해줄 수 있는 돈이다. 전국에서 가난한 대학생 7,000명에게 4년간 등록금을 대줄 수 있는 돈이다. 이런 메가 처치가 서울에만 열 개나 된다.

"아, 그것은 하나님께 바친 헌금이기 때문에 국가에서 할 일에 오용

할 수 없고 선교나 성전 짓는 데 사용하는 것이 마땅하다고 봅니다. 그리고 그 교회는 밀려오는 교인들 때문에 그들을 수용할 더 큰 공간이 필요하다고 합니다. 정당한 방법과 절차로 자체 교회 확장하는 일을 외부에서 비방할 수 없는 겁니다.”

“선생, 정당화하거나 합리화할 수 있는 모든 것이 다 옳은 것은 아닙니다. 그 밀려온다는 교인들이 회심한 새 교인들이 아니고 거의 모두가 좋은 시설과 프로그램을 찾아오는 이웃 타 교회 사람들이라는 것은 세상이 다 압니다. 즉 문어발 식 흡수 성장이 아닙니까? 대형 서점이 들어와 골목길 서점들을 죽이고, 대형 할인점이 등장하여 구멍가게와 동네 슈퍼를 고사시키는 것과 무엇이 다릅니까? 건물 짓는 것이 중요합니까, 아니면 사람을 살리는 것이 중요합니까? 바벨탑처럼 크기와 성장, 성공 신화에 도취된 한국 교회가 너무 물질적이 아닙니까? 이것을 하나님 나라 확장이라고 우기겠습니까? 저급한 시장경제 논리에 예속되어 폭발적 성장과 확장을 목표로 한 마케팅 전략이고 무한 경쟁과 성장의 광풍에 휘날리는 세속주의가 아닌가요?”

전철은 계속 오가고 이 ‘예스쟁이 신사’는 한동안 말이 없다. 쓴 미소를 지으며 이 ‘사탄의 공격’에서 어떻게 빨리 벗어나 열차 속으로 확 사라지고 싶을 것이다.

“선생, 요즘은 세상 기업들도 존재 목적을 이윤 추구라 하지 않고 사회적 책임을 말하고 지속가능한 발전 등을 말합니다. 지구촌 전체의 유대와 평화와 환경 문제를 고민합니다. 교회의 존재 목적이 무엇입니까?

예수를 믿는다는 사람들의 정체성이 무엇입니까? 당신네 경전에 '세상의 빛'과 '땅의 소금'이라 하지 않습니까? 그렇지 못할 때에는 당신네들이 말하는 '악한 세상'도 당신네들 위선에 속지 않는답니다. 우리가 좀 더 솔직할 필요가 있습니다."

"물론이지요. 우리 기독교인들이 다 옳다는 것은 아니고 우리도 부족하고 연약하여 늘 죄를 짓지만 우리 주님이 항상 사랑으로 용서하고 새롭게 하는 것이지요. 그래서 흠이 많은 우리 모습에도 불구하고 우리들은 감사하고 기뻐하고 행복하다는 것입니다."

"그런데 문제는 그런 생활 모습이 밖의 사람들에게는 잘 안 보인다는 것입니다. 왜 교회에 분열과 분쟁이 그리도 많습니까? 왜 기독교인들은 사회생활이나 대인 관계에서 독선적입니까? 좋은 목적이라도 욕심이 가득 차고 경쟁적이고 교만하면 바르지 않다고 봅니다. 왜 자신을 비우고, 욕심을 내려놓고, 남을 섬기고, 높은 뜻을 받들어 주는 삶이 안 보입니까? 왜 감동을 주는 사랑이 안 보입니까? 최근 돌아가신 법정 스님 같은 분은 많은 사람들에게……."

"어르신네, 잠간 실례합니다. 기독교 진리는 도덕과 윤리의 문제가 아닙니다. 하나님의 의로우신 구속救贖의 역사입니다. 불교나 다른 종교에는 구원이 없습니다. 오직 예수 그리스도를 통해서만 구원이 있습니다. 인간의 수양이나 도덕이 아닙니다."

마침 한 노인이 '이게 충정로로 가는 차선이냐?'고 물어왔다. '충정로로 가는 2호선은 맞는데 맞은편에서 타는 것이 훨씬 빠르다.'고 일러 주었다. '예수쟁이 신사'도 수긍했다.

"선생, 구원의 독점론, 이런 것을 세상 사람들은 종교적 오만이라 합니다."

"아닙니다. 우리 믿는 사람들은 예수님이 '길이요, 진리요, 생명'이라는 것을 굳게 믿습니다. 다른 방법으로는 구원이 없습니다. 이것은 기독교의 확고부동한……."

"그것은 당신네들 확신이고. 믿지 않는 사람들에게는 불공평하고 불합리한 억지 주장으로 들립니다. 예수 탄생 이전의 전 인류, 중세기까지의 대부분 인류, 아니 지금도 3분의 2 이상의 세계 인구가 예수 이름자도 모르는 상태인데 그들은 아예 다 탈락시키고 당신네들만이 구원을 독차지한다는 주장이 아닙니까? 예수를 전혀 모르는 사람들 중에는 너무나 훌륭한 성현과 위인이 많은데……. 편견과 차별로 대다수 인류를 배재한 기득권 행세는 사랑의 원리에서 벗어나지 않습니까?"

"그들은 자연 계시를 통해서, 개인 양심을 통해서 하나님이 어떻게 해서라도……."

"선생, 좀 더 분명히 이야기합시다. 이런 것은 기독교인들도 잘 모르는 부분이 아닙니까? 하나님이 사랑의 신이라면 전 인류를 구원할 어떤 신비한 섭리라도 있을 법한데 그것을 어떻게 다 안다고 확신합니까? 어떻게 그 불완전한 정보에 근거해서 다른 종교를 판단합니까?"

"그러나 예수님을 통한 구원은 확실합니다."

"그것은 기껏해야 지금 믿는 사람들에게 특혜로 보여준 구원의 신비한 지식이 아닙니까? 당신네 말대로 은혜가 아닙니까? 은혜를 받은 사람들은 겸손하고 감사해야지 하나님 전체 계획을 다 파악하고 대행하는 소 군주처럼 세상 사람들에게 군림하면 누가 믿겠습니까?"

그가 무엇을 생각하는 듯 눈을 찌푸리고 말이 없다.

둘째 마당

우리 두 사람은 약속이나 한 듯이 함께 긴 한숨을 내쉬었다. 서로 딱한 모양이다. 잠시 후 수세에 몰렸던 신사가 말을 꺼냈다.

"어르신께서는 하나님의 존재를 믿습니까? 안 믿습니까?"

"저는 현실적인 판단으로 볼 때 당신들이 보여주는 기독교 신, 즉 하나님을 믿을 이유도, 안 믿을 근거도 없습니다. 그냥 약간의 혐오감을 느끼는 수준의 무관심입니다. 그것을 왜 묻습니까?"

"예, 사랑 때문입니다. 하나님은 어르신네 같은 분을 사랑하시고 구원하시기 원하십니다. 믿고 받아들이면 다 알게 될 것입니다. 그래서 우리가 이렇게 열심히 전도하는 것입니다."

"아, 선생, 전도라는 것을 왜 합니까? "예수 천당, 불신 지옥" 같은 빈 구호로도 설득이 된다고 믿습니까? 지금 세상 사람들이 그렇게 어수룩하게 보입니까?"

"물론 그렇게 어수룩하지는 않지요. 그러나 우리는 말씀을 늘 전파할 의무를 가지고 있습니다. 구원의 소식을 선포하라는 주님의 명령을 따르고 있습니다."

"좋습니다. 그런데 헛수고하는 게 아닙니까? 하나님이 전능하시다면 간단하게, 확실하게 전도를 끝내 줄 수 있을 터인데……."

예수쟁이는 고개를 설레설레 저었다.

"선생, 내 말 좀 들어보시오. 하나님이 이 세상 사람들 다 사랑하시죠? 다 구원하기 원하시죠? 또 그분은 전능하시죠? 내 말이 맞지요? 그럼 2주 정도만 모든 불신자들이 떼로 병나고, 사고 나고, 죽고, 집안 망하게 만들고, 한편 예수 믿는 사람들은 모두 횡재하고, 소원 성취되고, 병이 낫고, 가지각색 복이 흥부의 호박처럼 터져 나오게 해보시죠. 그분은 충분히 그렇게 할 수 있지요? 어떻게 될까요? 아마도 약삭빠른 요새 사람들이 금시 알아차리고 교회로 달려가고 빨리 들어가려고 목사에게 웃돈 주고 암표를 살 게 틀림없어요. 그럼 전 세계 선교는 멋지게 끝나고 선생이 하시는 수고는 필요 없게 될 겁니다. 어떻습니까?"

"아, 참, 어르신네, 너무 오해가 많으십니다. 하나님은 그런 분이 아니십니다. 그분은 요술 방망이가 아닙니다. 사람들과 인격적인 관계를 원하시는 사랑의 하나님이십니다."

"오해가 아닙니다. 내가 하나님을 믿는다면 인격적인 관계, 바로 그런 분이라고 생각합니다. 당신 자신의 말을 음미해보세요. 그분은 본질적으로 사랑의 존재라고 했으니까 인격적으로 사람을 대하고 성실과 인내를 가지고 설득하고 오래 참고 기다리시는 분이시지요? 맞습니까?"

예수쟁이 입에서 '아멘' 소리가 나온다. 내가 말을 이었다.

"선생, 생각해보시오. 전능하신 분이 쉽고 간단한 방법을 택하지 않고 구차하게 당신 같은 사람들에게 수고스러운 전도의 책임을 부탁했지요? 왜 그랬을까요? 무슨 메시지를 전하고 어떻게 그것을 소통하라고 했습니까?"

그에게서 서슴없이 모범 답안이 나왔다.

"물론 하나님께서는 그의 아들 예수 그리스도를 통해서 자신을 희생하실 만큼 인간을 사랑하셨다는 놀라운 복음의 말씀을 과감하게 전파하라 하셨지요."

"그렇지요. 그러면 그 놀라운 메시지를 전하는 사람들의 신분과 자질, 좀 더 구체적으로 언행과 일상생활이 중시되지 않겠습니까? 그 사람들 삶 자체가 소통의 중재가 되고 메시지 내용이 되어야 하지 않겠습니까? 그런 자격을 갖출 깊은 성찰과 실천이 필요하겠지요? 당신네 경전에도 '말과 혀로만 사랑하지 말고 행동과 진실함으로 사랑하라.'는 구절이 있다지요?"

"옳은 말씀입니다. 그런데 전도는 우리가 완전해서 하는 것이 아니라 불완전하지만 하나님의 능력을 힘입어 하는 것입니다."

"옳은 말씀이라면 살짝 피해 나갈 토를 달지 맙시다. 전도는 증거 witness하는 일이라지요? 하나님의 사랑을 실제로 보고 경험한 사람들의 산 증언이 아닙니까? 진정한 체험적 사랑을 전한다면 신빙성 있는 행동으로 감동을 보여줄 수 있는 수준의 인격으로 변화되어야 하지 않겠습니까? 생활의 모든 구석구석에 예수를 따르는 인간으로서 향기처럼 은은하게 발산하는 어떤 분명한 모습이나 표현이 있어야 하지 않습니까? 이런 의미에서 나는 전도의 일차 대상은 전도자 자신이 아닐까 생각해 봅니다. 모든 신자들이 먼저 예수처럼 변화하라고 힘든 전도라는 과정을 명령하신 것이 아닐까요? 욕심에 찬 외적 성과보다 겸허한 내적 변화의 과정이, 당신네들 말대로 '성화'라는 과정이 전도의 첩경이 아닐까요? 그것이 하나님의 숨은 뜻이 아닐까요?"

"예, 옳은 말씀입니다. 우리 성경 요한복음 13장 기록에 보면 예수님이 이렇게 말씀하셨지요. '너희가 서로 사랑하면, 모든 사람이 그것으로써 너희가 내 제자인 줄을 알게 될 것이다'라고. 모두 사랑의 행실로 진정한 변화가 있어야지요."

"그렇습니다. 선생, 예수가 처음 하늘나라가 도래했다고 선포하면서 회개하라고 했지요? 진정한 뉘우침과 근본적 변화가 없이 예수 믿고 따르는 것이, 그래서 천국에 입장하는 것이 가능하다고 봅니까? 믿는 것이 확실해야지요? 반만 임신하고 반은 임신 안 할 수 있을까요?"

"예수님을 확실히 구세주로 영접만 하면 다 구원을 받는 것으로 믿습니다."

"영접한다는 것은 필요조건이겠지요. 그러나 그 조건을 손님을 끌기 위한 백화점 세일 상품처럼 마구 할인하지 마세요. 당신네 경전에도 부자들, 교만한 자들, 형식적인 신자들, 불의를 행하는 자들, 사랑을 실천하지 않는 위선자들은 천국에 입장할 수 없다고 했지요? 어린아이같이 순결한 사람들만이 들어간다고 했지요? 요사이 세련된 기독교인 중 얼마가 실제로 천국에 들어갈 수 있다고 생각하세요? 스스로 속고 속이는 게 아닙니까?"

그 신사는 답변이 없다. 그 넓적한 얼굴에는 분노인지 좌절감인지 알 수 없는 어두운 표정으로 차 있다.

"그래도 예수님은 선하시고 완전하신 분입니다!"

예수쟁이 신사의 마지막 힘찬 절규다.

"그렇지요. 지금 세상에 예수가 나쁜 사람이었다고 생각하는 사람은 별로 없을 겁니다. 가난하고 천박하고 소외된 모든 사람들을, 아니 원수까지도 사랑하라는 그의 혁명적인 가르침이나 그 시대의 파격적인 생활을 보면 훌륭한 의인이었음이 틀림없습니다. 당신네 말대로 하나님이 보낸 메시아 같은 분이겠지요. 그런데 예수가 어쩌다 비참한 최후를 맞이했지요?"

"그야 사탄이 거짓 제자 가룟 유다에게 들어가서……."

"유다라는 제자는 억울하게 이용당한, 실은 불쌍한 희생자가 아닌가요?"

"어르신네 그게 아닙니다. 그것은 신학적으로 이단異端의 소리입니다."

"그럼 예수가 나쁜 사람들에게 살해당했습니까? 당시 거룩한 최고 종교 지도자들이 아니었던가요? 그들의 권위주의와 위선을 맹공격하다 그들의 음모로 처형당하지 않았던가요? 신성한 종교의 탈을 쓴 기득권 보수 세력이 새로운 사랑의 혁명으로 도전하는 젊은 예수를 용납할 수 없어 죽인 것이 아닌가요?"

예수쟁이는 대답이 없다. 나는 그 신사에게 속삭였다.

"선생, 그 젊은 예수가 오늘날 한국 교계에 나타난다면 무사할까요?"

역시 그 신사는 아무 대답이 없다. 오늘 재수 없게 최고 사탄에게 걸렸다고 생각하지 않을까 싶다. 어깨에 걸쳐 맸던 '예수 천당, 불신 지옥'

을 슬슬 접어 가방에 넣고 말없이 자리에서 일어난다. 비통한 표정이 완연하다. 인간적으로 측은한 생각이 든다. 안 읽은 전단을 그에게 돌려주며 내가 마지막 위로의 말을 건넸다.

"선생, 내 말 때문에 상심하지 마시오. 진리는 불안하거나 불편할 때가 많습니다. 예수 믿으세요!"

마지막 마당

예수쟁이 신사가 획 돌아선다. 후다닥 놀라고 기가 막힌 양 달려든다.

"아니, 나보고 예수 믿으라고요? 아니, 하나님도 안 믿는다는 어르신네가 어떻게 그런 말씀을 하십니까? 사람 놀리는 것은 아닌가요?"

"놀리는 것으로 들릴 수도 있겠지요? 사실은 당신 신앙에 대해 도전하는 것입니다. 선생이 믿는다는 모습의 하나님은 안 믿지단 모든 존재의 근원이고 진리의 본질이신 어떤 실체가 있다면 그 뜻을 가장 확실하게 전하는 분을 믿어야 하지 않겠습니까?"

"어르신네, 아직도 저를 놀리고 있습니다. 도대체 하나님의 존재를 믿습니까, 안 믿습니까? 예수님을 믿습니까, 안 믿습니까? 아니면 무신론입니까, 범신론입니까? 다신교의 어떤 신입니까? 한마디로 분명하게 대답해주시면 속 시원하게 우리 토론을 정리할 수 있을 터인데……."

좌절감이 거의 분노 수준으로 올라가고 예수쟁이 눈에서 어떤 불빛이 번득인다.

"좋습니다. 내 생각을 말하지요. 그러나 우선 선생의 신관神觀을 한마디로 말해주시오. 나의 생각과 비교하며 더 이야기합시다."

내가 자리를 고쳐 앉으며 도전장을 냈다.

"내가 믿는 하나님은 천지를 창조하시고 우주 만물을 다스리시는 전지전능全知全能하신, 절대 유일하신 야훼(여호와) 신입니다. 그의 외아들 예수 그리스도는 우리의 죄를 대속하기 위해 십자가에서 희생당하신 구세주이십니다. 그리고 부활하시고 장차 다시 이 세상에 오실 최후 심판자이십니다. 그분을 믿으면 누구나 구원을 받습니다. 그것이 우리가 전하는 복된 소식, 즉 복음입니다. 어르신네는 그 복음을 믿으실 것입니까, 아닙니까?"

"좋습니다. 그 야훼라는 유일신의 존재를 일단 좋은 가설로 인정합시다. 우선 그렇지 않다고 반증할 과학적 근거가 없으니까 말입니다. 그런데 나같이 무관심한 사람들에게는 그런 신이나 복음이라는 것이 별로 의미가 없다는 말입니다. 처음 믿는 데 절대 필요한 것이 있다면 정확한 사전적 정보가 아니라 마음을 움직이는 감동적 관계랍니다. 만일 바닷물에 빠진 사람에게 이런 말을 설교 조로 외친다면 어떻게 느낄까요? '바다는 지구 표면의 70.8%를 차지하고 있는 엄청 큰 소금물鹽水이다. 염도가 평균 3.5%이고 산소(85.84%)와 수소(10.82%)의 안정적 결합 액체인데, 그 엄청난 물결에서 스스로 벗어날 길은 없다. 결국 외부 손길에 의해 극적으로 구조되어야 한다. 그 구원을 받아들일 건가 아닌가? ……' 원리적으로 정확한 설명이겠지만 상황적으로 적절치 않은 대응이란 말입니다. 그 사람에게 당장 필요한 것은 그냥 내미는 구조의 손길입니다. 사랑의 행위입니다. 무엇보다 먼저 사람을 살리고 볼 일이 아 닙니까?"

나도 모르게 열을 올렸다.

예수쟁이 신사가 즉시 동의의 뜻을 표했다.

"그렇습니다. 어르신네 말씀이 옳습니다. 물에 빠진 사람을 살려야지 요. 예수님이 바로 구세주입니다. 그것이 구원의 도리입니다. 그것이 하나님의 사랑이십니다. 그 진리를 우리가 전하는 것입니다."

"좋습니다, 전도사 선생. 하나님의 사랑! 반감이나 혐오감을 가진 사 람들에게 그것을 어떻게 실감나게 표현하시겠습니까? 앞에서 선생이 어마어마하게 규명한 야훼 신은 너무 멀고 권위주의적이고 고착된 존 재 같습니다. 마치 세 살배기 어린애가 관공서 사무실 높은 벽에서 보게 되는 대통령 각하 사진 같습니다. 그 어린이에게는 아무런 의미가 없는 존재입니다. 성장해서 보면 다른 근엄한 사람의 사진이 그 자리에 걸려 있을 것입니다. 많은 사람들이 믿어야 할 신神을 헌신짝처럼 보는 것이 그런 연유가 아닌가요? 혹시 선생이 믿는 하나님도 그런 신이 아닙니 까? 당장 나의 삶 속에서 어떤 인격적 관계를 가진 분이 아니라면 어떻 게 왜 그 실체를 느끼며 믿고 사랑하며 감사하며 살겠습니까? 내 말의 뜻을 알겠습니까?"

나는 그 신사의 눈을 뚫어지게 보았다. 신사의 얼굴에 어떤 화기가 살아난다.

"물론 알지요. 제가 믿는 야훼 하나님은 무소불능無所不能하셔서 언제 어디에나 임재하시고 영원하신 절대적 존재이십니다. 우리 삶에 오셔서 우리를 다스리십니다. 그런 하나님을……."

"그런 하나님을 앞서 열거한 모든 단어를 다 동원해도 그 속성을 완벽하게 규명할 수는 없을 것입니다. 신은 그 정의定義상 인간의 어떤 개념이나 언어적 구사력에도 종속될 수 없지 않습니까? 내가 불가지론不可知論을 말하는 것이 아니라 하나님의 본질이나 속성을 인간적인 고정관념 속에 속박하고 축소시킬 수 없다는 말입니다. 당신네 하나님은 자신의 본질을 사랑, 곧 인간의 이해를 넘어서는 아가페(신적인 사랑) 사랑이라고 스스로 규정했다지요? 그러면 아가페는 존재론적 개념이 아니라 바로 현실적, 역동적 활동 유대일 것입니다. 살아서 움직이는 사랑의 관계성입니다. 안 그렇습니까?"

"아, 어르신네, 바로 그것입니다. 우리 성경에 이런 구절들이 있습니다. '새 계명을 너희에게 주노니 서로 사랑하라. 너희가 서로 사랑하면 너희가 내 제자인 줄 알리라.' '사랑이 없으면 천사의 말을 한다 해도 울리는 꽹과리가 되고, 산을 옮길 만한 모든 믿음이 있을지라도 사랑이 없으면 아무것도 아니다.' '사랑하지 아니하는 자는 하나님을 알지 못한다.' 그 외에도 사랑이란 말이 성경에 천여 번이나 나옵니다."

과연 그는 성경 박사인 듯싶다.

"바로 그것입니다. 내가 하나님을 믿는다면 그분의 실체는 성스러운 개념의 어떤 물리적 또는 형이상학적 존재가 아니라 현실 속에서 터져 나오는 격동적 사랑의 행동일 것입니다. 하나님을 본 사람은 아무도 없고 그의 존재를 증명할 길도 부정할 방법도 없습니다. 그러나 가장 확실한 것은 사랑하는 관계 속에, 사랑이 행동으로 실천되는 순간 속에 하나님이 활동하시는 능력을 감지할 수 있다고 봅니다. 안 그렇습니까? 그렇다면 사랑은 명사가 아니라 동사, 그것도 현재 진행형 능동사能動詞입니다. 마치 보이지 않는 강력한 전력이 도체導體를 통하여 흐르고 그것이 동력이나 광열이나 다른 힘으로 나타나는 것과 같은 이치일 것입니다. 도체에는 어떤 원자에도 소속되지 않고 자유로운 자유 전자가 많이 있어서 도체 내부에 전기장이 형성되면 그 즉시 이 전자가 전기장에 의한 힘을 받아 이동하게 됩니다. 이렇게 전하電荷가 이동하는 것을 전류라고 하지요? 하나님의 실체가 강력한 사랑이라면 그것은 흘러가면서 힘을 나타내는 영적인 에너지energy 또는 능력power이라고 해야 하지 않을까요?"

"아, 그렇습니다. 우리는 그것을 성령聖靈이라고 말합니다. 성령은 삼위일체(성부 하나님, 성자 예수, 성령 보혜사) 하나님의 일부이면서 전체입니다. 성경은 이 성령님이 항상 우리 가운데서 활동, 감화, 인도하시는 분인데 그 가장 고차원의 역사役事가 사랑이라고 말하고 있습니다. 그래서 그 성령이 많은 변화와 열대結實를 산출하는데 그 중에도 초자연적인 변화를 흔히 기적이라고 합니다. 그런데 어르신네, 정말 솔직히 말해주십시오. 어르신은 기독교 진리를 다 이해하시는 듯한데 왜 예수를 안 믿는 것입니까? 왜 전도하는 것을 시비합니까?"

"아, 이유는 간단합니다."

기다렸다는 듯이 나는 그의 도전에 응전했다.

"많은 기독교 신자들이 하는 행동으로 보아서 그들의 신, 즉 사랑의 하나님을 믿기 어렵다는 점입니다. 얼마 전에 화려한 호텔에서 장로님

대통령을 모시고 3,000여 기독교 지도자들이 국가 조찬 기도회를 했지요? 그 막대한 돈으로 아침을 거르는 노숙자들을 모아 대접했더라면 한 달을 계속했을 것입니다. 얼마나 감동적인 사랑의 증거가 되었을까요? 아무리 좋은 음악도 악보만 보면 우리는 이해나 감동이 없습니다. 전도의 목적이나 방법도 말이 아니라 보통 사람들이 감상할 수 있는, 아니 감동할 수 있는 음악으로 연주해야 믿게 되는 것입니다. 감동이 있어야 심령의 변화가 오는 것입니다. 행동으로, 생활로, 인간관계로, 사회적인 책임 의식으로, 전 인생으로 멋지게 연주해주면 감동을 받고 믿을 수 있겠지요. 작곡가의 예술을 가장 아름답게 연출하는 삶이 필요하답니다. 미안합니다마는 오늘날 많은 기독교인들이 감동을 줄 만한 음악을 연주하지 못하고 있다는 말입니다. 쉽게 우리 동네에서 교회에 열심히 나가는 사람들을 봅시다."

"아— 그래서 전도하지 말라는 것이군요. 그 뜻은 상당히 이해하겠습니다마는 그래도 우리는 전도를 해야 합니다. 그것은 주님의 지상 명령입니다."

예수쟁이 신사의 태도가 결연하다.

"내가 전도하지 말라고 하지 않았습니다. 다만 찢어진 소리, 불협화음, 지나친 폭음, 틀린 음을 내는 악기로는 감동을 주는 연주를 하기 어렵다는 말입니다. 영감을 죽어라 하고 구박하는 할머니 권사님, 밤낮 싸움질하는 성가대원 부부, 비굴하고 비관적인 집사님, 노동법 위반과 세금포탈 혐의로 걸린 장로님, 부인과 자녀들과 전혀 소통 못하는 목사님, 그런 생활 연주로는 세상 관객들이 감동을 느끼지 못한다는 말입니다. 이런 사람들의 전도는 복잡한 사회에 또 하나 불쾌한 소음만 더하니까요."

그때 갑자기 옆에 붙은 포스터가 내 눈에 들어왔다. 한 여인이 귀를 막고 앉아서 중얼거린다.

"나는 소음 없는 세상에서 살고 싶다! 진리가 들리지 않아."

예수와 예수쟁이

새로 듣기 바로 살기

한 노인이 늙은 아내의 일로 걱정이 쌓여갔다. 할멈의 귀가 점점 어두워져 가는 것이 분명한데 정작 할멈은 눈치도 못 차린다. 노인은 의사인 친구와 의논을 하다 쉽고 간단한 진단법을 알아냈다.

"여보, 오늘 저녁 우리 뭐 먹을 거요? 저녁 메뉴 말이오."

현관에 들어서며 낮은 목소리로 물었다. 물론 대답이 없다. 거실에 들어와서 또다시 물었다. 부엌에서 아내는 소식이 없다. 부엌 입구에서 또 물었으나 대답이 없다. 아내 바로 뒤에 가서 어깨를 가벼이 만지며 다시 물었다. 아내가 약간 신경질 부리며 대답 대신 반문을 한다.

"도대체 몇 번 대답해야 할까요? 당신 정말 큰일 났어요!"

어느 미국 잡지에서 읽은 실화 한 토막이다. 그냥 웃어버리기에는 웬일인지 나도 좀 불안한 데가 없지 않다. 나는 교회에서, 회의장에서, 텔레비전에서 간혹 중요한 말을 놓치고는 남들이 웃어대는 이유를 몰라 당황할 때가 있다. 비록 31년간 미국 대학 교단에 섰건만 내 영어가 완벽할

리 없고 더구나 미국 문화와 교감이 다른지라 어쩔 수 없는 경우가 있게 마련이다. 그런데 한국에 와서도 비슷한 일이 간혹 일어나는 것이다.

요새 여자들이 말을 빨리하고 새 낱말이 쏟아져 나오니 어쩔 수 없는 건가? 사실 누구나 완벽하게 듣는 사람은 없다. 청각 전문가들 말에 의하면 대부분 사람들은 전체 문장에서 모든 말을 다 듣는 것이 아니라 흔히 몇 단어를 놓치기도 하는데 우리의 훈련된 두뇌가 문법, 문맥, 상황, 대화자의 입술 등을 고려해서 그 의미를 즉각 재구성한다는 것이다. 그러니 혹시 몇 마디 못 들어도 소통에 별문제가 없다. 사실 나는 필요한 말과 소리를 다 듣고 내가 할 대답을 다 하고 있다고 자부한다.

그런데 이번 여름 미국 집에 가 있는 동안 우려할 만한 일이 생겼다. 친구 부부와 저녁 먹으러 가는 차 안에서 요사이 교포 사회에 대한 이야기를 한국말로 나누고 있었다. 그 부인이 느닷없이 "요사이 비치 가에게 잘 안 나와요" 하고 바닷가 근황을 알려주었다. 이 지역의 유명한 게잡이는 교포 사회의 오랜 자랑거리다. 낚시를 즐기던 나는 자연히 게와 조개, 여러 물고기 이야기로 대화를 이끌었다. 그날 밤 맛있는 해물 음식을 잘 먹고 집에 돌아오자 갑자기 아내가 자지러지게 웃어댔다. 교양 있는 친구 부부가 엉뚱한 대화를 잘 따라왔지만 자기는 속으로 배꼽이 빠질 뻔했다는 것이다. 아내가 들은 말은 이렇다.

"요사이 B씨네가 교회 잘 안 나와요."

나는 드디어 아내의 조용하지만 간절한 호소를 듣기로 하고 청각 시험을 받기로 했다. 멀쩡하다고 믿었던 내 귀의 기능을 심판하기로 했다. 사람의 두 귀는 5감각(시각, 청각, 미각, 촉각, 후각) 중 듣기를 담당하는 청각기관聽覺器官이다. 외이, 내이, 중이, 신경으로 구성되어 있는데, 소리가 되는 신체 외부의 공기 압력 변화를 전기적 신호로 바꾸는 역할을 한다. 청각 경로는 소리가 귓구멍, 고막, 청소골, 달팽이관, 청신경, 그리고 대뇌의 경로를 통해 전달된다. 뇌에서는 수신된 전기 신호를 분석하여 의미를 감지하게 된다. 사람이 들을 수 있는 가청 범위는 나이, 성별, 환경에 따라 변할 수 있지만 소리 높이(음 진동수)는 20헤르츠Hertz, Hz에서 2만 헤르츠라고 한다. 그렇지만 보통 인간의 대화는 250 내지 5,000헤르츠, 소리 크기(음압) 10 내지 50데시벨decibel, dB이라고 한다. 아, 웬일인가! 내 두 귀의 청력도audiogram는 2,000헤르츠가 넘자 나이아가라 폭포처럼 떨어진다. 즉 ㅅ, ㅊ, ㅌ 같은 높은 자음 소리는 옆에 오토바이가 지나가는 소리(100dB)만큼 크게 내야 제대로 들린다는 말이다. 믿을 수 없어 두 군데 더 가서 시험한 결과 똑같은 그림이 나왔다. 알고 보니 갑자기 청각 장애인이 된 것이다. 기막히고 귀 막히는 이야기다.

왜 내가 이런 장애와 한계를 모르고 살았을까? 아니, 정말 모르고 살았을까? 영어에는 듣는다는 의미의 단어가 두 개 있다. 히어링Hearing은 그냥 소리를 듣는 것이고 리스닝Listening은 소리를 말로 듣고 반응하는 것이다. 내게 보청기가 필요하다는 경고는 딸이 오래 전부터 했었지만 그냥 한 귀로 듣고 다른 귀로 흘려보낸 내가 아닌가?

청각검사원의 말에 의하면 대개 사람들이 자신의 청각 문제를 인정하는 데 7년 반이 걸린다고 한다. 청각 장애를 특별히 부인하는 데는 본인의 완만한 무지 혹은 사회적 편견이 있기 때문이다. 약간의 시각 장애로 안경을 끼는 것은 아무렇지도 않고 다른 감각기관의 장애는 다른 사람들이 잘 알 수도 없다. 그러나 말을 잘 못 듣는 것은, 그래서 제대로 답변을 못하는 것은 인간 소통의 기본 문제이다. 어려서부터 잘 듣지 못하는 청각 장애인은 말도 못하는 언어 장애인이 된다. 그러니 사람들은 누구나 난청을 감추려 안간힘을 쓰게 마련이다. 그러나 사람은 모두 육체적 기능에서 완벽하지 않다. 다소의 손상이나 정상적인 활동의 제약으로 본다면 현대인은 모두 다른 수준의 장애인들이다. 장애인은 사회의 보호와 치료를 받을 권리가 있고 또 자기 향상과 당당한 정체성 확립에 대한 책임이 있다.

어떤 청각 한계를 지니고도 그 엄연한 사실을 깨닫지 못하거나 알면서도 덮어버리며 남의 조언이나 충고를 듣지 않는 데는 또 하나의 이유가 있다. 다분히 자신이 또는 자신만이 옳다고 믿기 때문이다. 아무리 좋은 교훈도 그런 사람에게는 한낱 마이동풍馬耳東風이 되고 만다. 듣는다는 것은 그냥 소리(음파)의 물리적 접촉이 아니라 어떤 의미를 지닌 정보의 인격적 수용이다. 즉 잠정적으로 귀중한 뜻을 받아들일 수 있는 겸허한 태도와 열린 마음의 자세다. 바로 살려는 성실성이 있을 때 새롭게 귀를 기울이게 되고 새롭게 들을 수 있는 겸허성이 있을 때 바로 살 수 있다.

구약성서에 보면 야훼 신의 선택을 받았다는 '고집이 센' 이스라엘 백성에게 이사야 선지자는 깊이 통탄하고 있다.

“너희가 듣기는 들어도 깨닫지 못하고, 보기는 보아도 알아보지 못할 것이다.”

후일 예수는 오만하고 위선적인 그들 이스라엘 백성에게 “귀 있는 사람은 들어라” 또는 “들을 귀가 있는 사람은 들어라”라고 외치며 하늘나라의 복음을 전파하다가 억울한 사형을 당했다. 세상에는 귀를 스스로 막고 사는 사람들이 많다. 그런 사람들은 양심이 들려주는 작은 소리를 들을 수 없고, 어머님의 간절한 기도 소리를 놓치고, 불행한 이웃의 한탄 소리에 귀를 막는다. 그들은 종국적으로 불행하다. 바로 살 수 있는 진리를 놓치고 있기 때문이다. 그리고 흔히 그것도 모르고 살고 또 죽고 있기 때문이다.

두어 주 고민하다 나는 콩알만 한 보청기를 금덩어리 같은 돈을 주고 샀다. 감쪽같이 숨길 수 있어 좋은데 오히려 나는 가는 곳마다 새 안경 자랑하듯 새 보청기를 보여준다. 어차피 나는 ‘늙은 병신’이다. 지금 나는 그 정도 솔직하고 귀가 열려 있다. 모두 더 잘 들리느냐고 묻는다. 더 중요한 문제는 내가 들을 수 있는 마음의 귀를 가지느냐에 있다. 우리가 사는 콘도 단지에는 분수가 솟아오르는 세 개의 인공 호수와 높은 나무가 우거진 작은 숲이 있다. 보청기를 끼고 그 길을 걷다 놀라운 일을 알게 되었다. 전에는 분수 모터 돌아가는 웅웅 소리만 들렸는데 이제는 갑자기 ‘찰싹찰싹’ 분수 물 떨어지는 소리가 들린다. ‘쩍쩍 찌르르’ 작고 높은 새소리가 들린다. 천사가 지나가는 부드러운 바람 소리도 들린다.

귀하고 아름답고 신비한 공짜

"세상에 공짜는 없다!"

어느 대중 잡지 속에 나온 제목이다. 사실 인간 세계에 공짜는 없는 듯하다. 모든 것에는 어떤 가격이 붙게 마련이고 그것을 가지거나 누릴 때 그 대가를 치러야 한다. 그냥 준다는 것도 알고 보면 숨은 비용이 있고 나중에 갚아야 하는 의무가 따르는 경우가 허다하다. 심지어 그냥 받는다는 자체가 좋지 않은 것인지 모른다. 그러면 이 세상에 공짜는 정말 없는 것일까?

마음의 문을 열고 밝은 눈으로 세상을 자세히 들여다보면 놀랍게도 우리 삶 주위에는 너무나 많은 공짜가 널려 있다. 그리고 그 공짜들은 그냥 쓸모없는 것들이 아니고 어쩌면 상당히 귀하고 아름답고 신비한 존재이기도 하다. 넘실거리는 바다 위로 장엄하게 타오르는 붉은 태양, 아침 이슬에 젖은 분홍색 장미와 그 향기, 높고 푸른 하늘 위로 배처럼 지나는 흰 구름, 저녁노을 꿈을 찾아가는 새소리, 반짝이는 보석처럼 밤 하늘을 온통 장식한 별들, 볼 수만 있다면 이 모든 것은 공짜다. 그뿐이 랴? 계절 따라 아름답게 피는 꽃들, 춤추는 나비와 벌, 수없는 곤충과 크 고 작은 동물들……. 자연이 주는 그 많은 선물들이 다 공짜다. 공짜는 좋다. 우리 옛말에 "공짜라면 양잿물이라도 마신다"는 말이 있듯이 유 대인 사이에 이런 농담이 있다. "유대인들의 꼬부랑 코가 유난히 큰 이 유는……? 공기가 공짜이기 때문이다"라고. 매 순간 우리가 살아가는 데 꼭 필요한 공기는 공짜다. 원래 물도 공짜다. 다만 사람들이 더럽힌 부분을 청정하는 데 비용이 붙은 것뿐이다.

우리의 생명은 어디서 어떻게 왔는가? 누구나 표를 사지 않고 인생극 장에 입장한다. 누울 자리나 마셔야 할 젖을 미리 구입하지 않고 돌보아 줄 사람을 선정하지도 않은 채 그냥 '응애' 울며 이 세상에 태어난다. 한 번도 본 적이 없는 어머니와 아버지라는 사람들이 밤낮 먹이고 입히고 재우고 놀아주며 길러준다. 출산비, 보육비, 교육비, 의료비, 수고비 등 따지자면 얼마나 갚아야 할까? 그러나 부모의 사랑이라는 이 모든 수고 와 비용은 하나도 지불할 필요 없이 신나게 공짜로 향유한다. 성장하고 훨씬 후에 고마워서, 미안해서, 혹은 불쌍해서 효도라는 이름으로 되갚 는 척하는 사람들이 있으나 부모로부터 받은 모든 것은 원천적으로 원 가가 다 면제되는 공짜 서비스다.

경쟁하고 따지고 싸우는 사회에 나가서도 공짜는 여기저기 숨겨져 있다. 자신이 만들지 않은 여러 공공재와 사회 혜택을 권리처럼 누린다. 남이 꾸며놓은 아름다운 공원을 산책하고 막대한 기금으로 설립된 도서관이나 박물관의 귀중한 자료와 전시품을 쉽게 보고 감상할 수 있다. 시간이 허락하는 대로 전시, 강연, 음악, 명소, 풍경, 경연, 축전 등 좋은 장소와 행사를 대개 돈 안 들이고 즐길 수 있다.

그보다 더 값진 공짜들이 있다. 좋은 스승을 만나 인생을 바로 살아가는 데 필요한 지혜와 용기를 얻을 수 있다. 평생 우정을 나눌 수 있는 벗은 얼마나 귀중한가? 그리고 서로 사랑을 주고받는 애인을 만나는 것은 우리에게 한없는 행복을 안겨준다. 이 모두 돈을 주고 사는 것이 아니다. 돈이 든다면 그것은 진가에 비할 수 없는 소액이고 대개는 너무나 기쁘고 행복해서 마음에서 우러나오는 감사와 사랑의 표시일 뿐이다.

값없는free, 그러나 값진priceless 사랑의 표시는 어느 나라 어느 시대에도 있다. 나는 50년 넘게 미국에서 살아왔다. 미국은 철저한 자본주의 사회여서 극심한 개인주의와 물질주의가 판치는 본고장이다. 시장 경제 체제 속에 거의 모든 것들, 이를테면 사람의 지식, 기술, 지위, 인기, 능력, 명망, 인격, 인간관계까지 상품처럼 평가해 가격을 붙이고 돈으로 쉽게 사고팔아 버리는 곳이다. 친구와 점심을 같이하면서 각자 밥값과 팁까지 따로 계산하는 사회다. 겉으로 미국은 인정도 체면도 없는 야박한 사회다. 그런데 거기에도 공짜가 있다! 미국에서 살면서 나와 아내는 한 푼 안 들이고 각기 세 개의 대학원 학위를 취득했다. 물론 공부를 잘한 점도 있지만 기본적으로 '필요에 따라 주는 장학금' 덕분이었다. 누군가가 장학금을 기부해 우리가 혜택을 본 것이다. 바로 지난달에 우리가 봉직하던 N 주립대학교에 이름을 끝내 숨긴 기부자가 4,500만 달러(약 50억 원)를 기부한 사건이 있었다. 이보다 훨씬 더 큰 기부자는 얼마든지 있다. 큰 사업가가 죽으면 자산의 대부분을 공익사업에 기부하는 것이 상례이다. 표면상 인색하게 보이는 미국인들은 실제 자선 행위, 기부 문화, 자원봉사에서 단연 세계 제1위다. 몹시 짜지만 다른 한편 공짜가 많은 나라다.

미국 사회가 이처럼 관대한 것은 아마도 그 문화 밑에 깔린 기독교 신앙과 가치관에 있다고 보아도 좋을 것이다. 기독교의 진수는 간단하다. 천지를 창조하신 하나님이 죄 많은 이 세상 사람들을 위해 자신의 분신인 예수를 죄의 값으로 희생시키고 그 사랑을 믿고 받아들이는 사람은 누구나 아무런 대가나 공헌 없이 구원을 받는다는 것이다. 이 극진한 사랑을 값없이 받은 사람은 은혜grace를 입었다고 믿으며 감사하고 감동하고 변화한다는 것이다. 은혜는 귀중한 공짜 선물이다. 그 막중한 은혜의 선물을 받은 사람은 감격해서 같은 사랑을 다른 사람에게도 전달하기 마련이다. 아니 감사한 마음에서 스스로 남에게 값없이 그 사랑을 주고 베풀고 나누도록 변화하게 되는 것이다. 사랑은 나눌 때 더욱 풍성해지고 행복과 기쁨과 감사가 반드시 뒤따르는 법이다.

과학 문명이 발달한 현 시대에 황당하게 들리는 예수 이야기를 믿을 수 있을까? 공짜는 가짜가 아닐까? 그런데 왜 미국인의 과반수, 더 나아가 세계 인구 중 21억이 믿고 자를까? 사랑과 은혜는 그냥 지식이 아니라서 과학적 분석보다는 생활 체험을 통해서 가장 현실적으로 감동적으로 알 수 있다. 나는 그런 체험을 한 사람 중의 하나다. 나는 그 은혜를 '새 생명'이란 엄청난 선물로 받았다.

나는 10여 년을 간경화로 신음하다 1996년 10월에는 사경을 헤매게 되었다. 나중에 알게 되었지만 그때 나의 생명은 최장 2주 정도 부지할 수 있었던 위기 상황이었다. 그런데 낯선 사람의 장기 기증으로 이식 수술을 받게 되었다. 그리고 점차 건강을 회복했다. 문자 그대로 공짜로 새 생명을 얻은 것이다.

우리 딸이 인터넷 추적 끝에 소리 없이 죽으며(교통사고) 나를 살리고 간 그 은인을 찾아냈다. 당년 30세의 백인 여성으로 가톨릭 신도라고 한다. 놀라운 것은 그녀 자신도 몇 년 전에 어린 아들의 심장이식 수술로 비슷한 은혜의 경험을 했다고 한다. 큰 은혜를 체험한 사람은 또 하나의 기적적인 사랑을 나눌 수 있었다.

지금 나는 16년이란 인생을 공짜로 살고 있다. 이것은 내가 무슨 값을 치르고 사게 된 대리 생존이 아니고 우연히 얻은 행운도 아니다. 하나님이 나에게 주신 은혜라 믿는다. 그래서 나는 감사하고 행복하고 사랑하고 나누고 싶은 은혜가 있다.

04

사랑

천사의 편지

"여보, 왜 눈물을 흘리고 있어요. 무슨 슬픈 소식이 있어요?"

"아니, 너무 기쁘고 감격적인 편지가 왔어. 당신이 먼저 봐야 돼요."

아내는 다음과 같이 시작하는 두 장이 넘는 이메일을 단번에 읽어 내려갔다.

존경하는 백하나, 김동수 교수님께, 더운 여름을 바쁘게 보내셨을 두 분의 모습을 떠올려 보며, 생명의 주인 되신 하나님께서 두 분의 삶에 더욱더 풍성한 '건강의 축복'을 내려주시길 기도드립니다.

편지를 다 읽고 나서 잠시 서 있던 아내는 뒤에서 잠시 내 어깨를 살짝 잡아주고 살며시 사라졌다.

김주영(가명).

그렇다. 그녀는 늘 고생하면서도 언제나 웃음을 잃지 않는 만년 유학생이다. 그녀를 처음 만난 것은 꼭 10년 전, 그녀가 이웃 대학에서 1년 영어 연수를 마치고 사회사업(사회복지) 공부를 하려고 준비하던 때였다.

김주영 양은 건장한 체격에 맑고 아름다운 눈과 훤한 얼굴을 지닌 경상도 처녀였다. 누가 봐도 맏며느릿감, 아니 목사 부인(사모) 감이라고 할 여자였다. 어수룩하고 순박한 성품에도 불구하고 그녀는 1972년생, 이미 나이가 찬 학생이었다.

한국에서 김 양은 한 피자 지점에서 열심히 일해 책임자로 발탁되고 반년 후엔 금전 관리 외의 실제 모든 일을 도맡아 하게 되었다. 그 과정에서 많은 손님 중 신체 장애인들에게 특별히 친절을 베풀었다. 그러고는 지점장을 설득하여 농아 2명씩을 뽑아 시간제로 접시 닦는 일과 청소 일을 맡기게 했다. 농아들이 열심히 일하는 본을 보이자 다른 피자 지점에서도 장애인 채용 정책을 쓰게 되었다. 다른 장애인들을 여러 지점에 주선, 배치하면서 김 양은 이들을 좀 더 근본적으로 돕기 위해서는 자신이 사회복지 공부를 해야 된다고 믿게 되었다.

1997년 무더운 여름, 김 양은 부모의 만류를 뒤로하고 미국 유학의 길에 올랐다. 그동안 저축한 학자금과 아버지로부터 따낸 '시집갈 돈'으로 2년은 겨우 버틸 수 있겠으나 그 후의 학비와 영어가 문제였다. 그러나 김 양은 '좋은 뜻으로 가는 길에 하나님의 축복이 있으리라'는 소박하고 막연한 신앙으로 무장하고 왔던 것이다. 우리 부부가 봉직하는 N대학교 사회사업 학사 과정 1학년으로 입학시키면서 염려가 적지 않았다. 그리 젊지도 않은 나이에 짧은 영어로 총 120학점 4년 과정을 다 마칠 수 있을까? 우리는 도중에 좋은 남자를 만나 결혼하고 행복하게 살기를 은근히 바랐다. 그러나 김 양은 한인 가게에서 아르바이트를 해가며 전 과정을 3년 반 만에 우수한 성적으로 마쳤다. 그래서 특별히 장하고 자랑스러운 우리 제자가 되었다.

김 양은 '더 값진 삶'을 준비하기 위해 공부를 계속하기로 결심했다. 이틀이나 걸리는 중부의 큰 주립대학교로 임대 트럭을 몰고 혼자서 이사를 갔다. 모두 이 노처녀의 무용담에 놀랐으나 김 양은 오히려 "예수님과 동행해서 괜찮았습니다'라고 안심시켰다. 거기서 어려운 2년 사회사업 석사 과정을 1년 반 만에 마쳤다. 그러고는 다시 동부로 와서 1년간 선교 기관에서 사회사업 전문 실습 겸 자원봉사를 했다. 그녀의 능숙한 피아노 솜씨와 구수한 이야기가 인기였다. 거기서 많은 지적 장애아와 신체 장애인들을 만나며 간호사 지식이 필요하다고 느끼게 되었다.

그즈음 아내가 미국 시민권자인 노총각 조카를 소개했다. 키도 크고 돈도 잘 버는 약사 정도면 노처녀 고학의 어려움을 종식시킬 능력이 있다고 생각했던 것이다. 그런데 그 조카가 보기 좋게 딱지를 맞았다. 그 이유가 기막히다. "앞으로 신체 장애아를 둘 정도 입양할 계획이고 그런 사람들을 위하여 살 것인데 동참할 수 있느냐?"는 김 양의 첫 질문에 조카는 말이 막히고 말았다. 두 번째 질문은 들을 기회조차 없었다. 그 후 김 양은 동부 명문 대학 간호학과에 입학해 2007년 8월부터 간호학 부과정BSN_RN을 시작하는 것이다. 즉, 사회복지사와 간호사의 기술을 함께 갖추고 어려운 장애인들을 위해 헌신하겠다는 것이다. 아내와 나는 "주영이는 너무 착해서 평생 고생하겠어" 하며 아쉬워했다.

그런 중에 김 양에게 적당한 상대가 나타났다. 오래전부터 가까이 지내는 친구 최 교수의 큰 조카가 근처 도시에서 한의사로 있는데 봉사 정신이 투철한 여자를 구한다는 것이다. 첫 질문에 합격할 자격이 있는 후보자다 싶어 지난달 긴 편지를 김 양에게 보냈다. 아끼는 스승으로서 인생이 어쩌고 결혼이 어쩌고 충고까지 겸해서 편지를 보낸 것이다. 그런데 두 달 후 이런 실망스러운, 아니 자랑스러운 회답이 온 것이다.

이미 저에게는 사랑하는 사람이 있습니다.
이번 12월이 되면 그 사람을 만난 지 3년이 됩니다. 예전에 제가 전해드린 시집의 저자, 전신 마비 장애인, 이석운(가명) 형제입니다.

이석운 '형제'라! 어렴풋이 기억이 난다. 그녀보다 다섯 살 정도 위인 그는 척추 손상으로 인해 어깨 이하로는 전혀 움직일 수도, 느낄 수도 없는 전신 마비자다. 16년간 몸을 사용하지 못해 몸의 근육 대부분이 수축되어 있는 상태며, 특이 심장과 폐의 근육이 많이 얇아진 상태란다. 심장 근육은 마치 종이처럼 얇아져 있기 때문에 정상 혈압을 유지할 수 있는 심근 운동을 할 수 없다. 혈압을 상승시키는 약을 먹지만 너무 오래 복용하다 보니 아무런 효과가 없다고 한다. 어지러울 때는 수시로 배를 눌러 배에 있는 피가 머리로 올라가도록 해 혹시 산소 부족으로 기절할 경우 뇌 손상을 방지 하도록 힘쓴다고 한다. 의자에 앉아서 식사

할 때가 가장 힘들다고 한다. 음식물을 섭취하고 나면 위장으로 피가 몰려 심하게 어지럽기 때문이다. 하루에 의자에 앉을 수 있는 시간은 4~5시간 정도이며, 컨디션이 나쁠 때(즉, 혈압이 많이 낮거나 욕창이 생겼을 때)는 하루 종일 침대에 누워서 지내야 한다.

2004년 12월 31일 석운 형제를 병원 중환자실에서 처음 뵈었습니다. 처음 뵈었을 때는 거의 다시 의자에 앉기 힘들 거라고 의사들이 말했었습니다. 그날부터 이 땅에서의 그의 삶이 얼마나 더 이어질지는 모르지만, 시간이 나는 대로 가서 돕겠노라고 결정하고 매일 석운 형제를 방문했습니다. 2005년 5월이 지나면서 조금씩 건강을 되찾아서 짧게나마 의자에 앉기 시작하였고, 매일 방문하는 가운데, 이 형제님께 필요한 것이 '희망'이라는 것을 깨닫게 되었습니다. 가냘프고 가난한 희망이 그의 귀중한 생명을 지켜내고 있었습니다. 아무것도 할 수 없는 육신 속에 갇혀 지내는 그분, 자신의 존재를 인정해주는 그 누군가가 필요한 분이었습니다. 그리고 내가 기쁜 마음으로 그 '누군가'가 되고자 합니다. 저와 함께 기뻐해 주세요.

감동의 눈물이 나의 마음을 적신다.

저는 구태여 결혼이라는 단어를 사용하지는 않았지만, 어느 날 초저녁에 그분의 생명이 있는 동안 제가 그분의 애인이나 친구로서 옆에 있겠노라고 약속을 했고 제 마음도 확실하게 굳어졌습니다. 우리 두 사람은 이 세상에 아무것도 없습니다. 그러나 사랑으로 뭉쳐진 삶의 반려자로서 우리는 가장 귀한 것을 소유한 셈입니다. 저는 매일 너싱홈Nursing Home에 아침에 잠깐, 그리고 오후에 3~4시간을 방문합니다. 늘 직원들의 수가 부족하다 보니 요즈음은 그 형제를 위하여 그곳 간호사들이 하는 일은 거의 다 제가 하고 있습니다. 폐의 이물질을 제거하는 흡인기suction와 좌약기suppository를 사용해 변을 빼내는 일은 제가 합니다. 시간을 넘기면 많은 고통을 겪는 것을 여러 번 본 이후로 항상 제가 점검하며 돌보고 있습니다. 그분의 고통을 덜어드리는 나의 일은 수고가 아니라 보람 있는 기쁨입니다.

아, 너무나 착하고 아름다운 주영! 스승이라는 우리는 무엇인가? 다른 사람들을 위해 무엇을 했나? 벅찬 감격과 감사, 그리고 한편 각성과 가책감이 나를 사로잡는다.

첨부한 사진이 두 사람의 기쁨을 대변한다. 넓고 푸른 잔디밭에 석운 씨는 창백하지만 웃는 얼굴로 전동 의자에 앉아 있고 그 옆에 김 양이 하얀 백합처럼 활짝 웃으며 서 있다. 얼마나 깊은 평화가 거기 있는가! 김 양의 편지는 다음과 같이 끝을 맺는다.

부모님은 저의 결정을 아직 모르십니다. 그냥 제가 결혼을 하지 않는 것으로 알고 계신데, 제가 공부를 마치고 경제적으로 좀 더 자유로워졌을 때 말씀을 드리려 합니다. 졸업을 한 후에는 간호사와 사회사업 일을 병행해서 일을 하고 싶습니다. 비록 외롭고 쉽지 않은 일임을 매

일매일 느끼지만, 생명을 살리는 일에 한 번뿐인 저의 인생을 투자한다
는 것이 참으로 가치 있는 일이라는 저의 믿음에는 변함이 없습니다.
저는 그 믿음 때문에 오늘도 행복합니다. 그리고 늘 행복할 것입니다.
교수님의 사랑에 늘 감사드리며…….

제자 김주영 드림.

그녀 편지 속에는 자기중심이라는 소음이나 이기주의라는 잡음이 전
혀 없다. 다만 사람을 살리는 사랑의 소리가 맑게 울릴 뿐이다. 나는 그
소리를 담은 천사의 편지를 본 것이다. 눈물이 내 눈의 호수를 채우는
것이 아닌가?

천사의 편지 이후……

우리는 부활을 믿는가? 사랑이 사람을 다시 살릴 수 있다는 기적을
믿는가? 천사를 처음 만난 지 8년 후 이석운(가명) 씨는 점점 새 희망을
찾고 다시 살아나서 작년(2011년)에 한국 K 사이버대학교 미디어문예
창작학과에 입학해 희망찬 학업에 몰입하고 있다. 눈동자의 움직임을
감지하는 센서가 부착된 안경으로 컴퓨터를 작동하여 레포트와 메일을
작성하고 있다. 첫 학기에 7과목, 2학기에 5과목을 뛰어난 성적으로 이
수해 우수 장학생이 되었다. 컴퓨터와 인터넷 덕에 세상과 소통하고 온
라인으로 강의를 듣는 공부가 지금 그의 삶의 열정의 원천이 되고 있다.
하지만 그에게는 먼저 처절한 절망에 좌절하지 않는 신앙이 있었고, 보
이지 않는, 아니 보이는 천사가 뒤에 있었던 것이다.

영혼의 속삭임

그녀를 보자 나도 모르게 창백한 입술에 살며시 내 입술을 얹었다. 다음 순간 나는 벅찬 감정에 사로잡혀 와락 그녀를 껴안고 격렬한 키스를 퍼부었다. 그녀도 나의 격정을 단숨에 삼켜버렸다. 한 순간이 영원 속의 불꽃처럼 숨조차 쉴 수 없이 뜨거운 사랑에 모두 타버렸다.

잠시 후 천사같이 하얀 그녀를 다시 보았을 때 그녀의 상기된 얼굴에는 몇십 년 쌓인 그리움이 절절히 흘렀고 안경 속 맑은 눈 가에는 이슬이 맺혀 있었다. 나는 아무 말도 할 수 없었다. 그녀도 아무 말이 없었다. 다만 눈을 감고 수줍은 미소를 짓고 있었다. 너무나 아름다운 이 순간, 나는 찬란한 이 일순을 어떤 귀한 진주의 섬광에도 비할 수 없었다.

내가 아직도 그녀를 잊지 않고 있었나? 내가 몰래 그녀를 그리워하고 있었나? 내가 진정 그녀를 사랑하고 있었나? 나는 나 자신을 속이고 있었나? 그 놀라운 꿈에서 깨어나자 나는 섬뜩해서 나를 들여다보았다.

풀 수 없는 감정의 긴 실타래가 내 상식을, 내 체면을, 내 인격을 마구 헝클어뜨리고 훌쩍 떠나버렸다. 그녀는 푸른 하늘에 하얀 달처럼 정결하고 외로웠다. 그녀는 음악과 시를 좋아했다. 나는 그녀가 좋아하는 모든 것을 좋아하게 되었다. 아픔을 안고 아름다운 삶의 꽃을 피우며 사는 여인.

거의 잊고 있었던 오래전의 이야기다. 내가 그녀를 처음 만난 곳은 34년 전 어느 초가을, 버지니아의 한 바닷가에서였다. 아내와 함께 해변을 거닐다 우연히 중년 한국인 부부와 마주친 것이다. 그녀는 한국에서 간호 대학 교수를 지냈고, 남편은 내과 의사였다. 바닷가를 걸으며 한참 이야기를 나누다 우리는 단번에 가까운 친구가 되었다. 친해지고 보니 너무나 아름다운 사람들이었다. 유별나게 정직하고 순박했다. 미국 의사로서는 소박한 주택에 자녀도 없었다. 두 집이 만나면 늘 단란한 마음의 잔치를 차리고 기쁨을 술잔처럼 나누었다. 취하고 보니 두려울 것도 숨길 것도 없었다. 그들의 강렬한 사랑의 위대한 승리도 어찌 축하하지 않을 수 있으랴! 그녀와 남편은 친사촌 간이었다.

긴 세월이 흐른 1993년 봄, 운명의 시간이 그들에게, 아니 우리에게 다가왔다. 오랜 고민과 준비 끝에 그들은 풍족하고 안락한 미국 생활을 버리고 먼 러시아 땅으로 의료 선교사로 떠났다. 그녀의 끈질긴 기도와 설득이 남편을 움직였던 것이다.

그들은 러시아 동북 도시 하바롭스크Хабаровск에 가서 하나님의 사랑을 몸으로 전하기 위해 춥고 가난한 이방인의 수고와 고생을 다해야 했다. 그러나 21개월 후에 그녀는 사랑하는 남편과 함께 자주색 나무관에 실려 고향 아닌 고향, 버지니아 비치로 돌아왔다. 지역 한인 사회에서는 부부 장례를 치르며 억만 가지 의문과 슬픔으로 가득했다. 그들이 돕던 북한 벌목공들이 살해했다는 추측이 답변의 전부였다. 그 당시나의 충격과 비애는 절벽처럼 높았고 바다처럼 깊었다.*

나는 가볍게 흔들리는 기내에서 어젯밤의 신비한 만남을 되새겨 본다. 17년 전 비참하게 가버린 사람! 그녀를 만난 순간 옆에 누가 있었는지 지금 나는 알 수도, 알 필요조차 없다. 순수한 사랑의 감동이 우리의 영혼을 사로잡을 때 도덕의 잣대란 무의미한 것을 나는 안다. 인간적인 모든 사슬을 벗어난 아름다운 사랑! 그녀도 그것을 알고 있었으리라. 참다운 사랑은 망각을 넘어, 이별을 넘어, 죽음을 넘어 자라고 꽃피고 열매를 맺는 법이다.

지금 나는 하늘을 날며 다시 그 꿈을 좇다 미치 앨봄Mitch Albom의 『모리와 함께한 화요일Tuesdays with Morrie』 마지막 부분을 읽고 있다. 루게릭병으로 서서히 죽어가는 노스승 모리 슈워츠Morrie Schwartz 교수가 옛 제자 미치에게 속삭인다.

"우리가 서로 사랑하고, 우리가 가졌던 사랑의 감정을 기억할 수 있는 한, 우리는 진짜 우리를 기억하는 사람들의 마음속에 잊혀지지 않고 죽을 수 있네. 인생에서 너무 늦는 일 따윈 없네."

모리 교수가 지금 나의 귀에 타이르는 듯하다. 그보다 내가 그의 사그라지는 육신의 옷을 걸치고 사랑하는 사람에게 속삭이고 있지 않는가? 그렇다! 사랑하는 일에 너무 늦은 일이란 없다. 불가능도 있을 수 없

다. 참사랑은 언제나 현재형이고 능동태이다. 나는 앞이 어두워 안경을
벗고 젖은 눈을 닦는다.

긴 침묵이 흐른다. 나를 태운 이 비행기는 가볍게 흔들리며 날고 있
다. 나의 마음도 한없이 날고 있다. 나는 눈을 감고 어젯밤 나를 찾아와
준 그녀에게 한없는 기쁨과 감사와 사랑을 보낸다. 조용히 온몸으로 속
삭이며.

그리움 폭포처럼 쏟아지는 날

내 마음 흥건히 젖고

출렁거리는 가슴 위에

어제가 울고 있다

벗이여!

하얀 달처럼 외로웠던 나의 벗이여!

방울방울 맺힌 눈물

빛나는 꽃가루 되어

세상 어디 가는 곳마다

향기 날리며.

❋ ❋ ❋

* 그 후 그들의 순교사 자료를 수집하여 책으로 출간했다(김동수 편저, 2000, 『러시아 땅에 떨
  어진 두 밀알』. 타이드워터 한인침례교회).

동토에 떨어진 두 밀알

에리나의 장미 길

차고 문이 열리자 에리나Erinah는 행복한 미소를 짓는다. 오늘도 기대에 벗어나지 않게 흰 장미 한 송이가 유리병 속에서 웃고 있다.

에리나가 차고 앞에 놓였던 꽃병을 집 안에 들여놓고 아무 일도 없었던 것처럼 달려가는 곳은 세븐일레븐 지역 사무실이다. 사무실에 들어서기가 무섭게 어제의 판매 실적과 보급 실태를 점검하고 간부 회의에 들어간다. 회의는 길고 통례적이지만 보급 매니저인 그녀의 발언은 필수적이다. 12개 관할 점포의 진로가 다분히 그녀의 결정에 달려 있기 때문이다. 그녀는 하루 종일 웃을 시간도, 숨 쉴 시간도 없다.

그녀는 오래전에 이혼한 중년 여성이다. 비록 몸은 가냘프지만 그녀는 당당하고 성공한 남자 같은 여자다. 바지를 즐겨 입는 비즈니스맨, 그녀의 아름다운 미모는 그냥 플러스 알파. 그녀는 가끔 혼자 하소연하고는 실소한다.

'나는 따뜻하게 나를 돌보아 줄 아내가 필요해!'

아내도 남편도 없이 쳇바퀴 같은 에리나 삶에 불현듯 장미꽃이 피기 시작했다.

어느 날 아침 출근길이었다. 차고에서 차를 빼다 무엇엔가 걸린 듯싶어 살펴보니 하얀 꽃병이 깨져 있다. '어떤 멍청이가 남의 집 차도에 병을 놓았을까?' 화를 내기보다 바쁜 김에 그냥 사무실로 달려갔다. 하루 종일 정신없이 지내다 집에 와서야 아침 일이 생각났다. 그런데 웬일일까? 하얀 콘크리트 차도가 깨끗이 청소되어 있었다.

다음 날 아침 차를 빼기 전에 혹시나 해서 뒤를 돌아보니, 아차, 고운 장미 한 송이가 든 꽃병이 있지 않은가. 꽃도 꽃병도 예쁘다.

'누구의 장난일까……. 누구를 위한 꽃일까……?'

그녀는 우선 꽃을 방에 가져다 두고 다시 낭만 없는 현실 세계로 달려 갔다. 이 희한하고도 아름다운 사건은 다음 날도, 그 다음 날도 계속되었다. 한 달이 넘도록 수수께끼는 풀리지 않았지만 썰렁했던 집 안이 가지각색의 장미꽃으로 장식되어갔다. 그녀에게는 궁금증만큼 고마운 감정이 자라났다. 아침마다 꽃을 가져다주는 그 마음은 얼마나 아름다울까. 그 꽃을 받아야 할 대상(?)은 얼마나 행복할까. 혹시 내가 그 대상이 될 수 있을까.

그 장미꽃 비밀이 풀린 것은 두어 달 후 어느 주말 블록 가든 파티에 서였다. 동네 사람들끼리 웃음과 음식을 나누는 화기애애한 자리였다. 우연히 옆집 유진Eugene 영감과 자리를 같이하게 되었다. 이 노신사는 1년 전에 하늘나라로 떠난 친구 미셸Michelle의 남편이다. 미셸은 에리나보다 6살이나 위지만 모든 것을 나누던 절친한 벗이었다. 종종 손수 만든 애플파이를 낮은 담 너머로 건네주며 수다를 떨던 사랑스러운 여인이었다.

유진 영감이 넌지시 웃으며 말을 건넸다.

"혹시 작은 꽃병 몇 개 빌려줄 수 있어요? 몇 개라도 좋아요."

에리나는 깜짝 놀랐다.

"아차, 바로 당신이었구려! 아, 짓궂은 사람!"

그녀가 소리를 질렀다.

"뭘요?"

"시치미 떼지 말고 고백하세요! 당신 집 꽃병이 다 우리 집에 쌓여 있어요. 싱거운 사람!"

"고백하지요. 내 마음도 거기 가 있어요. 꽃병은 돌려주겠습니까?"

그날 두 사람은 얼마나 웃었는지 모른다. 물론 유진은 싱거운 사람이 되었지만 그녀는 그 영감이 밉지 않았다. 매일 아침 노인의 신선한 장미는 하얀 차도에, 아니 그녀의 차가운 가슴에 계속 전달되었다.

유진은 버지니아 주립 농업환경연구소에서 35년간 일하다 몇 년 전에 은퇴한 거구의 남부 신사다. 농부처럼 순진한 사람으로 코끼리가 그의 평생 별명이다. 뒤뜰에 온갖 꽃과 화초를 기르는 것이 가장 즐거운 취미다. 아내 미셸이 병원에 있는 동안 그는 정성을 다해 그녀를 돌보았다. 그때도 매일 싱그러운 장미를 꺾어 그녀 병상에 가져다주었다.

어느 날 병문안 온 에리나 손을 꼭 잡고 미셸은 조용히 속삭였다.

"유진을 잘 돌봐 주어요. 착한 사람이에요."

"물론이지요. 아무 염려 말고 빨리 나으세요."

그때의 대화가 무슨 의미를 품었었는지는 며칠 후 그녀가 임종하고 나서야 에리나의 슬픈 가슴에 서서히 젖어왔다. '돌보아준다? 그건 아니다. 사랑하던 친구의 남편을? 12살 연상의 노인을? 그건 아니다. 그 대화는 신과 나만이 아는 비밀이다!'

그러던 어느 날 에리나는 큰 교통사고를 당했다. 그녀는 인근 병원 중환자실에 누워 있었다. 그날부터 장미 배달은 병실로 바뀌었다. 다행히 에리나는 놀라울 만큼 빨리 회복되어갔다. 그녀의 마음이 차차 장미 배달부에게로 향했다. 하얀 코끼리 같은 영감이 환자복을 입은 여인에게 속삭였다.

"에리나, 살아나서 고마워요. 미셸이 떠나기 직전에 나에게 부탁한 말이 있어요. '착한 에리나를 잘 돌보아 주라'고. 내가 그럴 수 있다면 얼마나 행복할까요? 에리나, 진정으로 사랑해요."

화장기 없는 여인의 눈가엔 행복감에 젖은 눈물이 맺혔다.

퇴원 후 두 달 만에 두 사람은 교회 사회관에서 조촐한 결혼 피로연을 베풀었다. 두 사람을 아끼는 많은 친구들이 그들의 결합을 축하해주었다. 나와 아내는 오랜 친구인 두 사람의 재혼이 너무나 기쁘고 감사했다.

새로 핀 꽃 같은 코리안 신부는 바로 옆집으로 이사 겸 시집을 갔다. 에리나는 일생 처음 행복이라는 것을 알게 되었다고 눈물 어린 고백을 했다.

얼마 후 그녀는 이제껏 몸담았던 좋은 직장을 그만두었다. 남편의 권유도 있었지만 사실 그녀는 심신이 지쳐 있었다. 유진은 본시 상당한 재

산을 물려받은 외아들이었다. 신부를 위해 은빛 렉서스 차를 새로 들여
오고 온 집을 새로 꾸몄다. 새 가정은 장미꽃밭처럼 향기로웠다.

그해 초겨울 행복한 부부는 먼 여행길에 나섰다. 두 달간 하와이, 오
스트레일리아, 뉴질랜드, 파푸아뉴기니 등 여름 나라로 신혼여행을 떠
난 것이다. 그들은 가는 곳마다 아름다운 풍경이 담긴 그림엽서를 보내
왔다.

그런데 웬일인지 한 달이 지난 후부터 소식이 끊어졌다. 얼마 후에
짧은 편지가 날아왔다. 뉴질랜드 남부, 어느 조용한 섬에서 휴양하고
있다며 에리나의 사고 후유증이 도져서 당분간 더 여행을 할 수 없다고
했다.

그리고 다시 한 달 후에 한 장의 그림엽서가 왔다. 넓은 산호색 호수,
백설을 얹은 높고 푸르른 산줄기, 거기서 길게 흘러내리는 실 같은 폭포
줄기들, 그야말로 환상적인 파라다이스 본향이다. 그 뒷장에는 짧은 글
귀가 새겨져 있다. 하얀 대리석의 슬픈 비문처럼.

유진이 키운 장미가 보고 싶어요. 마지막으로.
—영원한 벗, 에리나.

뉴질랜드의 한 폭포

몸과 마음을 치료해주는 곳

자비심

모두 죽은 듯 조용한데 내 뒷자리에 앉은 여자의 요동이 유난히 심하다. 슬쩍 돌아보니 여자가 흠칫 놀라서 물러앉는다. 내 어깨너머로 내 것을 넘보는 게 틀림없다. 조금 있자니 다시 몸을 앞으로 옆으로 움직이며 또 내 답안지를 훔쳐보는 것이 아닌가! 이 여자를 어떻게 막아낼까? 이 가파른 계단식 강의실에서는 마음만 먹으면 앞사람 가슴까지 들여다볼 수 있다.

"왼손 좀 비켜주세요. 아니 더 밑으로, 밑으로……."

속삭이지만 당당하게 말하는 소리. 여자는 더 대담해져서 자기 부정 행위를 위해 특별 주문까지 하는 것이 아닌가? 화가 난다기보다 어이가 없다. 왜 답안지는 이렇게 크고 긴 종이로 만들었을까? 감추려는 남자와 벗기려는 여자의 황당한 게임은 첫 시간부터 시작되었다.

화장실에 다녀오는 복도에서 낯선 숙녀의 정중한 인사를 받았다.

"정말 죄송합니다. 용서하세요. 이 시험에 제 운명이 달려 있어요."

이 아름다운 숙녀가 바로 내 뒤의 나쁜 여자라니. 여자가 말을 이었다.

"보스턴에서 저의 약혼자가 2년째 기다리고 있어요. 제가 이 시험에 실패하면……."

여자가 눈물을 살짝 닦으며 다급히 설명을 붙인다. 기다리는 2년 동안 매번 문교부(현 교육과학기술부) 유학 시험을 치고 있는데 이번이 마지막이라고 한다. 이 시험에도 실패하면 자기 결혼의 꿈은 완전히 끝난다는 것이다. 그냥 유학 시험이 아니라 두 사람의 운명이 달린 인생 문제다. 내 마음이 무거워진다.

"도움을 드릴 수 없어 안됐습니다. 저도 어렵게 처음 보는 시험입니다."

"그것도 운이지요. 그냥 자비심으로 도와주세요."

강의실에 앉은 300명이 넘는 수험자들은 모두 한국의 미래를 이끌어 나갈 젊은 엘리트들이다. 1960년 봄, 아직 전쟁 공포와 빈곤을 벗어나지 못한 나라에서 빨리 유학 가는 것만이 살길이다. 나도 이 시험에 떨어지면 군 제대 수속과 입학 시기 때문에 결국 1년을 허송해야 하는 운명이다. 국사 시험은 벼락공부로 어느 정도 준비되었다지만 영어 시험은 전혀 자신이 없다. 긴장과 초조감이 내 등골을 졸인다. 등골 너머 그 여자의 부드러운 공격도 매 시간마다 정도가 높아간다. 그녀의 눈물 어린 얼굴이 시험지에 어른거려 협조는 하지 않아도 재주껏 알아서 하도록 방임 정책을 쓰기로 마음먹었다.

오후 마지막이 가장 중요한 이해력comprehension 시험이다. 히어링(듣기)이 안 되기 때문이다. 모두가 긴장하는 눈치다. 장발의 어느 미국인이 저 아래 교단에서 큰 소리로 책을 읽기 시작한다. 두 귀를 곤두세우고 들어도 무슨 이야기인지 이해할 수 없다. 앞이 캄캄하다. 이럴 때 기도해야 하는 것이 아닐까? 그런데 답안지 문제들을 자세히 들여다보니 '아하' 해답의 실마리가 보인다. "왜 스미스 가족이 전처럼 기차 여행 대신 자동차 여행을 떠나게 되었는가?" "왜 미국은 슈퍼하이웨이를 계속 건설하는가?" "앞으로 25년 내 미국과 다른 선진국의 장거리 여행은 어떻게 달라질 것인가?" 등등으로 상식의 문제다. 그런데 그 책에서 제시한 답이 무엇인지 알아듣지 못했으니 정답은 여전히 미지수다.

온 강의실이 한숨 소리로 채워진다. 답안 쓰기를 포기한 듯 대부분 실망에 찬 눈동자들이 허공을 헤맨다. 나는 넓은 축구장에서 혼자 공을 차는 기분으로 달리기 시작했다.

……라고 생각할 수 있지만 내 생각에는 ……라고 믿는다.

이런 가능성, 저런 가능성도 있겠지만 나는 차라리 ……라고 생각한다. 왜냐하면…….

나의 사이비 영어 답변이 거침없이 골대로 달린다. 내 바로 뒤에 쫓아오는 선수도 신나게 달린다. 에라! 우리는 운명을 같이하는 한 팀이다. 답변이 다 끝나자 숫제 답안지를 앞에 들고 점검해본다. 뒤 선수의 달리는 연필 소리가 주위의 관객을 놀라게 하는 모양이다.

"답안지 내려놔요. 뒤에서 보입니다."

가슴이 덜컹했다. 시험 감독관의 주의다.

"아, 예, 눈이 아파서……."

척척 거짓말하는 나의 '위다 한' 도덕성! 감독관 네 명이 계단을 오르내리지만 나의 오르내리는 답안지를 막지 못하고 시험은 다 무사히 끝났다. 경기는 이긴 모양인데 나의 자존심은 초라한 패자의 깃발을 들고 있다!

"너무 기대 마세요. 제가 엉터리 답을 썼어요."

머뭇거리며 나를 기다리는 그 여자에게 한마디 던지고 달아났다. 내 양심을 팔아먹은 그 자리를 빨리 벗어나고 싶었다.

시험 결과를 발표하는 날이다. 꼭 한 달 만이다. 예전 중앙청 건물 왼쪽에 위치한 이층 가건물인 문교부 앞 게시판 앞에는 많은 사람들이 자기 수험번호를 찾느라 바쁘다. 나도 '국사 시험 합격자 명단' 게시판에 다가갔다. 앗, 웬일인가?! 60개도 넘는 번호를 몇 번 오르내리며 살펴도 내 수험번호는 없다. '국사 시험이 안 되다니!' 떨리는 마음으로 영어 시험 게시판으로 갔다. 거기에도 종래 내 번호는 없다! 꼭지 풀린 풍선처럼 내 온몸에서 기운이 싹 빠져나간다. 내가 마땅히 받을 응보다! 역시 군 복무 3년*을 꼬박 채워야 하는 운명인가 보다. 그래도 나는 젊다. 초판에 어떻게 요행을 바랄 수 있나. 그러면 내 뒤 그 여자는……? 혹시 나의 잘못된 답안을 잘못 베껴서 합격하지는 않았을까? 그녀의 수험 번호를 알 리 없다.

　신이 나서 한잔하러 가는 패거리와 풀이 죽어서 걸어가는 슬픈 무리 사이에 끼어 나가다 아쉬움에 다시 뒤를 돌아보니 저편 문교부 건물 앞 왼쪽에 또 하나 게시판이 보인다. 거기에도 몇 사람이 웅성거리고 있다. 무슨 특별한 공시가 나와 있을까? 혹시나 해서 다시 발길을 돌려 그곳으로 서서히 다가갔다. 거기에도 무슨 번호가 잔뜩 있어 살펴보니 내 수험 번호가 나를 기다리고 있지 않은가!? 몇 번 보아도 내 번호가 틀림없다! 번호 위에는 '국사, 영어 시험 동시 합격자 명단'이라고 적혀 있었다.

＊　＊　＊

* 당시 군 복무 기간은 30개월이었으나 유학 시험 합격자는 출국 수속을 위해 12개월만 복무
　하면 곧 귀휴 조치를 받을 수 있었다.

죄 많은 여인

"제가 허먼, 허먼 스미스Herman Smith입니다. 반갑습니다."

거칠고 큼직한 노인의 손이 내 손을 꽉 잡고 흔들었다. 그 뒤로 더 큰 손이 나를 압도했다. "제가 잭입니다. 스미스 씨의 아들입니다" 하며 한 젊은이가 픽 웃었다. 전형적인 미국 농부처럼 어수룩하고 착해 보였다. 3주 전 스미스 씨는 아들이 한국 여인을 아내로 맞이했다며 예배 후에 꼭 자기 집에 가서 점심을 같이하자고 했었다.

나는 그 당시 신학 대학원생으로 목사가 없는 펜실베이니아 주 서남부 지역 교회 초청을 받아 주일마다 아침 예배를 인도하고 있었다. 대부분 한적한 시골 동네의 작은 교회들은 교인이라야 고작 50~60명의 노인들과 부녀자가 대부분이었다. 200년도 넘었을 교회 뒷마당에는 여러 모양의 비석 아래 그들의 부모, 조부모, 증조부모, 친척들이 묻혀 있다. 그들은 먼 후일 부활할 때 교회에 가까이 묻힌 사람들이 제일 먼저 승천

한다는 소박한 믿음을 가지고 있다. 그곳 사람들이 순진하고 인정이 많았지만 고등 교육을 받은 정규 목사가 부임하기에는 너무나 초라하고 가난한 곳이다. 이날 내가 방문한 베이커스필드Bakersfield 교회도 바로 그런 교회 중 하나였다.

예배를 마치고 나서 스미스 영감의 낡고 큰 차에 올라탔다. 잭은 나에게 '킴'은 예쁘고 동갑내기인데 자기보다 훨씬 더 스마트하다고 자랑했다. 스물여섯이라는 그는 나이보다 어리고 좀 엉성해 보였다. 옆에 있던 시어머니는 킴이 김치를 잘 만들어 '김치 샌드위치'를 즐긴다고 했다. 세상에, 김치 샌드위치라, 도대체 어떻게 만드는 음식일까.

시골길을 잠시 달려 큰 농가 앞에 도착하자 개들이 마중하듯 일제히 짖어댔다. 그때 검은 머리의 한 동양 여자가 뛰쳐나왔다. 킴이 틀림없다. 허리를 굽혀 나에게 인사를 했다. 그런데 아차, 그 여자는 얼굴이 검게 타고 몸이 마른 40대로 보이는 전형적 한국 시골 아줌마였다. 나는 놀라고 당황스러웠다.

어두컴컴한 안방에 들어가자 아이스티가 나오고 곧 점심을 먹게 되었다. 한국인 며느리가 큼직한 접시에 삶은 감자와 잭의 손바닥보다 더 큰 스테이크를 날라 왔다. 샐러드와 삶은 옥수수, 김치. 참으로 풍성하면서도 희한한 점심 대접이었다. 영감 부인은 김치 조각을 스테이크에 얹어 먹었다. 각자 칼질을 하며 킴의 요리 솜씨를 칭찬했다. 킴은 식사 내내 아무 말이 없었다. 요리 솜씨라야 김치 외에는 그저 굽고 삶은 것밖에 없으니 무슨 말을 하랴. 아니 킴이 영어를 전혀 못하는가? 디저트를 나누며 모두가 킴 이야기를 하는 동안에도 그녀는 시선을 피하며 아무 말이 없었다. 잭 부모는 킴이 꽃 도매상에서 일을 해서 살림도 보태고 고향의 형제도 돕는다고 칭찬했다. 역시 킴은 아무 대꾸가 없다. 혹시 벙어리인가 싶었다. 그 집을 떠날 때 그녀가 간신히 한국말로 내 전화번호를 물은 것이 전부였다.

비밀

며칠 후 '김현경'이라는 낯선 여자로부터 장거리 전화가 왔다. 이야기를 하다 보니 킴이었다. 현경 씨는 무척이나 미안해하면서 이야기를 풀어냈다. 고향은 대구 근처의 시골인데 집안이 무척 가난해서 어려서부터 미군부대 근처에서 일했다고 한다. 빨래도 하고 장사도 하고 한때는 바에서 일도 하며 살림도 차렸다고 한다. 자기는 부끄러운 일이 많다고 고백했다. 짐작되는 바가 있었지만 나는 '우리는 다 하나님 앞에 부끄러운 존재'라고 위로하고 전화를 끊었다. 한동안 나의 뇌리에는 어떤 아쉬움이 전화벨 소리처럼 메아리쳤다.

킴으로부터 다시 전화가 왔다. 이번에는 "전도사님, 저를 좀 도와주시이소. 시간이 급하다 이 말입니다"라고 요청하는 것이다. 도움이란 집에 돈을 보내는 일이었다. 그동안 매달 남편이 200달러씩 보냈는데 이번에는 남편 몰래 따로 모아온 1,000달러를 보내야 된다는 것이다. 문득 스미스 집안의 착하고 어수룩한 얼굴들이 떠올랐다. 나는 정색을 하고 물었다. 그동안 남편이 보낸 돈이면 가족이 먹고사는 데 별문제가 없을 터인데 왜 남편 몰래 그 많은 돈을 보내야 하느냐고 나무랐다. 킴의 설명은 올해 남동생이 대학에 들어가게 되었는데 등록금이 필요하다는 것이다. 그 동생이 대학을 못 가게 되면 자기는 죽고 싶다고 애원했다. 나는 난처했다. 한참 생각하다 결국 도와주기로 약속하고 말았다. 나의 윤리적 기준과 정서적 혼란에서가 아니라 그녀의 간절한 애원 때문에.

다음 날 약속대로 그녀의 꽃 도매상 근처 햄버거 가게로 몰래 만나러 갔다. 만일 스미스 식구가 나타나면 나는 어떻게 하나, 죄 지은 사람처럼 떨렸다. 이런 때 하나님은 눈감아 주실까? 잠시 후 현경 씨는 홍안이 되어 나타났다. 우선 동생으로부터 온 편지 세 통을 내놓으면서 읽어 보란다. 자기가 듣게 읽어달란다. 편지는 '사랑하는 어머님께'로 시작했다. 나는 소스라치게 놀랐다. 현경 씨는 겸연쩍어하며 사실은 재용이가 자기 아들이라고 했다. 잭과 결혼할 때 자신의 나이를 35에서 25로 살짝 고치고 재용이는 그때부터 동생으로 둔갑한 것이다. 그녀는 자기 눈이 나쁘다고 다음에도 편지가 오면 또 읽어달라고 애원했다. 그러고는 1,000달러가 든 봉투를 내 주머니 속으로 꾹 찔러 넣었다. 뇌물을 먹는 기분이 이럴까? 남을 도우면서 이런 기분을 느껴야 하다니. 은혜를 평생 잊지 않겠다면서 절하는 여인을 두고 나는 정신없이 햄버거 집을 뛰쳐나왔다. 내가 어쩌다 이런 엉뚱한 비밀공작에 빠져들었는지 마치 불륜에 빠진 듯 두려웠다.

나는 원래 남에게 숨기는 것을 별로 좋은 일이라 생각지 않는다. 더욱이나 남을 속이는 것은 특별한 사유가 없는 한 나쁜 일이라 믿는다. 어쩌다 현경 씨의 속임수에 말려들어 갔는지 나 자신이 한심스러웠다. 나에게는 늘 위험스럽게 허약한 데가 있다. 노출된 정직과 쉬 무너지는 친절이 바로 그것이다. 나는 더 이상 현경 씨의 일에 협조하지 않으리라 다짐했다.

그로부터 두어 주 후의 일이다. 뜻밖에 잭으로부터 전화가 왔다. 가슴이 덜컹했다. 그런데 잭은 몇 번이나 '생큐'를 연발하는 것이 아닌가. 순진한 잭이 불쌍하다는 생각까지 들었다. 사연인즉 부인 킴이 나의 방문과 전화통화 이후 우울증이 없어지고 활기가 생기고 영어를 배우겠다고 결심했단다. 다시 와서 카운슬링과 기도를 해 주면 큰 도움이 되겠다는 것이다. 그리고 요즈음 자기네 은빛 옥수수silver queen corn가 한창이니 와서 가져가라는 유혹까지 하는 것이다. 마음 약한 나는 다시는 보지 않기로 결심한 현경 씨를 만나지 않을 수 없게 된 것이다.

약속한 주말에 그 집으로 갔다. 전처럼 킴이 뛰쳐나와 허리를 굽혀 인사했다. 아이스티, 감자 샐러드, 과일, 옥수수가 있는 점심이었다. 김이 무럭무럭 나는, 길고 은빛 나는 옥수수는 입에서 살살 녹듯 달고 부드러웠다. 모두들 웃고 떠들어댔다. 좀 어색하던 나도 같이 웃어댔다. 킴도 아무 말 없이 웃고 있었다.

사나운 다섯 짐승(?)의 이빨이 물어뜯은 옥수수 속대가 한 바구니 쌓였다. 잭 부부와 나는 집 옆에 있는 차고 이층, 그들의 거처로 자리를 옮겼다. 킴이 친정어머니, 네 형제, 그리고 아들, 아니, 동생 재용의 사진을 보여주었다. 내가 그들의 형편을 하나하나 물었다. 현경 씨는 억양이 센 경상도 말씨로 설명해주었다. 그 벙어리 같던 여자가 말도 잘 늘어놓았다. 어느새 잭이 자리를 떴다. 경상도 말을 못 알아들어서가 아닐 것이다. 미국으로 떠나올 때 둘이서 웃으며 찍은 부부사진 한 장을 들고 나는 자리를 잡았다.

사진을 가만히 들여다보았다. 현경 씨가 그리 못생긴 편은 아니었다. 연하의 남편 잭도 수수한 시골 청년다웠다. 내가 대뜸 지금 둘이 행복하냐고 물었다. 상담자들이 흠집을 잡기 위해 흔히 묻는 전형적인 첫 질문이다. 현경 씨는 한참 뜸을 들이다 이렇게 대답했다.

"지는 예, 행복 같은 거 모릅니더. 이래 한 사람하고 같이 사는 기 좋은 거 아입니꺼? 안 그래 예?"

'한 사람과 산다는 게 좋은 거라……' 나는 무엇엔가 한 방 맞은 기분이었다. 내 물음이 잘못되었나? 혹시 두 사람이 서로 싸우거나 마음 상하는 일은 없느냐고 다시 캐물었다.

"전도사님 예, 산다는 기 다 싸우는 거 아입니꺼? 지는 예, 가끔 싸우기도 하지만 마 그냥 사는 깁니더. 사는 기 좋은 거 아입니꺼? 지가 예 마음이 아프다카만 벌써 백 번은 죽었을 기라예."

나는 더욱 혼란스러웠다. 부부간에 문제가 있다는 말인가, 아니면 별로 없다는 말인가? 있어도 잘 참고 산다는 말인가? 그래서 숨기고 속이고 산다는 말인가? 그러면서도 아픔이 없다는 말인가?

한참 내 나름대로 심리 분석을 하는 동안에 현경 씨가 아이스티를 또 가져왔다. 시원하게 한 잔 마시며 머리를 식혔다. 그냥 사는 것만이 인생의 다는 아니고 바로 살아야 하는데, 그래야 행복해지는 것인데……. 어떻게 이 여자를 도울 수 있을까? 잔인하게도 나는 뿌리를 캐기로 했다. 재용이와 전남편 이야기를 물었다. 절대로 잭에게 말하지 않기로 약속을 받아내고 현경 씨는 옛날 고리짝 시절의 이야기를 열어놓기 시작했다.

그녀는 어려서부터 미군 부대 옆에서 별의별 시중과 장사를 다 했단다. 16살 때 세탁소에서 일을 하다 세탁소 주인의 애를 가졌다. 배가 불러오자 몇 푼 받고 쫓겨나게 되었단다. 그렇게 태어난 재용이는 아버지를 본 일이 없다. 아기를 어머니에게 맡기고 의정부 쪽으로 가서 다시 이런저런 일을 하다 결국 몸 파는 여자가 되었단다.

고백

현경 씨가 애석하고 불쌍해 보였다. 그보다 6·25 이후 시절의 가난과 무지가 저주스러웠다. 나는 연민의 정을 느꼈지만 그때 정말 살길이 그것밖에 없었느냐고 슬며시 다그쳤다.

"전도사님 예, 그리 보지 마이스. 사람이 우선 살고 봐야 되는 거 아입니꺼? 우리 집 여섯 식구가 예, 미군 놈들 덕에 사는 거라예. 그런데 그 놈들은 다 나쁜 놈들 아입니꺼?"

덕분에 사는데 그들이 나쁜 놈들이라……. 이 또한 무슨 해괴한 논리인가? 현경 씨 입가에는 묘한 분노 같은 것이 서렸다. 그녀에게서 또 하나의 슬픈 이야기보따리가 터져 나왔다.

그녀가 열 살 때였다. 학교도 못 가는 신세라 오후면 동네 뒷동산에 올라가 나물을 캐곤 했는데 하루는 또래와 산에 갔다가 희귀한 장면을 보게 되었다. 중무장한 미군들이 산과 들, 동네를 휩쓸어 가며 총과 대포를 쏘고 법석을 떨더란다. 무섭고도 신기해서 엎드려 구경하다 한 미군 병사에게 들켰다. 그는 소리소리 지르며 두 여자아이를 옆에 있는 구덩이 속에 처박아 넣었다. 탱크가 무거운 쇳소리를 내면서 지나가고 많은 군화 소리가 스쳐갔다. 두 여자아이는 구덩이 속에서 무서워 울다 날이 어두워졌다. 추위에 떨고 있는데 어느 군인이 담요와 비스킷을 던져 주었다. 별이 총총한 밤, 얼마나 울다 잠든 지옥의 꿈속이었을까? 옆의 아이가 소스라치게 소리를 지르며 울기 시작했다. 현경이도 너무나 아파서 울기 시작했다. 숨이 막히고 아랫도리가 터질 듯했다. 어린 두 여자아이의 살과 얼이 절구통 속에서 난도질당하는 비참한 밤이었다. 이제는 더 울 기운조차 없었다. 그러나 또 다른 짐승이 그 짓을 계속했다.

피투성이가 된 치마를 담요로 두르고 현경이가 집에 돌아왔을 때 아침 해가 붉게 떠오르고 있었다. 또 하루의 잔인한 가난이 시작되는 것이었다. 어머니가 울고 있는 현경이를 보자 같이 울며 저주를 퍼부었다.

"가시나야, 나가 죽어라, 와 죽지 않고 왔노? 확 나가 디지부라!"

현경이는 그날부터 한 달을 꼬박 앓았다. 엄마가 보리죽을 먹이며 "니는 어쨌든 살아야 된다"고 빌고 빌었다. 짓밟혔던 현경이는 새싹처럼 다시 살아났다. 일어나서 기어코 이 고약한 세상에 살아남기로 맹세

했다고 한다.

　내가 고개를 들었을 때 현경 씨 얼굴은 홍건히 젖어 있었다. 나는 아무 말도 할 수 없었다. 산다는 것에 대하여 내가 무엇을 알고 있었나, 그냥 부끄러웠다. 현경 씨가 눈물을 닦으며 "아이스티 더 드실래예?" 물어왔다.

　펜실베이니아 주의 여름은 긴 모낭가헬라 강Monongahela River처럼 지루하게 굽이쳐 흘러가고 있었다. 우리 가족은 머지않아 시카고로 떠날 날을 기다리며 무더운 나날을 보내고 있었다. 그러던 어느 날 잭으로부터 전화가 왔다. 언제 한 번 또 와줄 수 있냐는 부탁이다. 아이에 관한 이야기를 하고 싶다는 것이다. 나는 또 한 번 가슴이 철렁했다. 아들 재용의 문제가 터졌나 싶었다.

　그 집에 도착하자 동행한 나의 아내를 소개했다. 스미스 부인이 수선을 떨며 "에리카Erika, 이름도 아름답고 얼굴도 예쁘군요" 하며 감탄했다. 잠시 후 우리와 두 젊은 부부는 차고 이층 방으로 자리를 옮겼다. 나와 아내는 초조했다. 잭이 말을 먼저 꺼냈다. 아기를 가지고 싶은데 킴이 별로 협조하지 않는다는 것이다. 우리는 우선 마음이 놓였다. 아들, 아니 동생의 이야기가 아닌 것이 우선 고마웠다. 킴에게 아기를 가지고 싶지 않느냐고 하자 그녀는 아무 대답이 없었다. 잭과 아내에게 아래로 내려가 노인들과 잠시 말동무가 되어주면 어떠냐고 신호를 보냈다.

　우리 둘만이 방에 남게 되자, 왜 아기를 원치 않느냐고, 혹시 몰래 피임을 하냐고 물었다. 또 대답이 없다. 킴은 고개를 숙이고 울고 있었다.

"전도사님 예, 지는 오래전에 못된 병에 걸려가지고 인제 아는 못 낳아 예."

"잭이 그걸 모르고 있나요? 왜 잭에게 그것을 미리 말하지 않았지요?"

"전도사님은 암만 말해도 지를 알지 몬합니더. 그때 그건 말 몬 합니더."

"김현경 씨, 남을 속이는 것은 나쁜 일입니다. 진실을 말해야 합니다."

"전도사님 예, 지는 원래 죄 많은 여잡니더."

그렇다. 나는 현경 씨를 알지 못한다. 알지 못하는 사람에게 나의 사치스러운 도덕률을 강요하고 있는 것이 아닌가. 그러나 속이고 결혼한 그녀의 본심이 야속해 보였다. 이제라도 현경 씨가 진실을 말하고 용서를 구하는 것이 상책이라고 타일렀다. 그리고 어차피 병원에 가면 금시 알 수 있는 일인데 그렇게 되면 큰일 난다고 은근히 위협까지 했다. 현경 씨는 그냥 눈물을 닦고 있었다. 나는 그녀의 손을 잡고 기도를 드렸다. 진실에 대한 용기를 달라고 짧은 기도를 했다.

"다 말할라 캅니더. 염려 마시이소."

용기에 찬 답변이 나왔다.

우리가 아래로 내려왔을 때 네 사람은 다른 세상에 살고 있었다. 잭과 스미스 할아버지는 텔레비전 앞에서 손뼉을 치며 소리를 지르고 있었고, 스미스 부인은 에리카와 함께 부엌 책상에서 열심히 무엇을 써가며 웃고 있었다. 김치 레시피를 작성하고 있었다. 부인이 이처럼 김치에 '중독'된 데에는 물론 킴의 공로가 절대적이었다. 몇 년 전에 처음 김치 병이 냉장고에 유입된 후 밀크, 주스, 치즈, 케이크 거의 모든 음식에 마늘 냄새가 배어 다 버리게 되었단다. 몇 번의 수난을 겪은 후에 결국 김치를 위해 새 냉장고 하나를 더 구입하게 되었다. 어느 날, 부인은 호기심에서 살짝 김치 한 조각을 입에 넣었다. 아, 그 짜고 맵고 신 맛, 부인은 너무나 놀라 물을 두 컵 다셨단다. 그런데 그 야릇한 맛을 잊을 수 없었다. 다음 날 부인은 또 한 조각을 먹고 물을 마셨다. 다음 날도 또 그 다음 날도 그러다 드디어 '중독'되었단다. 이제는 고기를 먹을 때 김치가 필수가 되었단다. 나는 '중독'이 아니라 '전염'이라고 말해주었다. 사랑이나 행복처럼 좋은 것은 가까이 만나면 자연히 퍼지게 마련이라고. 모두 크게 웃었다. 아 얼마나 순수하고 아름다운 사람들인가!

죄 많은 곳의 은혜

웃음소리가 가라앉자 나는 중요한 일을 같이 의논하자고 거실로 모이게 했다. 내 의도를 모를 리 없어 금세 분위기가 숙연해졌다. 나는 거의 설교 조로 말을 꺼냈다. 집안 식구들이 아기를 원하는 것으로 알고 있는데 그 기대는 좋은 것이지만 세상의 모든 부모가 다 누리는 권리는 아니다. 아이는 종국적으로 하나님이 주시는 축복이라고 운을 뗐다. 모두가 순진한 교인처럼 동의하는 듯했다. 그런데 그 축복은 여러 이유에서 쉬 오지 않을 수도 있다. 그럼에도 불구하고 하나님 사랑은 변함이 없음을 믿어야 한다고 설파했다. 이어서 "어쩌면 불행스럽다고 생각할 이유 하나를 킴이 설명할 것입니다” 하고 엄숙히 선언했다. 킴은 아무런 말을 하지 않았다. 길고 무거운 침묵이 흘렀다. 나는 속으로 조금 전이층에서 한 기도를 되풀이했다. 드디어 엉성한 영어broken English로 개미 같은 소리가 킴의 입술에서 흘러나왔다.

“오래전에 병을 앓아서 임신이 안 될 것입니다.”

다시 무겁고 어두운 침묵이 방 안에 가득했다.

“내가 짐작은 했습니다. 물어볼 용기가 없어서……”

잭이 침묵을 깨고 나섰다. 그러자 스미스 부인이 말을 이었다.

“아, 내가 좋~은 아이디어가 있어. 만일 너희 부부가 원한다면 입양이 어떨까? 한국 애를 입양해 오면 좋겠지?”

약간 컴컴한 방 안의 열 개 눈망울에서 별빛이 하나씩 빛나기 시작했다. 그러고는 저마다 좋은 아이디어를 내놓기 시작했다. 잭은 그냥 다좋다고 머리를 끄덕였다. 심각하게 생각했던 아이 문제는 이처럼 싱거울 정도로 쉽고 간단하게 해결되었다.

스미스 영감이 결론을 내렸다.

“입양이야말로 우리 집안에 더 큰 하나님의 축복입니다. 가족을 만들고, 불쌍한 고아를 살리고, 며느리의 나라 코리아를 위해서 무엇인가 하고……. 생각만 해도 신나는 일입니다.”

과연 죄 많은 곳에 은혜가 많은 법이다. 1960~1970년대에 소위 국제결혼한 여자들과 한국 전쟁 고아들이 미국으로 많이 몰려오고 있었다. 그들에게는 미국이 유일한 마지막 구원의 도성이었다. 그들을 맞은 사람들 중에는 이런 소박한 농촌 가정들이 많았다.

우리는 이사 떠나기 며칠 전 마지막으로 스미스 씨 집에 갔다. 다시금 킴이 뛰쳐나와 절을 하고 이번에는 활짝 웃음을 선사했다. 온 집안이 축제 분위기였다. 뒷마당에는 그네, 미끄럼틀, 모래 상자 등을 만들어 놓았다. 잭이 사진 2장을 내놓으며 흥분해서 떠들어댔다.

"이것이 우리 애들입니다. 우리의 두 천사, 메리와 마이클, 예쁘지요?"

"아! 그렇군요."

사진을 보며 아내와 나는 순간적으로 소스라칠 듯 놀라서 말을 더 이을 수가 없었다. 메리는 크러치(목발)에 몸을 기댄 채 웃고 있고 마이클은 휠체어에 앉아 양손으로 브이(v)자를 만들어 보여주고 있다! 아, 장애 아들을 입양하는구나! 내가 왜 이렇게 놀라고 있나. 간신히 마음을 가다듬고 입을 열었다.

"애들 몸이 좀 불편하군요?"

"아닙니다. 자유롭게 다닐 수 있답니다. 그래서 우리 집 입구 층계, 화장실, 방문들을 다 개조하고 있습니다. 별문제 없을 것입니다."

"다른 식구들이 다 좋아합니까?"

"물론이죠. 사랑과 돌보는 일을 조금만 더 하면 되는 것이죠. 우리가 할 수 있다는 것은 우리의 축복이죠."

이번에는 스미스 부부가 끼어들었다.

"이 애들이 행복하면 우리야 저절로 행복한 거죠. 하하하."

그날 돌아오는 밤길에 보름달이 유난히 나를 내려다보고 있었다. 그 달 속에 허먼, 그 부인, 잭과 킴, 그리고 두 천사 메리와 마이클의 얼굴이 차례로 피어났다. 나는 아무 말을 할 수 없었다. 아내도 아무 말이 없었다.

사랑의 고리

삶과 죽음의 좁은 길목에서

오후 회의를 하는 도중에 나는 살며시 빠져나와 내 호텔방으로 들어왔다. 몹시 피곤해 잠시 쉴 작정이었다. 얼굴을 씻는 도중 머리가 쑤시고 심한 구토증이 북받쳐 왔다. 변기에 얼굴을 돌린다는 것이 순간 욕탕으로 머리를 돌리고 쓰러졌다. 그리고 모든 것을 뱉어냈다. 내 두 손이 붉은 오물에 젖었다. 더 토했다. 잠시 후에 보니 욕탕 바닥이 홍건히 피로 덮여 있는 것이 아닌가! 거울에 비친 내 손과 얼굴과 셔츠가 피범벅이 되어 있었다. 정신을 차려 피를 다 씻어내자 또다시 심한 토혈을 했다. 그리고 몇 분 후 또 한 번 깊은 창자로부터 피를 쏟아냈다. 아마도 나의 마지막 피 한 방울까지.

얼마나 지났을까? 시계를 보니 벌써 8시, 밖은 어두움이 밀려오는 모양이다. 나는 침대에서 기어 나와 천천히 피의 현장으로 다가갔다. 모든 것을 깨끗이 닦아냈다. 나의 죽음의 흔적을 지워버리고 싶은 심정이 랄까, 나는 그 흥건한 피가 싫었다. 계속 머리가 쑤셨다. 잠시 기도를 드렸다. 그러고는 버지니아 비치 나의 전문 주치의 갠더슨 박사Dr. Ganderson에게 장거리 전화를 걸고 사태를 설명했다. 그는 워싱턴 디시 에는 좋은 병원이 여러 개 있으니 "당장 가장 가까운 병원으로 달려가 라"라고 다그쳤다. 침착하게 옷을 갈아입고 아래층 로비로 내려가 '가 장 가까운 병원'을 알아냈다.

택시를 타고 가는 도중 기사의 충고에 따라 '크고 유명한 병원'으로 방향을 돌려 멀리 조지타운 대학병원Georgetown University Hospital 응급실 로 갔다. 20명도 넘는 위급한 환자들이 기다리고 있었다. 내 차례는 언 제나 올지 그냥 머리가 아팠다. 등록을 하며 혈압과 체온을 재던 간호사 가 나를 갑자기 방으로 끌어들이고 당장 환자복으로 갈아입고 침대에 누우라고 명령했다. 의사와 다른 간호사가 달려오고 별의별 기계가 다 굴러 들어왔다. 그때부터 나의 팔에는 수없이 많은 바늘과 줄이 엉키고 코와 입에 재갈이 물린 채 밤새 고문이 시작되었다. 몸은 아픈데 계속 무엇인가 몸에 집어넣고 몸에서 빼내고 인위적 고통에 잠을 잘 수가 없 었다.

정신없이 아픈 와중에도 의사, 간호사, 보조원 들이 옆에서 밤새 긴 박하게 움직이는 것을 보며 내가 위급한 상황에 있다는 것을 감지하게 되었다. 사람은 이렇게 싱겁게 그리고 외롭게 죽는 것일까? 내 병이 위 중한 것은 오래전부터 알았지만 이것은 너무나 갑자기 닥친 위기다. 3 년 전, 즉 1986년 말 정기 검진 중에 간 기능 효소 수치가 높은 것이 발견되었고 다음 해 6월에 간 조직 검사 결과 간경변liver cirrhosis으로 진단이 있었던 것이다. 그 진단이 심각하다는 것은 닥터 갠더슨의 표정과 충고가 아니었다면 나는 아마 짐작도 못했을 것이다. 나는 부지런히 약물 치료, 그리고 때로는 간에 좋다는 한약을 구해 복용하며 정상적인 교수 활동을 해왔다. 별로 통증이 없다는 것이 나로 하여금 완만한 태도를 유지하게 만들어왔다. 다만 만성 피로에 얼굴이 점점 오래된 된장처럼 누르칙칙해지는 증상만 보였을 뿐. 그렇지만 50을 훌쩍 넘긴 남자가 무엇을 기대할 것인가? 나는 그냥 참으며 무심한 척 지내왔던 것이다. 그러나 지금은 초췌한 나의 얼굴을 보고 싶다. 아니 아내의 얼굴이 보고 싶다.

아내의 얼굴이 중환자실에 나타난 것은 그 다음 날 오후 2시경. 새벽 4시에야 연락을 받고 경황없이 워싱턴 디시까지 버스와 기차와 택시로 달려온 아내는 담당 의사의 설명을 듣고 다시 놀랐다. 간 기능이 상당히 악화되어 피가 간을 통과할 수 없게 되면서 식도에 피가 몰려 포도송이처럼 응집했다 터지는 경맥류증esophageal varicosis에 걸렸다는 것이다. 물론 피가 종래 멈추지 않으면 간단히 그러나 영원히 가는 것이었다. 밤새 지혈을 위해 풍선을 위 속에 넣고 지금은 약물 치료로 안정 단계에 들어섰다고 했다. '그 상태로 혼자 응급실에 찾아온 간 큰 환자'는 이제 평안한 잠에 빠져 있었다.

중환자실에서 5일, 일반 병실에서 4일을 보내고 일어난 내 몸은 너무나 수척한 얼굴의 병자 노인. 아내는 10여 일이나 버려졌던 나의 낡은 차를 찾아 깨지기 쉬운 유리그릇 같은 노인을 싣고 버지니아 비치 집으로 돌아왔다. 그리하여 1989년 4월 26~27일 미국교회협의회National Council of Church of Christ, USA가 주최한 '한반도 남북화해를 위한 협의회' 참여는 이런 위험천만한 에피소드로 끝났다.

그로부터 나는 길고 지루한 투병을 시작하게 되었다. 해와 달을 거듭할수록 여러 가지 건강 문제가 나를 야금야금 괴롭혀왔다. 소화 불량, 만성 피로, 불면증, 잦은 설사, 가려움증 등등, 내 육체는 서서히 안으로부터 망가지고 있었다. 아내의 초조한 마음은 더 간절한 기도와 헌신적 간호에 매달리게 하였다. 간에 관한 많은 책을 탐독하고 여러 양의사, 한의로부터 자문을 받고, 민간요법을 포함한 많은 치료 조치를 모색하며 꺼져가는 생명의 불꽃을 지키려고 안간힘을 다했다.

몇 달 후 같은 동네 살며 같은 병을 앓던 한국 교포 하나가 세상을 떠났다. 죽음은 무엇인가? 죽음은 인생의 두려운 종말인가? 아내와 나는 영적인 힘을 통해 육체의 종말을 극복할 수 있다고 믿었다. 아내는 매일 손수 만든 야채주스로 나의 식이요법을 챙겼다. 나는 힘들었지만 회복할 수 있다는 신앙을 가지고 매일매일 교수 생활의 일과를 소화해나갔다. 6킬로그램이 넘는 주스기를 들고 다니며 몇 시간마다 신선한 야채주스를 공급하는 아내의 헌신과 사랑! 나는 그 은혜를 갚기 위해서라도 내 생명을 지켜야 한다고 믿었다. 성경 말씀대로 '믿음은 바라는 것들의 실상이요, 보지 못하는 것들의 증거다'.

1990년 2월 20일, 나는 밤 강의를 마치고 연구실에 돌아와 또 한 번

토혈을 했다. 이번에는 병원에서 밤새 그 괴로운 고문을 당하느니 차라리 그 밤을 편히 쉬고 내일 운명을 맞고 싶었다. 아내가 같은 대학 같은 과에서 가르치는 행운은 이런 밤을 위해서이리라. 우리는 어두운 밤, 삶과 죽음의 좁은 골목길을 조심스럽게 운전해 집으로 돌아왔다. 기도를 드리고 곧 잠에 빠졌다. 다음 날 아침 병원을 찾아갔을 때 웃음이 없는 닥터 갠더슨은 차가운 현실주의자로 무모한 환자를 나무랐다. 그는 작년부터 '최장 5년'이란 기한을 선언했었고 비교적 '건강한 상태에서 할 수 있다면' 간 이식 수술이 유일한 희망이라고 했었다. 그 시한은 버지니아 비치 바다의 파도처럼 쉼 없이 나에게 밀려왔다.

어두운 생명의 약속

　장기 이식 수술! 한 사람이 죽으면서 물려준 장기로 다른 사람을 살리는 현대 의학의 첨단 기술. 나는 그 경이로운 혜택이 무척 고마웠지만 내 인생의 존재론적 회의감을 떨쳐버릴 수 없었다. 그렇게 해서라도 내 늙은 육체의 시한을 연장해야 하는가? 인명재천人命在天이라 사람의 생명은 결국 창조주 하나님의 뜻에 달린 것이 아닌가? 그뿐인가? 미국 땅에서 여전히 10여 만이 넘는 대기자들이 이식할 장기를 기다리다 매해 6,000명 이상이 죽는다고 한다. 그 귀한 장기가 한 생명을 더 살릴 수 있다면 그 선물은 마땅히 희망찬 젊은이에게 주어져야 한다. 나는 오랜 숙고 끝에 수술을 받지 않기로 결정했다.

　1995년 초여름은 유난히 우울하고 무더운 계절의 시작이었다. 우선 동네에서 우리의 가장 가까운 친구인 Y 의사와 간호사인 부인이 선교 임지인 러시아 하바롭스크에서 21개월 만에 무참히 살해되어 자주색 관에 실려 돌아왔다. 범인이나 범행 동기도 모른 채 이 국제 사건은 어두운 역사에 묻히고 말았다. 그 충격이 나로 하여금 죽음이 바로 우리 곁에 살고 있다는 사실을 보게 만들었다. 누구나 언제나, 때로는 이유도 없이 죽을 수 있다는 사실을!

　그해 여름 나와 아내는 캘리포니아 주 남부 어느 산 계곡에 있는 감람산 기도원이라는 곳에서 3일간 트레스 디아스Tres Dias라는 신앙집회(한인 프로그램)에 참여하게 되었다. 내 허물어져 가는 육신을 내려놓고 시들은 내 영혼을 껴안고 울고 싶었다. 그 집회에서는 시계, 필기도구, 성경까지 다 반납하고 찬양과 기도와 간증으로 3박 4일 집중과 몰입의 시간을 이어갔다. 나를 모르는 사람들이 나를 위해 한 주간 전부터 기도하고 있었다고 한다. 내가 왜 이럴까? 흐르는 눈물을 주체할 수 없었다. 슬퍼서 우는 것이 아니다. 때 묻은 내 영혼을 맑게 씻어내는 세례였으리라. 눈물과 통회의 긴 시간을 무덤 속에서처럼 지내고 사흘 만에 새 사람처럼 부활했다.

　집회 후 우리는 금식하며 기도와 명상으로 사흘을 그 산에서 더 보내게 되었다. 다 타버린 재처럼 하얗고 뜨거운 한낮, 멀리 아래로 내려다보이는 초원과 오렌지 밭, 온 세상이 한 폭의 넓고 평화로운 그림처럼 퍼져 있었다. 모든 것이 멈춰 있고 아무 소리도 없었다. 우리는 과히 높지 않은 언덕 위, 흰 십자가를 향해서 손잡고 천천히 올라갔다. 그런데 갑자기 돌풍이 우리 앞을 가로질러 갔다. 우리가 놀라 뒤로 물러서자 마른 먼지가 가라앉고 다시 조용한 오솔길이 열렸다. 우리는 흰 십자가 밑에 이르러 마음의 문을 열고 찬송을 부르고 기도를 드렸다. 감격의 눈물이 용솟음쳤다. 모든 것을 맡기는 신뢰로부터 오는 깊은 평화! 새 생명을 얻은 것같이 기쁘고 감사했다. 아니 이제는 생명을 잃어도 기쁘고 감사하다. 그러고는 집회 내내 나의 마음에 와서 울리는 성경 구절이 궁금했다. 누가복음 2장 14절! 나는 성경 지식이 부족해서 사흘 내내 무슨 내용일지 짐작을 할 수 없었다.

지극히 높은 곳에서는 하나님께 영광이요, 땅에서는 기뻐하심을 입은 사람들 중에 평화로다 하니라.

아기 예수가 탄생하던 때에 천사들이 목자들에게 전한 기쁜 소식이었다. 나도 그 기쁜 소식을 받은 것이다!

병에서 나아야 하겠다는 강박관념에서 벗어난 나는 초연하게 깊어가는 병고의 숨은 뜻을 음미하고 있었다. 미열과 설사, 황달과 불면증이 늘 나를 찾아왔다. 이즈음 나는 아픔과 사랑에 관한 많은 시를 썼다. 시는 나에게 아픈 영혼을 위로하며 휴식할 수 있는 음악이다. 그 들리지 않는 음악에 깊이 빠졌다. 또 깊은 참회의 글을 써나갔다. 지금까지의 모든 삶의 허상을 넘어 이제 병든 몸, 찢어진 마음, 상한 자존심, 파산난 학식, 위선된 신앙, 모두 깨어진 나의 인생 전부라고 뼈를 깎는 뉘우침을 피처럼 토했다. 그 마지막 피 한 방울까지 쏟고 나서 나는 무한한 마음의 평화를 찾게 되었다. 그것은 완전한 비움을 통해서 얻게 된 평화였다.

　아픔 속에서도 평화로운 달이 가고 해가 갔다. 초조한 편은 오히려 의사들과 나의 가족이었다. 닥터 갠더슨은 8년을 넘게 살아가는 나에게 난해한 표정으로 중얼거렸다. "이해가 안 갑니다. 그러나 무엇을 하고 있든지 그걸 계속하시오.I don't know what's going on. But whatever you have been doing, keep doing it." 나는 농담 반 진담 반으로 "매일 야채 주스를 마시지만 실은 기도로 산다"라고 대답했다. 그가 100마일(160km) 떨어진 리치먼드에 있는 엠시비 대학병원MCV, Medical College of Virginia의 닥터 쉬프먼Dr. Schiffman을 소개해주었다. 그는 그곳 장기 이식센터Hume-Lee Transplant Center(전국에서 간 이식 수술로 유명한 시설)의 간 전문의Hepatologist인데 그에게서 정기 검진을 받게 되었다. 한 번은 그가 장거리 전화를 걸어 무려 30분간이나 이식 수술에 대해서 친절하게 설명해주고, 내가 오래 살아서 사회에 공헌할 일이 많다고 설득했다. 얼마나 고마운 인술의 실천가인가! 그는 이스라엘계 미국 의사였다. 나는 "모든 생명이 다 천하보다 귀하다"라고 성경 구절을 인용하고 정중히 그의 제의를 사양했다.

　나를 움직인 것은 나의 두 딸, 수지Susanna와 스테피Stephanie였다. 그 해 크리스마스 휴가 기간, 검게 시들어가는 아빠를 찾은 그들은 아내보다 훨씬 더 직설적이고 공격적으로 나에게 도전해왔다. 자기네들을 진정 사랑한다면 내가 이기적인 자존심을 세우고 서 있기보다 겸허하게

나 자신을 환자처럼 눕히라고 호소했다. 삶과 죽음을 초연히 보려는 도덕적 오만은 하나님의 신비한 섭리에 겸허하게 순종하지 않는 태도라고 나무랐다. 받을 확률은 작지만 간 수령을 위한 대기자 명단에 당장 이름을 올리라는 주문이었다. 등록했다가 최종적으로 수술을 사절할 수 있기에 나는 이름을 긴 대기자 명단에 올리기로 했다. 어려운 이식 수술을 감당할 수 있는지 복잡한 신체검사를 거쳐 1996년 봄에 간 수령 대기자가 되었다. 담뱃갑보다 작고 검은 페이저(일방 통보기)를 받았다. 그 페이저가 언제든 울리면 전화 확인을 거쳐 곧 엠시비 병원에 3시간 내로 도착해야 하는 것이다. 그 행운을 놓치면 긴 대기자 명단, 죽음으로 가는 끝없는 행렬에 다시 서게 되는 것이다. 그때에는 생존자의 기증으로 장기 이식하는 기술이 없었고 핸드폰이라는 것도 없었다.

미래에 관한 한가한 우려가 위급한 상황이 불시 출현할 때는 아무 소용이 없는 듯하다. 그해 9월 25일 늦은 밤, 나는 생전 처음으로 죽음보다 무서운 통증을 경험했다. 다리가 붓고 배는 복수로 차서 숨이 찬데 열은 오르고 가슴의 고통이 너무나 심해서 숨조차 쉴 수 없었다. 심한 고통은 실로 누구든 겸손하고 순진하게 만든다. 나는 아내의 손을 잡고 눈물을 흘렸다. 다음 날 새벽 버지니아 비치 병원에 가서 여러 가지 검사 중 급하게 발견한 것은 담석증, 울트라사운드(초음파)로 돌을 몇 개 깼으나 결국 쓸개(담)를 들어내는 수술을 해야 한다고 했다. 고열과 황달이 심했다. 혈청이 너무 낮아 초조하게 기다리다 잘 안 맞는 수혈을 하고 나서 달리는 오토바이처럼 한동안 정신없이 떨다 흠뻑 땀을 쏟고 죽은 듯 멎었다. 복합 증세로 치료를 계속하다 결국 큰 수술로 근본적 해결이 필요하다고 해서 엠시비 병원 수술 중환실Surgical Trauma Center, ICU과 상의하여 28일 이른 새벽에 보내기로 했다고 한다. 둘째 날 새벽 나의 아픈 몸은 짐짝처럼 앰뷸런스에 실려 끝없이 울며 달렸다. 두어 시간 후 앰뷸런스 문이 열리고 새벽 햇살에 'EMERGENCY(응급)'라는 붉은 글자가 내 눈에 들어왔을 때 나는 와락 토하고 말았다. 나는 끝자락에 와 있었다.

가는 호흡에 매달린 죽은 몸

리치먼드 엠시비 병원 이식신장과 간 병동 치료팀(의사, 간호사, 보조원, 의료기사 등)은 모두가 친절하고 따뜻했다. 처음 보는 환자에게도 오랜 친구처럼 정성을 다했다. 나는 많은 주사와 약으로 지탱했지만 이제는 통증이 없어져 살 만했다. 다른 병실 동료 환자들도 영원한 벗처럼 반가웠다. 어쩌면 영원한 벗이 될 수 있다.

예상대로 나의 상태는 위독했다. 다행인지 불행인지 나의 순위가 1급status 1으로 급상승되어 등록이 되었다고 한다. 전국적인 장기 취득 기관을 통해 기증될 간이 나타나면 우선 할당을 받게 되는 것이었다. 의사팀은 초조했다. 10월 5일 드디어 간이 배정되었다고 한다. 그러나 그 기증될 간은 C형 간염Hepatitis C에 감염된 것이었다. 이 간으로 이식에 성공한들 언젠가 다시 이식 수술을 해야 하는 것이었다. 아내는 기도한 끝에 그것을 사절하기로 결정했다. 의사들이 앞으로 '최장 2주간'이라고 경고했다고 한다.

10월 7일 저녁 잠시 아내가 버지니아 비치 집에 돌아간 사이에 나는 또 한 번 엄청난 피를 토하는 소동을 피웠다. 여섯 명의 의료진이 내 침대를 끌고 어디론가 달려갔다. 그 이후로 내 몸은 투약 모니터drug dispenser와 다른 기계에 얽힌 줄로 꼼짝할 수 없었다. 몹시 피곤했다. 아내에게는 새벽 1시에야 연락이 닿았다고 한다. 아내와 딸 스테피가 억센 밤비를 뚫고 달려 새벽 3시경에 엠시비 병원에 도착했다. 마취 상태이지만 산소 호흡기에 의지해서 아직 살아 있는 내 모습이 너무 처량하고 슬펐다. 닥터 쉬프먼이 다시 간이 오면 선택의 여지가 없다고 선언했다. 피를 말리는 경고였다. 이저는 초를 다투는 시간과의 싸움이다.

코네티컷에 사는 큰딸 수지가 날아왔다. 아빠를 보기 위해서 세 어린 것을 두고 온 것이다. 어쩌면 마지막이 될 아빠를……. 10월 10일. 그날은 행운의 날이었다. 2차로 간이 배당되었다고 한다. 아이다호 주 벌목꾼이 사고로 사망해 간을 기증 받게 되었단다. 언제나 그렇듯이 수술 팀은 이미 축제 분위기 속에서 그 귀중한 선물을 기다리고 있었다. 사람이 죽었는데 이렇게 기쁠 수가 있을까? 저녁 6시 도착 시간을 앞두고 5시경 우리는 수술실 입구에 와서 두 손을 잡고 감사의 기도를 드렸다. 또한 아이다호 주의 그 가족을 위해 기도했다.

"우리 곧 다시 봅시다We will see again very soon."

어쩌면 마지막이 될 키스를 나누었다. 우리는 곧 다시 볼 것이다. 이

지상이든 다음 세상이든. 극한 상황에서도 이렇게 마음이 평화로울 수 없다.

생명의 선물은 9시에야 도착했다. 그러나 수술 경과를 통보해줄 시간이 지났는데도 소식이 없다. 무엇이 잘못된 것일까? 아내와 두 딸은 불안하고 초조해서 어쩔 줄 몰라했다. 얼마 후 수술을 하기 어렵게 되었다는 실망스러운 소식이 나왔다. 무슨 일이 생겼나? 10시 반경 수술 팀장인 닥터 시먼Dr. Seaman이 나와서 들려준 설명은 이러했다. 간 수거 시에 네 개의 큰 혈관을 너무 짧게 잘라서 이것을 연결하는 수술reconstruction surgery을 더 해야 하는데, 나의 상태가 너무 나빠서 도저히 그 긴 수술을 감당할 수 없을 것이라고 의사들이 최종 판단해서 수술을 포기했다는 것이었다. 나는 마취 상태로 양팔 정맥선과 목에 중앙정맥선을 한 채 6시간 만에 실려 나왔다. 성공적인 수술을 기원하기 위해 원정 온 버지니아 비치 친구 10명이 실망을 안고 먼 밤길을 돌아갔다고 한다. 아내와 딸은 "모든 것이 주님 뜻 가운데서 가장 좋게 이루어지기를 믿고 바랍니다" 하고 간절한 기도를 드렸다. 다음날 아침 닥터 시만이 달려와서 외쳤다.

"참 행운입니다!You are so lucky!"

사용하지 않게 된 간을 정밀 검사한 결과 60%가 이미 손상을 입었다고 했다.

몽롱한 상태에서도 나의 고통은 지속되었다. 겨우 말을 들을 수는 있으나 아무런 말도 할 수 없었다. 손가락 하나 움직일 수 없고 눈도 뜰 수 없었다. 아내가 계속 부르는 찬송이 나와 세상을 연결하는 가늘고 유일한 줄, 나는 그 줄조차 잡을 힘이 없었다.

  내가 마취 또는 진통제로 내내 정신을 차리지 못했다고 한다. 10월 14일 밤 센터 컴퓨터 스크린에 다시 기쁜 소식이 나왔다! 밤 12시경 '생명망Life Net—장기 수거 팀' 조끼를 입고 닥터 피셔Dr. Fisher 팀이 직접 장기 수거를 위해 헬리콥터를 타고 떠났다고 한다. 세 번째로 간이 배당된 것이다! 가까운 지역인 모양이었다. 다음 날, 즉 10월 15일 새벽 5시 반에 나를 실은 침대가 수술실로 향해 갔다. 기도한 후 내가 웃었다고 한다. 미쳤나? 미치도록 사랑하는 아내가 울었다. 이것이 처음이자 마지막 성공적인 수술이 되기를 간절히 기원했다. 아침 8시경에 수술이 시작되고 두어 시간마다 간호사가 수술 과정을 알려주었다. 여자의 간이라 사이즈가 맞아 계획했던 비장spleen 제거는 하지 않아도 되었다. 오후 2시 40분에 닥터 시먼이 수술이 '다 잘되었다All good to go'라는 마지막 통보를 한 얼마 후 내 죽은 몸이 중환자실로 실려 나왔다. 산소통에 연결된 가냘픈 호흡이 희망을 지켜주었다. 초조하면서도 너무나 감사했다. 그러나 오후 5시경 중환자실에 들어갔을 때, 코와 입에서 피가 흘러나오기 시작했다. 다시 중환자실에서 난리가 났다. 튜브로 속을 세척하며 내시경으로 다 찾아보았으나 그 출처를 찾을 수 없었다. 아내는 그 과정을 TV 영상으로 보며 울며 기도했다. 다시 마취를 하고 수혈을 하며 지혈을 시도했다. 출혈이 계속되면 어딘가 봉합이 잘 안 되어 다시 수술할 것인가를 의논해야 한다고 했다. 아내는 거의 실신할 것 같았다. 얼마나 긴 사투의 시간이 흘렀을까? 모든 것이 죽음처럼 조용해졌다.

  현실과 환상의 경계는 정상 의식만을 믿는 사람들의 사치가 아닐까?

삶의 끝자락에 매달린 나는 그런 사치를 부릴 수가 없었다. 나는 눈을 감은 채 많은 것을 실제로 보았다. 내 몸은 이미 무거운 시체처럼 누운 채 공중에 둥둥 떠 있었다. 그것이 땅에 닿으면 곧 흙으로 돌아간다고 했다. 수많은 사람들의 기도가 내 몸을 공중에 받치고 있다고 했다. 나는 너무 고통스러워 땅으로 내려와 쉬고 싶다고 애원했다. 저기 보이지 않는 누가 서 있다. 멀리 아내의 찬송 소리가 천사의 노래처럼 맑았다. "내 주여 뜻대로 행하시옵소서……."

두 시간이나 떨어진 버지니아 비치 친구들의 방문과 지원과 위로가 큰 힘이 되었다. 교대로 아내와 딸들을 위해 음식과 소식을 날라다 주었다. 미국 여러 지역에 사는 친척들과 친구들이 기도 팀을 만들어 계속 기도한다고 알려왔다. 또한 병원에서 무료로 제공하는 근처 요양 시설 Hospital Hospitality House, HHH이 너무나 편리하고 고마웠다.

10월 19일 토요일 아침, 내 얼굴이 환히 빛났다고 한다. 흰 얼굴에 광채가 있었다. 하루 종일 기쁨이 충만해서 영어로 찬양의 소리를 냈다.

"Praise the Lord!(주님을 찬양합시다!) Thanks be to God!(하나님께 감사합시다!) Victory!(승리!) Jesus loves me most!(예수님이 나를 가장 사랑하십니다!) Miracle happens(기적은 일어납니다)……."

반복되어 나오는 영어 환성! 그것은 나의 입에서 낯설게 그러나 힘차게 나오는 외침이었다! 약간의 어려운 고비가 더 있었지만 점차 모든 검사 수치가 정상으로 돌아오고 있었다. 10월 22일 센터 내 일반 병실로 옮겨졌다. 드디어 수술은 성공적으로 이루어진 것이다! 이제는 몸이 새로 붙은 간을 거부하지 않는 것이 가장 중요한 과제였다. 비록 다른 사람의 장기이지만 몸이 이를 용납하고 받아들이고 같이 살아야 한다. 남을 자기 몸처럼 사랑해야 한다. 그래야 자기도 사는 것이다.

아름답고 영원한 사랑의 힘이여

기막힌 축복! 나 스스로 대소변을 다시…… 내 손으로, 입을 통해 음식을 다시…… 서서히 혼자 병동 복도를 걸을 수 있다. 이런 기초적인 생존 능력이 감사하고 감격스러웠다. 11월 1일 금요일, 드디어 퇴원을 하고 근처 요양 시설HHH에 입원하고 매일 병원에 가서 검진을 받게 되었다.

병원에서 정맥 튜브로 투입하던 수많은 약물을 떼면서 나는 18가지 알약을 하루 네 번에 걸쳐 복용하게 되었다. 그중에 제일 중요한 것이 몸의 거부 반응을 둔화시키는 면역 억제 약immunosuppressive이었다. 그러나 면역성이 너무 떨어지면 다른 질병에 너무 취약해져서 위험할 수 있다는 것이다. 그래서 이식한 간을 거부하지 않을 만큼 약하면서도 다른 병에 대응할 만큼 강한 면역성을 유지해야 하는 수준FK level은 마치 정교하고 미묘한 줄타기와 같다. 앞으로 내가 살기 위해서는 남을 내 몸처럼 포용하면서도 나 자신을 다른 위험으로부터 지켜야 하는 것이다. 그리고 늘 그 수준을 알아야 하는 것이다. 센터의 의사들과 간호사들이 죽었다 돌아온 사람처럼 나를 반겼다. 인도 여의사 닥터 피탐버Dr. Pitamber가 "다시 봐서 반가워요. 몇 번 정말 당황했었어요Good to see you again. We got really scared for a few times"라고 감탄했다. 닥터 피셔가 "걸어 다니는 기적A walking miracle"이라고 명명했다. 늙은 나이에 너무 마지막 순간에 수술을 받으며 여러 번 출혈 소동을 일으켜 유난히 많은 고충을 주었던 것이다.

11월 8일 금요일 오후 우리는 개선장군처럼 버지니아 비치 집으로 돌아왔다. 사투에서 승리하여 43일 만에 다시 돌아온 것이다. 다음 날 우리의 넓고 적막했던 거실에 약 30명의 친구들이 찾아와 함께 감사 예배를 드렸다. 그러고는 우리 부부는 술 없는 파티를 열어 나의 기막힌 생환의 이야기를 들려주었다. 뒤집힌 Y자 모양의 칼자국 23인치(약 58cm), 오른팔, 하복부, 오른쪽 다리 등 8군데 구멍에 얽힌 아픔의 이야기. 누가 죽으면서 나를 살린 엄청난 사랑의 이야기를 나누었다. 그 '누구'가 과연 누구일까? 문자 그대로 나의 생명의 은인은 누구일까?

스테피가 인터넷을 통해서 지난달 14일경 미 동북부 지역에서 급사한 여인을 추적해서 종래 그 은인을 발견하게 되었다. 이 넓은 미국 땅에서 하필 우리가 사는 버지니아 비치, 그것도 바로 우리 교회Bayside Presbyterian Church 근처 큰 길목에서 그날 새벽에 교통사고를 당해 결국 다음 날 돌아간 여자였다! 즉시 그 다음 날 자 지방 신문The Virginian Pilot에서 자세한 뉴스를 보게 되었다. 미시즈 베벌리 길먼Mrs. Beverly Gillman, 30세, 백인, 가톨릭 교도, 두 어린아이(4살, 6살)의 어머니, 그러나 나에게는 생명의 은인! 그녀는 갸륵하게 자기의 장기를 기증해 죽어가는 나를, 생면부지生面不知의 나를 살린 것이다. 실은 그녀가 기꺼이 기증한 장기를 '추수harvest'하여 여러 명을 더 살렸을 것이다. 그 위대한 행동이 어디에서 나왔을까? 가톨릭 신자로서 그녀는 그리스도의 사랑을 실천한 것이 틀림없다. 희생적인 사랑은 많은 사람을 살릴 수 있는 엄청난 힘을 가지고 있는 것이다. 길먼 부인은 그 자신이 그 사랑을 먼저 체험한 여인이었다. 몇 년 전 그의 2살짜리 아들이 심장 질환으로 죽게 되었을 때 심장 이식 수술을 통해 살려낸 경험을 가졌던 것이다(2년 후 그 아들은 결국 죽었다고 한다). 그 사랑의 경험에 감동해 그녀는 즉시 장기 기증을 서약했던 것이다. 사랑의 체험은 또 다른 사랑의 기적을 낳는다. 나도 사랑의 고리를 이어 나를 살린 생명망LifeNet Health 기관에 간 기증자로 등록하고 후일 기증 권장 교육을 위한 자원봉사자Community Education Volunteer가 되었다.

내가 죽음으로부터 돌아오자 아내는 너무나 새롭게 변화된 나의 모습을 보게 되었다고 한다. 마치 드거운 용광로에서 잘 정제된 정금처럼 내 인생이 빛나고 있다는 것이다. 내가 과연 그렇게 변했을까? 그 빛은 아마도 대가 없이 새 생명을 준 사랑에 대한 감격과 감사, 그리고 그 감사를 다른 사람들에게 전하고자 하는 간절한 마음이 불타서 나오는 빛이 아닐까? 나는 언제나 나를 위해 죽으신 분, 예수가 나와 같이하심을 느끼며 살고 있다. 내 몸에는 희생적 사랑의 깊은 상처와 흔적이 있기 때문이다.

성경은 "친구를 위하여 자기 목숨을 버리는 것보다 더 큰 사랑은 없다"고 한다. 알지도 못하는 사람, 그것도 여러 사람을 위해 희생한다면 얼마나 위대한 사랑인가? 최근 의학 기술로 한 사람의 장기 기증으로 9

명의 목숨을 살릴 수 있다. 심장, 두 편의 간, 두 쪽의 신장, 두 쪽의 폐, 내장과 췌장. 그러나 그런 선행을 죽을 때까지 기다릴 필요가 없다. 근래에 와서 생존기증자living donor 장기 이식 수술은 오늘날 상당히 보편화된 대안으로서 무려 44%가 이런 생명 나눔으로 남을 살리고 있다.

나는 몇 년 전 사랑의 장기 기증 4관왕인 최정식 목사를 만난 일이 있다. 그는 신장, 간, 골수 등 생존 시 최다 장기 기증으로 여러 죽을 사람을 실제로 살린 것이다. 살아서나 또는 죽어서나 남을 위해 만드는 사랑의 결단은 엄청난 결과를 낳는다. 남의 생명을 살리지는 못해도 다 쓰고 이 세상 떠날 때 눈의 각막, 조직, 뼈나 관절의 기증으로도 50여 명의 삶과 건강을 증진시킬 수 있다. 사랑은 기적을 낳는다. 나의 진정한 축복은 나의 생명을 연장한 것이 아니라 생명의 나눔을 통해 무한한 사랑의 힘을 알게 된 것이다. 사랑의 아름답고 영원한 힘을 믿고 담대하게 사는 사람들은 여기저기서 기적을 만들어낸다. 사람을 살리는 사랑의 고리가 되어 죽어가는 귀한 생명을 살리고 있다. 그리고 그 살린 생명을 더욱 풍성하게 만들고 있다.

✻ ✻ ✻

* 이 글은 여러 해 전 필자가 친히 경험한 극한 상황을 서술하는 글이지만, 여러 날 본인이 의식 불명이었으므로 많은 부분은 나중에 아내의 회고와 설명에 의해 재구성·보완되었다.

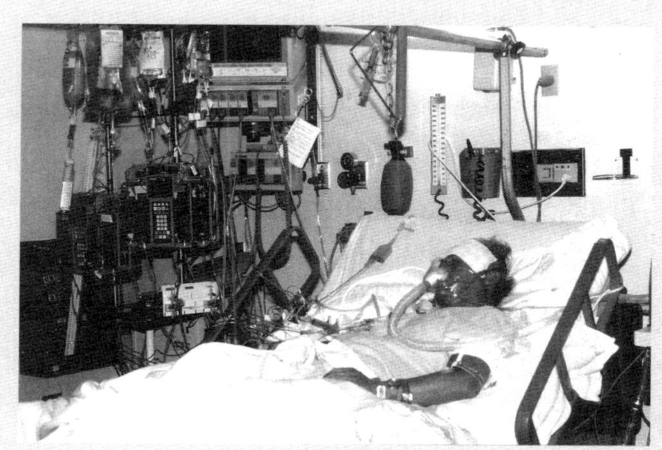

간 이식 수술 직후

과거에의 투영

서정성과 유머와 비판의식이 조화를 이룬 산문

임헌영_ 문학평론가

김동수 교수의 글은 서정적으로 각박하거나 핍박하지 않는다. 한반도, 그것도 휴전선으로 갈라진 이 협량한 '자기의 땅에서 유배당한 사람들'에게서 묻어나는, 아득바득거리는 상처투성이의 지식인에게서 묻어나는 이름 붙일 수 없는 미묘한 복합적인 요소의 콤플렉스나 정한情恨과 회한 같은 미련과 체념이 감지되지 않는다. 넉넉한 대지와 광활한 하늘을 글 속에 품은 듯 그의 문학적 영혼은 온화하고 자애로우며 평온하다.

아, 글이 이렇게 평화롭고 자유로울 수 있다니! 이렇듯 평온하고 넉넉하여 읽는 사람으로 하여금 협애한 이 불만스러운 삶에서 벗어나 창공을 훨훨 나는 매처럼 영혼을 해방시키게 하다니!

원래 문학예술의 참모습은 이런 게 아니었던가. 이런 글을 우리에게 선사해주어서 참 고맙다.

이렇게 언급하면 아마 독자들은 김동수 교수의 산문이 산천초목이나 구름, 바람 따위에 전념해서 초탈과 은일의 정서로 서정성이 풍성한 걸로 짐작하겠지만 오히려 그 반대란 점에서 그 묘미를 배가시킨다. 주제와 소재로 본다면 김 교수의 예리하고 총체적인 시선은 한국 사회가 안고 있는 그릇된 가치관이나 편협한 국수주의, 비합리적인 사고 체계와 그로 말미암은 비인간주의적인 여러 현상들을 꼬집어서 드러내면서도 유머와 타협과 화합정신을 잃지 않는다. 실로 아버지의 넉넉한 가슴팍처럼 푸근한 산문이다.

김동수 교수와 함께 문학의 길을 걸어온 지도 어언 7년 안팎이다. 백발에 언제나 황금비율로 조화를 이룬 적당히 미학적으로 정제된 수염이 첫눈으로도 예사 분이 아님은 직감했다. 이마에는 선명하고 반듯하게 새겨진 내 천川 자가 고생스러운 일이 없지 않았지만 포부와 뜻을 이룬 '성공한 노년'의 풍요로운 정년을 맞은 노 교수로 모자람이 없음을 입증해주었다. 더구나 부인 백하나 교수와 함께하면 그 오묘한 분위기는 대화조차 필요 없을 지경으로 심산유곡에 도교풍의 신선과 동석한 느낌을 만들곤 했다. 누구도 미워한 적 없고 누구로부터도 미움을 살 일은 결코 않을 독실하면서도 자유분방한 데다 역사인식과 민족의식이 뚜렷한 기독교 신자인 김 교수 부부를 대하노라면 어떤 편견이나 편협성, 당파성, 이기주의, 국경의식 같은 게 흐느적거리며 녹아내리고 만다. 하늘과 자연과 마주한 인간 그 자체의 숭고함이 후광처럼 번지는 느낌이다. 사람 사는 세상, 세상 사람들이 다 이랬으면 얼마나 좋으랴.

이런 분들에게도 삶의 굴곡과 쓰고 싶은 사연이 쌓인 게 있어 글을 쓸 수 있을까 적이 우려되었다. 더구나 모국어보다 영어를 더 유창하게 구

사하는, 일제 식민 통치 시기의 중국 체험과 8·15 직후의 서을 살이, 6·
25, 그러고는 이내 미국으로 유학, 줄곧 거기서 대학 교직에 몸담아 오
다가 퇴직, 모국의 영어로 진행하는 전공 특강에 초빙 받아 언제까지 머
무를지도 예측할 수 없는 처지가 아니었던가.

그런데 첫 글부터 나를 사로잡았다. 백범 김구 선생을 '할아버지'로
부를 수 있었던 정황이 내 역사의식의 촉각을 곤두서게 만들었다. 백범
암살 당일, 바로 그 현장 경교장으로 달려가 그 장엄하나 비극적인 역사
의 증인이 될 수 있었던 건 그만큼 상해 망명 시절부터 다져진 두 집안
에 얽힌 인연 때문이었다.

이내 모든 궁금증은 쉽게 풀려나갔다. 김동수 교수의 아버지 김예진
목사는 독립유공자(1962년 건국공로훈장 추서, 1966년 국립묘지 애국지사
묘역 안치)로, 1898년 평남 강서에서 태어나 한국전쟁이 가장 치열했던
1950년 8월 10일, 경기 광주 경인리 석바지에서 20여 양민과 함께 총살
순교 당했다.

김 목사의 삶과 투쟁에 대해서는 한도신 기록『꿈 갓흔 옛날 피 압흔
니야기』(1996, 돌베개), 이민성 저『김예진: 민족의 십자가를 지고 간 애
국지사 순교자, 그의 생애와 사상』(2010, 쿰란출판사), 김동수, 오연호 정
리『나라사랑의 가시밭길에』(2010, 쿰란출판사)로 그 전모를 알 수 있는
데, 첫 기록자인 한도신은 바로 김동수 교수의 어머니, 그러니 김예진
목사의 부인으로, 남편의 독립운동 지원(폭탄 운반, 군자금 전달, 전단 살
포, 상해임시정부 요인 식사 대접 등)과 옥바라지를 하고 기독교여자절제

회, 대한애국부인회, 삼일동지회 등에서 활동했다.

김예진 목사의 생애는 가히 한 편의 대하소설이라 그 아들의 글을 이야기하는 자리에서 다 풀어놓을 처지는 아니나 그런대로 엉성하게 소개하자면 숭실대 학생 때 '민족의 십자가를 지자'라는 연설로 무기정학을 당한 것을 시작으로 그 고난의 생애를 출범한다. 2년 뒤 복학했으나 이내 3·1만세 활동으로 피체, 병보석 감호 중 상해로 탈출(1919), 상해에서 피체, 서울로 압송당해(1926) 1년 넘게 무기형으로 갖은 고문 끝에 징역 2년 형(증거 불충분), 첫 예비검속(1929) 이후 19차에 걸쳐 검속 당함, 신사참배 반대로 구류(1939), 만주 봉황성 교회 부임(1942), 8·15 후 만주 거류민단장(1945), 귀국 후 후암동 교회 초대 목사, 대한신학교 교수(1948)……

여러 경력 중 특히 김구 선생 직계 부하로서 평안남도 도청 폭파사건(1920.8.3), 상해 일본영사관 폭파사건, 평양지역에서 결사대 조직 활동 등을 추기할 필요가 있다.

아버지가 독립투사라고 사람 다 좋고 글 잘 쓴다는 보장은 없지만 김동수 교수는 독립투사의 후예답게 세상에 소금이 될 자질을 부여받았음을 부인할 수 없다. 외형적인 경력과는 다르게 토박이 한국 사람들보다 더 짙은 민족의식에다 냉전체제가 석화시킨 한국인들의 고리타분한 퇴영적인 사고방식에 넌더리를 내곤 하신다.

그의 문학적 도량은 저 중국 대륙과 미주의 풍요롭고 비옥한 대지에서 형성된 것이 아닐까. 그러기에 넉넉한 아량에다 두루 세상사를 다 품으면서도 정작 그 안에서는 송곳 같은 날카로운 비판의식을 도사리게 만든다. 그러면서도 반드시 유머감각을 삽입시켜서 자기 의사와 다른 독자들까지 배려해준다. 진보적인 기독교적 휴머니즘에 기초한 그의 산문정신은 한국 수필계에서는 쉽게 찾아보기 어려운 역사의식으로 번득인다.

그 유머와 서정성이 어우러진 김동수 교수의 문장 행간에는 일생을 민족 독립 투쟁에 바쳤던 김예진 목사의 얼과 그 도우미 한도신 여사의 지극정성이 스며 있다.

김 교수는 작품에서 아버지오 어머니를 통하여 백범 선생의 역사관과 민족의식을 그려주며, 가난한 미주 유학생활의 체험을 통해서는 겸허한 인생살이와 첫사랑, 결혼 등에 얽힌 에피소드를 매우 극적이고 로맨틱하게 제시해준다. 김 교수 부부의 러브스토리는 들을 때마다 경이로운 기적과 감탄의 연발인데, 이를 기록한 산문 역시 일품이다.

남북한의 대치 상황과 한국의 정착되지 못한 민주주의, 노블레스 오블리주가 형성되지 못한 사회의 경박함과 무원칙 등등에 대한 울분을 고함이나 분노가 아닌 차분하고 설득력 강한 기도 같은 독백체의 언어로 풀어나가는 솜씨는 한국 수필계에서 찾기 어렵다.

김 교수의 모국에 대한 사랑이 극진해서일까, 이번 학기로 출강하던 숭실대와는 일단락 짓고 도미할 예정이었으나 인천광역시 청라국제도시에서 2년간 더 체재하게 되었다. 그러잖아도 김예진 목사 기념사업회 일 때문에 출국하려는 발길을 떼기가 쉽지 않았는데 이렇게 되고 보니 수필도 더 쓸 수 있게 되었다. 그래서 여기서 이룩했던 그의 문학적 향취를 이 땅에 단단하게 식목할 기간을 얻은 셈이다.

자신이 쓴 글처럼 넉넉하고 안락한 삶이 건필과 함께 오래오래 지속
되기를 빈다.

●지은이 **김동수**

평안남도 덕천 출생(1936)
숭실대학(문학사, 철학, 1959)
도미 유학(1961)
피츠버그 신학교(목회학 석사, 1965)
피츠버그 대학교(사회사업 석사, 1969)
시카고 대학교(철학박사, 사회복지정책/행정, 1976)
펜실베이니아 주 공무원(사회복지 분야)
테네시 대학교 조교수, 노퍽 주립대학교 부교수, 정교수, 은퇴(2005)
한동대학교, 횃불트리니티신학대원대학교 객원교수
숭실대학교 초빙교수
수필가 등단(한국산문작가협회, 2008.5)
시인 등단(순수문학, 2009.1)
전공학술 논문, 서적 다수

김동수 산문집

귀하고 아름답고 신비한 공짜

ⓒ 김동수, 2012

지은이 • 김동수
펴낸이 • 김종수
펴낸곳 • 도서출판 한울
편집책임 • 이교혜
편집 • 신희진
표지 • 김현철

초판 1쇄 인쇄 • 2012년 6월 29일
초판 1쇄 발행 • 2012년 7월 13일

주소 • 413-756 경기도 파주시 문발동 출판문화정보산업단지 507-14
전화 • 031-955-0606
팩스 • 031-955-0612
홈페이지 • www.hanulbooks.co.kr
등록번호 • 제406-2003-000051호

Printed in Korea.
ISBN 978-89-460-4604-7 03810(양장)
     978-89-460-4605-4 03810(반양장)

* 책값은 겉표지에 표시되어 있습니다.